HARALD SCHNEIDER
Mordsgrumbeere

NACHTSCHATTENMORD Auf dem Biobauernhof »Kartoffel-Käfer« in Iggelheim findet Kommissar Reiner Palzki im Büro der Vorarbeiterin eine unbekannte Tote. Nun muss Palzki sich tief in die Welt des Kartoffelanbaus graben. Während seiner verdeckten Ermittlung erfährt er, dass der Inhaber des Biohofes ein Lebemann war und gleichzeitig mehrere Liebschaften pflegte. Eine davon ist die Neustadter Stadträtin Paula Hambacher. Von ihr erhält der Kommissar den Kontakt zur Lehrerin Avril Walters aus England, die als eine Art Miss Marple in einer dubiosen und lang zurückliegenden Sache ermittelt, die mit Palzkis Fall zusammenhängen könnte. Auf dem Firmengelände eines Getränkehändlers in Oggersheim wird vor Palzkis Augen die Vorarbeiterin des Biobauernhofs brutal ermordet. Gemeinsam mit Avril Walters versucht Palzki in einer wirren Verfolgungsjagd den Täter zu stellen. Doch erst nach weiteren Morden kommen Palzki und die selbsternannte Miss Marple einem Geheimnis auf die Spur, dessen Beginn Jahrzehnte zurückliegt.

Harald Schneider, 1962 in Speyer geboren, wohnt in Schifferstadt und arbeitet als Betriebswirt in einem Medienkonzern. Seine Schriftstellerkarriere begann während des Studiums mit Kurzkrimis für die Regenbogenpresse. Der Vater von vier Kindern veröffentlichte mehrere Kinderbuchserien. Seit 2008 hat er in der Metropolregion Rhein-Neckar-Pfalz den skurrilen Kommissar Reiner Palzki etabliert, der neben seinem mittlerweile zwölften Fall »Sagenreich« in zahlreichen Ratekrimis in der Tageszeitung Rheinpfalz und verschiedenen Kundenmagazinen ermittelt. 2013 wurde mit den Kindern von Reiner Palzki mit »Die Palzki-Kids in großer Gefahr« eine eigene interaktive Kinderbuchreihe etabliert.

Bisherige Veröffentlichungen im Gmeiner-Verlag:
Sagenreich (2015)
Weinrausch (2015)
Wer mordet schon in der Kurpfalz? (2014)
Tote Beete (2014)
Ahnenfluch (2013)
Künstlerpech (2013)
Pilgerspuren (2012)
Palzki ermittelt (2012)
Blutbahn (2012)
Mörderischer Erfindergeist (2011)
Räuberbier (2011)
Wassergeld (2010)
Erfindergeist (2009)
Schwarzkittel (2009)
Ernteopfer (2008)

HARALD SCHNEIDER

Mordsgrumbeere

Palzkis 13. Fall

GMEINER SPANNUNG

Personen und Handlung sind frei erfunden.
Ähnlichkeiten mit lebenden oder toten Personen
sind rein zufällig und nicht beabsichtigt.

Besuchen Sie uns im Internet:
www.gmeiner-verlag.de

© 2016 – Gmeiner-Verlag GmbH
Im Ehnried 5, 88605 Meßkirch
Telefon 0 75 75 / 20 95 - 0
info@gmeiner-verlag.de
Alle Rechte vorbehalten
1. Auflage 2016

Lektorat: Claudia Senghaas, Kirchardt
Herstellung: Mirjam Hecht
Umschlaggestaltung: U.O.R.G. Lutz Eberle, Stuttgart
unter Verwendung eines Fotos von: © leungchopan / Fotolia.com,
© goir / Fotolia.com, © gradt / Fotolia.com
Druck: GGP Media GmbH, Pößneck
Printed in Germany
ISBN 978-3-8392-1925-6

INHALT

Jetzt schlägt deine schlimmste Stunde,
Du Ungleichrunde,
Du Ausgekochte, du Zeitgeschälte,
Du Vielgequälte,
Du Gipfel meines Entzückens.
Jetzt kommt der Moment des Zerdrückens
Mit der Gabel! – Sei stark!
Ich will auch Butter und Salz und Quark
Oder Kümmel, auch Leberwurst in dich stampfen.
Musst nicht so ängstlich dampfen.
Ich möchte dich doch noch einmal erfreun.
Soll ich Schnittlauch über dich streun?
Oder ist dir nach Hering zumut?
Du bist so ein rührend junges Blut.
Deshalb schmeckst du besonders gut.
Wenn das auch egoistisch klingt,
So tröste dich damit, du wundervolle
Pellka, dass du eine Edelknolle
Warst, und dass dich ein Kenner verschlingt.

Abschiedsworte an Pellka
von Joachim Ringelnatz

PROLOG

»Eines Tages bring ich sie um!«

Bauer Ewald fluchte mit krebsrotem Gesicht, während er in der Scheune wütend eine Kanne mit Pfefferminztee an seinen Lanz Bulldog Baujahr 1937 schleuderte. Mit einem Scheppern zerbarst diese an der hinteren Stahlfelge.

»Lange spiele ich da nicht mehr mit.« Er verpasste den Resten der Kanne einen Tritt, der sie in Richtung Holzlager fliegen ließ. Zitternd setzte sich Ewald auf einen Holzklotz, den er zum Holzspalten benutzte, und vergrub sein schweißnasses Gesicht in den schwieligen Händen.

Ewald Butzenhauer hatte ein Problem: Es hieß Dorothea und war seit mehr als 20 Jahren seine Frau. Wenige Tage vor dem Ausbruch des Zweiten Weltkrieges hatten sie geheiratet. Damals konnte er sein Glück nicht fassen. Er, der schon immer etwas grobschlächtige Typ, war hässlich. Alle anderen Beschreibungen wären nur Beschönigungen, wie er sich bereits im Jugendalter eingestehen musste. Dass ausgerechnet die damals bildhübsche Dorothea seinem Charme erlegen war, konnte in dem kleinen Dorf Rheingönheim, das ein Jahr vor der Hochzeit in Ludwigshafen eingemeindet wurde, niemand verstehen, selbst Ewald nicht. Er hütete sich davor, das Motiv seiner Frau zu hinterfragen, damit sie nicht im letzten Moment absprang.

Mit der Heirat kam Ewald nicht nur seiner Traumfrau Dorothea näher, sondern auch einem Bauernhof in der Rheingönheimer Hauptstraße nebst vielen Hektar Äckern westlich und nördlich von Rheingönheim. Ewald selbst brachte nur das in die Ehe ein, was er auf dem Leib trug. Als Tagelöhner, der in einem winzigen Hinterzimmer über dem Braustübel der Rheingönheimer Weizenbierbrauerei mehr hauste als wohnte, war es ihm in den fünf Jahren seines bisherigen Arbeitslebens nicht gelungen, Ersparnisse zu bilden, woran auch die Kneipe unter seinem Zimmer beitrug.

Das eine oder andere Mal hatte er als Tagelöhner seinem zukünftigen Schwiegervater bei der Ernte geholfen. Er vermutete, dass er dem alten Herrn mit seiner Arbeit dermaßen imponiert hatte, dass er seine Tochter mit ihm verkuppelte. Ob dies freiwillig oder unfreiwillig geschah, war Ewald egal. Dorothea ließ sich jedenfalls nichts anmerken.

Sogar eine kleine Hochzeitsreise in den Schwarzwald war geplant. Der Kriegsbeginn machte dem jungen Paar einen Strich durch die Rechnung. Ewald, der mit Hitler und den Nazis nichts am Hut hatte, rechnete täglich mit seiner Einberufung. Wenige Wochen nach der Hochzeit kam ihm der Zufall zu Hilfe: Sein Schwiegervater, mit dem er sich sehr gut verstand, erlitt während eines abendlichen Zechgelages einen Schlaganfall. Halbseitig gelähmt wurde er zum Pflegefall. Ewalds Schwiegermutter, die ihn noch nie leiden konnte, gab ihm die Schuld an dem Schlaganfall, da beide an dem Abend gemeinsam in der Weezebeez, wie das Braustübel genannt wurde, gezecht hatten.

Während Dorothea das Schicksal gefasst aufnahm

und mithalf, den Vater zu pflegen, war Ewald von einem Tag auf den anderen auf sich alleine gestellt: Der landwirtschaftliche Betrieb musste weiterlaufen. Vorarbeiter gab es keine, alles hatte sein Schwiegervater mithilfe von Tagelöhnern und einer knappen Handvoll festangestellten Arbeitern selbst organisiert.

Anfangs klappte dies überraschend gut. Das Federvieh behielt er, während die Schweinezucht aufgegeben wurde. Die Feldarbeit war für dieses Jahr im Großen und Ganzen erledigt. Nun konnte er sich zum ersten Mal näher mit der Immobilie, die, wie er zu diesem Zeitpunkt dachte, früher oder später seiner Frau und ihm gehören würde, beschäftigen. Das Anwesen nebst Scheune war heruntergewirtschaftet und stellenweise baufällig. Je näher sich Ewald mit dem Gebäudekomplex befasste, desto deprimierter wurde er. Selbst die Gerätschaften und der überschaubare Fuhrpark hatten schon bessere Zeiten erlebt, manches stammte aus dem 19. Jahrhundert. Nur der neue 37er Lanz Bulldog stach aus diesem halbverrotteten Ensemble heraus.

Gleich im nächsten Frühjahr, wenn der Krieg vorbei sein würde, länger als ein halbes Jahr würde er bestimmt nicht dauern, müsste er mit dem Erneuern und dem Renovieren des Anwesens beginnen. Er wusste nur noch nicht, wie er seine Schwiegermutter, den alten Besen, davon überzeugen konnte, dafür die Ersparnisse zu opfern.

Das Frühjahr 1940 kam, und ein Ende des Krieges war nicht abzusehen. Während auf den Äckern immer mehr Personal benötigt wurde, wurde dieses reihenweise eingezogen. Die Knappheit an Arbeitern machte Ewald zu schaffen, zumal er immer noch mit seiner eigenen Einberufung rechnete.

Eines Tages, wieder hatten sich drei Arbeiter auszahlen lassen, da sie an der Westfront benötigt wurden, stritt er sich wie fast täglich mit seiner Schwiegermutter. Diese hatte gerade ihren Mann gefüttert, der im Obergeschoss vor sich hinvegetierte. Das bereits öfters vorgebrachte Argument, in den Bauernhof zu investieren, quittierte sie mit einer saftigen Ohrfeige. Wutentbrannt schubste Ewald sie zurück. Daraufhin verlor sie das Gleichgewicht und stürzte mit einem mörderischen Radau rücklings die steile Stiege hinab.

Da Dorothea zu diesem Zeitpunkt bei den Nachbarn weilte, gab es keine weiteren Zeugen. Der hinzugerufene Arzt war an diesem Sturz völlig desinteressiert und füllte bei einem Gläschen Himbeergeist sogleich den Totenschein aus.

Fortan musste sich Dorothea alleine um ihren Vater kümmern. Ewald wurde vom Kriegsdienst freigestellt, um die Versorgung der Bevölkerung mit Grumbeeren, wie man die Kartoffeln nannte, sicherzustellen. Die Arbeit war mühsam, da er als Gehilfen nur ein paar Kriegsversehrte akquirieren konnte.

Im Herbst 1941, die Ernte war eingefahren, entledigte er sich nach einem Zechgelage seines Schwiegervaters. In Ewalds Augen band seine Versorgung die Arbeitskraft seiner Frau, die dringend benötigt wurde. Nachdem Dorothea ihrem Vater den Abendbrei verabreicht hatte, der ohne ihr Wissen mit einem Gemisch aus grünen Knollenblätterpilzen angereichert war, achtete Ewald genau darauf, die Reste des Mahles zu entsorgen.

Der am nächsten Morgen einsetzende Brechdurchfall war für den halbseitig Gelähmten äußerst schmerzhaft, aber erst der Anfang des Endes. Nach zwei Tagen ging es ihm kurzzeitig sogar wieder besser, doch nach neun Tagen versagte seine Leber endgültig. Der Nachweis einer Vergiftung war zu diesem Zeitpunkt nicht mehr zu erbringen, zumal der Arzt, es war der gleiche wie beim Tod seiner Schwiegermutter, ohne richtig hinzusehen, eine natürliche Todesursache bescheinigte.

Während seine Frau trauerte, freute sich Ewald über das Erbe. Allerdings stellte sich bald heraus, dass die Verstorbenen bereits vor der Hochzeit das Anwesen auf Dorothea übertragen hatten. Dorothea war Alleinerbin, damit musste sich Ewald wohl oder übel arrangieren.

Das Leben auf dem Hof ging trotz widriger Umstände seinen Weg. 1943 wurde der Lanz Bulldog eingezogen. Im Gegenzug erhielt Ewald ein Kontingent polnischer Fremdarbeiter, wie die Kriegsgefangenen hießen, zugewiesen.

Einem glücklichen Umstand hatte Ewald es zu verdanken, dass er 1949 seinen Traktor fast unbeschädigt zurückerhielt. Kurz nach der Beschlagnahmung des Bulldogs wurde er in einer Scheune im Ludwigshafener Stadtteil Hemshof zwischengelagert. Wenige Nächte später wurde die Scheune und die umliegenden Gebäude ein Opfer der Bombardierung. Erst bei der Schuttbeseitigung sechs Jahre später entdeckte man den verdreckten, aber fahrbereiten Traktor wieder.

Die Nachkriegszeit gestaltete sich ebenso hart wie die Jahre zuvor. Arbeitskräfte waren nach wie vor Mangelware, und zu allem Überdruss wurden im Zuge der technischen Modernisierung, wie man es Anfang der 50er Jahre nannte, zahlreiche Äcker neu verteilt, um dem stark zunehmenden Autoverkehr die benötigten Überlandstraßen zu bauen. Bereits vorher besaß Ewald kleinere Parzellen, die sich auf mehrere Gemeinden des Landkreises Ludwigshafen verteilten. Fortan war es für ihn noch zeitaufwendiger, die weiter entfernten Felder zu bestellen.

Dorothea hatte sich längst mit ihrem Schicksal abgefunden. Trotz aller Mühsal des täglichen Lebens gelang es ihr als eine der ersten in der Vorderpfalz, einen kleinen Hofverkauf mit eigenen Produkten zu etablieren. Eine genossenschaftliche Angliederung hatte ihr Mann stets abgelehnt.

1960 sahen die beiden das erste Mal Licht im Tunnel. Die Ernte übertraf bei Weitem die Erwartungen, und es gelang ihnen, eine kleine Lebensmittelkette in Südhessen zu überzeugen, fast das komplette Erntegut zu einem guten Preis abzunehmen. Leider war aufgrund diverser Qualitätsmängel das Geschäft bereits ein Jahr später wieder Vergangenheit.

In der Euphorie des Vorjahres war Dorothea schwanger geworden. Lange vor der Geburt eskalierten die ehelichen Beziehungen, was nicht nur daran lag, dass Ewald mit Geld nicht umgehen konnte und den einen Teil des Gewinnes in die Wirtschaft getragen und die andere Hälfte in die Anzahlung eines Mittelklassewagens gesteckt hatte. Der weit wichtigere Grund lag in dem unbestimmten Geschlecht des Nachwuchses. Während Dorothea von einem Mädchen träumte, war Ewald auf einen Stammhalter dermaßen fixiert, dass er mehr als einmal wüste Beschimpfungen gegenüber seiner hochschwangeren Frau aussprach.

Größere Gewalttätigkeiten hatte Ewald sich seiner Frau gegenüber bisher nicht zu Schulden kommen las-

sen, die vielen kleinen Nadelstiche verschärften den Ehe-
zwist langsam, aber sicher.

Genau zu dieser Zeit passierte es: Bauer Ewald fuhr
mit seinem Traktor auf einer der kleineren Parzellen
weit ab von Rheingönheim, als plötzlich das linke Vor-
derrad einbrach. Wütend brachte er die Maschine zum
Stehen. Zu Beginn dachte er an einen überdimensio-
nierten Kaninchenbau, wie es sie im direkt benachbarten kleinen Kieferwäldchen massenhaft gab. Während
er sich die Situation betrachtete und überlegte, wie er
seinen Traktor ohne fremde Hilfe aus dem Loch herausbekommen könnte, stutzte er. Mit wenigen Handgrif-
fen löste er einen metallenen Gegenstand aus der Acker-
krume. Für eine Hinterlassenschaft des Weltkrieges war
er zu alt. Nachdem Ewald den Gegenstand notdürftig
gesäubert hatte, erkannte er die Schneide eines Beils. Die
Form hatte allerdings nur wenige Ähnlichkeiten mit den
Werkzeugen, die Ewald kannte. Auch wenn es für ihn
eine intellektuelle Herausforderung war: Er deutete seinen Fund korrekt. Das Beil musste aus Bronze sein, was
auf eine keltische Herkunft schließen ließ.

Statt seinen Fund zu melden, ging Ewald mit dem
wenigen Werkzeug, das er zur Verfügung hatte, an die
Arbeit und untersuchte die Grube. Woher der Hohl-
raum auf einmal kam, konnte Ewald nicht wissen. Er
war viel zu aufgeregt, als er zwei weitere bronzene Beilschneiden fand. Schließlich stieß er mit seinem Spaten
auf eine tönerne Platte, die bei dem Versuch der Ber-
gung in kleinste Teile zerbröselte. Dass er unter der
Tonschicht nur einen winzig kleinen schwarzen Metall-
kegel entdeckte, enttäuschte ihn zunächst. Erst als es
ihm nicht gelang, den Kegel aus dem Boden zu ziehen,

wurde er stutzig. Mit seinen Händen befreite er das Umfeld des Kegels von dem Sand. Immer größer wurde der seltsame Gegenstand. Nach einer Weile musste er sogar die Grube mit seinem Spaten vergrößern und dabei aufpassen, dass der Traktor nicht tiefer rutschte. Nach gut zwei Stunden stieß er auf Widerstand. Der Kegel breitete sich an dieser Stelle horizontal aus. Ewald wusste mit dem schmutzigen Gebilde nichts anzufangen, dennoch glaubte er, etwas Seltenes und Wertvolles aus dem Boden zu holen. Geduldig arbeitete er weiter, bis er den 70 Zentimeter großen Kegel aus dem Loch herausziehen konnte. Zuerst war er ziemlich schwer, doch als er ihn hochhob, fiel das Innere des Kegels einfach zurück in das Loch. Sand, dachte sich Ewald und betrachtete den nun leichten Kegel mit der abschließenden Krempe. Die Erkenntnis traf ihn fast wie ein Schlag. Vorsichtig streifte er den hartnäckigen Schmutz ab und legte damit viele kleine Ornamente frei. Ewald hatte einen Goldenen Hut gefunden. Er wusste, dass vor über 100 Jahren nur ein paar Kilometer von seinem jetzigen Standpunkt entfernt ein weiterer Hut gefunden wurde, der aus purem Gold bestand. Bisher hatte er nur Fotos des wertvollen Hutes gesehen. Der Fund, den er in der Hand hielt, erschien ihm größer und vollständig erhalten. Mit Bedacht, um ja nicht die dünne Wand des Hutes einzudrücken, stellte er ihn auf den Fahrersitz seines Traktors.

Ewald überlegte, was er mit seinem Fund anstellen könnte. Ihn einfach melden? Würde er den Hut abgeben müssen, vielleicht lediglich gegen einen kleinen Finderlohn, wenn überhaupt? Oder sollte er ihn einem Kunsthändler zum Kauf anbieten? Während er die Möglichkeiten durchging, fiel ihm seine Frau ein. Gestern hatte sie wieder von Scheidung gesprochen. Nein, Ewald war nicht gewillt, seiner Frau die Hälfte des Gewinns abzugeben. Den Hut hatte er gefunden, er ganz allein.

Gewillt, möglichst viel Geld aus dem Fund herauszuschlagen, wickelte er den Hut vorsichtig in eine Decke ein und versteckte ihn in der Großwerkzeugkiste, deren Inhalt er einfach auf das Feld warf. Bevor er zurückfahren konnte, wartete eine weitere schweißtreibende Arbeit auf ihn: Er musste die Grube wieder befüllen, um mit seinem Traktor nicht tiefer einzubrechen.

Erst spät am Abend kam er erschöpft im Hof an und motzte als Erstes mit seiner Frau, weil das Essen nicht auf dem Tisch stand.

Nach dem Abendessen verschwand er in der Scheune, wo eine ältere und unbenutzte Metallkiste lagerte. Zusammen mit zwei oder drei Decken packte er den Hut und die Beilschneiden ein und polsterte den Rest des Volumens mit Stroh aus.

Gleich am nächsten Morgen fuhr er zum zweiten Mal auf die abgelegene Parzelle und öffnete erneut die Grube. Sorgfältig stellte er die Metallkiste hinein und deckte sie grinsend mit dem Ackerboden ab. Jetzt kann die Scheidung kommen, dachte er. Gleich danach werde ich den Goldenen Hut zum zweiten Mal finden.

Da Ewald wusste, wie schnell man sich bei Entfernungen auf dem freien Feld verschätzen konnte, fertigte er eine Karte an. Dazu schritt er die Strecken zu zwei markanten Punkten der Umgebung ab und notierte sie. In seinem Haus versteckte er seine private Schatzkarte auf dem Speicher bei den Habseligkeiten, die er mit in die Ehe gebracht hatte und vor allem aus stark abgenutzter Kleidung und einem vergilbten Bild seiner Mutter bestand.

Das Schicksal nahm seinen Lauf. Ein abendlicher Streit der beiden kam einer Scheidung zuvor. Ewald, nach dem übermäßigen Genuss von Alkohol nicht mehr geistiger Herr über sich selbst, pöbelte seine Frau an, die, hochschwanger wie sie war, den Holzboden im Obergeschoss reinigte. Ein Wort gab das andere, die erhobene Hand Ewalds konterte Dorothea mit dem Stiel des Schrubbers, und schon stürzte Ewald wie seinerzeit seine Schwiegermutter final die enge Stiege hinunter. Das Ausstellen des Totenscheins war nur eine Formsache.

KAPITEL 1 –
EIN PAAR VERMISSTENFÄLLE

Es hätte so ein schöner Tag werden können.

»Grumbeere?« Ich glaubte, nicht richtig gehört zu haben. Der Montagmorgen hatte so vielversprechend begonnen. Nach einem stressigen Wochenende, an dem ich wie üblich durch meine Familie zu 100 Prozent fremdbestimmt war, fuhr ich heute früh gut gelaunt zur knapp einen Kilometer entfernten Dienststelle im Schifferstadter Waldspitzweg. Dass der Montag das heimliche Wochenende familiengeplagter Väter war, dürfte jedem Beamten, aber auch den meisten Arbeitnehmern bekannt sein. Als Polizeibeamter der Kriminalinspektion Schifferstadt hatte ich einen zusätzlichen Bonus zum Wochenstart: Unser Dienststellenleiter KPD, mit richtigem Namen Klaus P. Diefenbach, nutzte den Wocheneinstieg immer zur Selbstbeweihräucherung in eigener Sache. Ein endloser Monolog, noch nie hatte es ein Zuhörer geschafft, seinen Ausführungen in Gänze zu folgen, was vor allem daran lag, dass es niemand versuchte. Die Kunst während der Lagebesprechung bestand darin, möglichst natürlich nach vorne gebeugt zu sitzen, sodass KPD, der im Stehen referierte, die geschlossenen Augen nicht bemerken konnte. Ein geöffneter Schreibblock nebst Kugelschreiber vervollständigte die Tarnung. Selbst ein leichtes Schnarchen störte unseren Chef nicht, da er

während seines Monologes nicht auf einzelne Untergebene, wie er uns bezeichnete, achtete.

Ich benötigte einen kurzen Augenblick, um aus meinem Dreiviertelschlaf in die Realität zurückzukommen.

»Ja genau, Grumbeere!«, wiederholte KPD und starrte
mich an. Im gleichen Moment bemerkte ich, dass der
Sozialraum leer war. Meine Kollegin Jutta Wagner hatte
mich mal wieder nicht rechtzeitig geweckt.

»Bekommen wir endlich eine Kantine?« Im selben
Moment, als ich die Frage meinem Chef entgegenge-
schleudert hatte, wusste ich, dass es die falsche war.

KPD schüttelte verärgert den Kopf. Breitbeinig stellte
er sich vor mich. »Palzki! Haben Sie vorhin nicht richtig
zugehört, als ich über das Thema gesprochen hatte? Ich
kann Ihnen doch nicht immer alles mehrfach erklären.
Eigentlich dürften Sie keine Pause machen, da man Sie
nach der Pause jedes Mal neu anlernen muss.«

Er steigerte sich wie üblich in ein Potpourri an Belei-
digungen hinein, die mir sonst wo vorbeigingen. Unseren Chef konnte man einfach nicht ernst nehmen. Teilnahmslos wartete ich seine Tiraden ab.

»Und da wir an unserer Dienststelle, dank meines Ein-
satzes und weil ich ein so guter Chef bin, seit Wochen
keine ungelösten Kapitalverbrechen haben, unterstützen
wir fortan die anderen Abteilungen. Es kann schließlich
nicht angehen, dass wir meine geballte Kompetenz nicht
nutzen und Sie und Ihre Kollegen die Dienstzeit damit
vertrödeln, um Kaffeemaschinen zu entkalken oder Pizza
zu bestellen.«

»Pizza essen wir meist nur in den Pausen.«

KPD ignorierte meinen Einwand. »Ab sofort kümmern Sie sich um die Vermisstenfälle in unserem Zustän-

digkeitsgebiet. Frau Wagner und Herr Steinbeißer werden Sie dabei unterstützen, sonst würde das ja gar nicht funktionieren. Ich erwarte täglich von Ihnen einen Rapport.«

Er drehte sich zur Tür, um den Raum zu verlassen.

»Und wen sollen wir finden?«, hakte ich nach. »Wird irgendwo eine Kartoffel vermisst?«

KPDs königsblaue Halsschlagader schwoll gefährlich an. Ein oder zwei weitere Kommentare von mir und sie würde platzen. Dies könnte meine Rettung sein.

»Zum Kartoffel-Käfer nach Iggelheim sollen Sie fahren. Dort wird eine Vorarbeiterin vermisst. Und danach fahren Sie zum Schulzentrum in Schifferstadt. Eine Lehrerin aus England ist abhanden gekommen, die mit einer Austauschgruppe in der Pfalz weilt.«

Ohne weiteren Kommentar oder Gruß verließ KPD den Sozialraum. Ich blieb zunächst noch ein Weilchen sitzen, um das Erlebte sich setzen zu lassen.

»Was für eine verrückte Idee hat sich KPD dieses Mal ausgedacht?«, rief ich wenig später, als ich Juttas Büro betrat, das sich in letzter Zeit als Treffpunkt unseres Teams etabliert hatte.

Gerhard Steinbeißer, der am Besprechungstisch mit dem Rücken zu mir saß, winkte ärgerlich ab. »Halt mal kurz die Klappe, Reiner.«

Neugierig trat ich näher. Gerhard beugte sich gemeinsam mit Jutta über diese modernen Kaffeekapseln aus Plastik. Daneben standen zwei leere Tassen.

»Macht ihr jetzt auf Verpackungsmüll?«, wunderte ich mich. »Bei eurem Kaffeeverbrauch kann die kunststoffherstellende Industrie Sonderschichten einlegen.«

Jutta und Gerhard hörten mir nicht zu. Während ich mich zu ihnen an den Tisch setzte, fragte Gerhard meine

Kollegin: »Sollen wir es wagen?« In der Hand hielt er eine der Kapseln, die seltsamerweise keine Beschriftung hatte.

Da mir die Situation äußerst suspekt vorkam und ich mit suspekten Situationen neben meinem Chef nur sehr wenige Personen in meinem Umfeld in Verbindung brachte, versuchte ich mich erneut in einem sinnvollen Redebeitrag. »Sagt bloß, ihr habt das Zeug von Dr. Metzger? Wisst ihr, was das bedeutet? Da ist alles drin, nur nichts, was für den menschlichen Verzehr geeignet ist.«

Der Notnotarzt Dr. Metzger hatte vor einiger Zeit seine Kassenzulassung zurückgegeben und sich in der Region als freischaffender ärztlicher Berater etabliert. Dabei scheute er sich nicht, in seinem umgebauten Reisemobil, das die gleichen hygienischen Bedingungen wie ein frühmittelalterliches Bauerndorf aufwies, seine Kunden, wie er die Patienten nannte, zu operieren. Hinzu kam, dass er sich laufend neue Geschäftsideen einfallen ließ, auf die nicht einmal ein krankes Hirn im Suff kam.

»Metzger?«, fragte Jutta zurück. »Wie kommst du auf den?« Sie schüttelte sich. »Ne, wir haben Jacques getroffen.«

Jacques? Aus Sicherheitsgründen rückte ich mit meinem Stuhl ein Stück weit vom Tisch weg. Jacques Bosco, einer der letzten allgemeingelehrten Wissenschaftler und Erfinder, war seit meiner Kindheit mein Freund. Damals wohnten wir in seiner Nachbarschaft, und meine Eltern bekamen regelmäßig graue Haare sowie rote Flecken am Hals, wenn ich in seinem Labor Verstecken spielte. Jacques, der seit dem Tod seiner Frau alleine im Schifferstadter Westen im Kestenbergerweg wohnte, erfand Dinge, die erst in ein oder zwei Jahrhunderten reif für die

Menschheit waren. Ich musste neidlos eingestehen, dass er uns mit seinen physikalischen Kunststücken schon mehr als einmal dabei geholfen hatte, Verbrecher zu überführen. Ich war mehr als gespannt, was Jacques mit den Kaffeekapseln zu tun hatte.

»Jacques hat die Kaffeekapseln erfunden?«

Jutta lachte kurz auf. »Neu erfunden, wenn du es so willst.«

»Wieso habt ihr überhaupt Jacques getroffen?« Mein Freund lebte sehr einsam und ging so gut wie nie in die Öffentlichkeit.

Gerhard grinste. »Er hat einen ersten Freifeldversuch gegen die Fliegenplage unternommen.«

Jetzt machte es bei mir Klick. »Meinst du seine neue Züchtung, die Staubfliegen?«

Ein doppeltes Kopfnicken gab mir die Bestätigung. Vor nicht allzu langer Zeit hatte Jacques die Staubfliegen in seiner Wohnung neu gezüchtet, um sich von der verhassten Hausarbeit zu entlasten. Die Fliegen taten nichts anderes, als Staub zu fressen. Dabei wurden sie größer als Hummeln und vermehrten sich rasant. Zwei Dinge liefen dabei ungeplant schief: Die Fliegen erzeugten absonderlich große Kotbrocken, die sie bevorzugt während des Fluges fallen ließen. Hinzu kam die kurze Lebensdauer der Staubfresser. An allen zugänglichen und leider auch an nicht zugänglichen Stellen wie zum Beispiel hinter Schränken lagen ihre Leichen und begannen zu stinken. Ich konnte ihn damals überzeugen, die Fenster seines Hauses zu öffnen. Was wir nicht bedacht hatten, war, dass die neue Züchtung die einheimischen Fliegenarten in rasantem Tempo verdrängten. Inzwischen war die Population so mächtig, dass es in Teilen Schifferstadts absonderlich nach Fliegenkot und Fliegenleichen stank. Da die Fliegen ständig auf Staubsuche waren, reichte ein geöffnetes Fenster, um sich die neue Plage ins Haus zu holen. Immerhin schien er sich auf die Suche nach einem Gegenmittel zu machen.

Ich setzte meine Fragerei fort. »Und bei dem zufälligen Treffen hat er euch die Kapseln gegeben?«

»Genau«, bestätigte Jutta. »Jacques weiß schließlich, wie gerne Gerhard und ich Kaffee trinken.«

»Seine neue Erfindung ist aber auch so was von genial«, ergänzte Gerhard.

»Wenn sie funktioniert«, zweifelte Jutta. »Jacques hat selbst gesagt, dass er bis jetzt nur erste Versuche unternommen hat und durchaus noch Kinderkrankheiten vorkommen könnten.«

Ich rückte einen weiteren halben Meter zurück.

»Sind das neue Handgranaten im Miniformat?«

Gerhard lachte auf. »Nicht ganz. Obwohl, expandieren soll der Inhalt schon, nur hoffentlich nicht explodieren.«

Jutta hatte Erbarmen mit mir. »Jacques hat das Prinzip des Kaffee to go auf die Spitze getrieben. In Zukunft brauchst du nur eine Kaffeetasse mitzunehmen und diese speziellen Pads.«

»Und eine Kaffeemaschine.«

»Eben nicht, Reiner.« Gerhard drückte mir eine der Kapseln in die Hand. »Jacques ist es gelungen, das benötigte Wasser zu komprimieren. In dieser Kapsel ist nicht nur das Kaffeepulver, sondern auch genügend Wasser für eine Tasse Kaffee.«

»Jetzt schau nicht so doof aus der Wäsche«, meinte Jutta, da ich die beiden mit offenem Mund anglotzte.

»Das kann niemals funktionieren«, entgegnete ich meinen beiden Kollegen. »Wasser kann man wie Öl nicht oder nur unwesentlich komprimieren. Wenn das gehen würde, gebe es keine Hydraulik.«

Ich war stolz auf meine physikalischen Kenntnisse, die ich nicht der Schule, sondern Jacques zu verdanken hatte. Mit so manchem Trick verhalf er mir damals, die Schule entspannter hinter mich zu bringen.

Gerhard räusperte sich. »So ganz habe ich das nicht verstanden. Er meinte, dass er die Bestandteile von Wasser, also Wasserstoff und Sauerstoff, getrennt und erhitzt hätte. Beide Elemente wären dann gasförmig und ließen sich problemlos komprimieren. Schwieriger sei es gewesen, eine Verpackung zu entwickeln, die den großen Druck aushält.«

Vorsichtig legte ich die Kapsel auf den Tisch.

»Die zweite Aufgabe war, die beiden Elemente zusammenzuführen. Dabei entsteht Wärme, und das Resultat ist heißes Wasser. Durch geschicktes Vermischen mit dem Kaffeepulver entsteht so innerhalb von wenigen Sekunden eine Tasse aromatischen Kaffees.«

»Und das wollt ihr jetzt ausprobieren?«

»Stell dir mal vor, wenn das funktioniert. Wir hätten im Außendienst immer unseren frischen Kaffee dabei.«

Ich nutzte das Stichwort, um das Thema zu wechseln. »Apropos Außendienst. Ihr habt es vorhin bestimmt mitbekommen. Wir sollen uns um diverse Vermisstenfälle kümmern. Könntet ihr mich da mal bitte aufklären? Eure gefährlichen Experimente könnt ihr später durchführen.«

»Genau, wir haben das mitbekommen«, sagte Jutta in einem sarkastischen Unterton. »Du hast mal wieder gepennt.«

»Und als Dank hast du deinen lieben Kollegen nicht geweckt«, revanchierte ich mich.

»Ich hab's versucht. Beim Schütteln wärst du beinahe vom Stuhl gefallen. Da habe ich dich sitzen lassen. Ich konnte schließlich nicht ahnen, dass KPD dich persönlich anspricht. Hattest du ein schwieriges Wochenende?«

»Wie immer. Jetzt erzähl mal. Wir sollen eine Lehrerin suchen. Wenn das mein Sohn Paul erfährt, lässt er mich entmündigen.«

»Lehrer sind auch nur Menschen«, entgegnete Jutta.

Ich sah sie streng an. »Aha, ich wusste gar nicht, dass du nie eine Schule besucht hast.«

Meine Kollegin zeigte mir den Vogel. »Nicht alle ehemaligen Schüler sind von ihrer Schulzeit so traumatisiert wie du, Reiner. Die meisten konnten in der Penne sogar etwas fürs Leben lernen.«

»Ich nicht«, konterte ich und erntete Gelächter, mit dem ich natürlich nicht einverstanden war. »Meine Schule war und ist das Leben. Könnt ihr das mit der Lehrerin übernehmen?«

»Geht nicht«, erwiderte Gerhard. »KPD hat uns nachher für eine andere Arbeit eingespannt. Wenn du nicht geschlafen hättest, wüsstest du das.«

Jutta reichte mir eine handschriftliche Notiz. »Du kannst meine Mitschrift haben. Die Adresse vom Kartoffel-Käfer in Iggelheim habe ich dazugeschrieben. Was es mit der verschwundenen Vorarbeiterin auf sich hat, musst du selbst herausfinden. Wahrscheinlich stellt sich das sowieso als harmlos heraus. Du weißt, wie Vermisstenfälle immer aufgebauscht werden.«

»Und die Sache mit der Lehrerin?«

»Hat sich vielleicht bei einem Ausflug verlaufen. Die Schüler aus England sollen auf jeden Fall vollständig sein. Schau halt mal vorbei, kann ja sein, dass«, Jutta schaute auf ihre Notizen, »Frau Avril Walters inzwischen wieder aufgetaucht ist.«

KAPITEL 2 –
KARTOFFEL-KÄFER

Unzufrieden mit mir selbst und meiner Aufgabe machte ich mich auf den Weg. Da Iggelheim einigermaßen verkehrsgünstig im Dreieck Schifferstadt-Speyer-Iggelheim lag, opferte ich den kaum erwähnenswerten Umweg zu einem Besuch bei der Speyerer Currysau. Kaum vorzustellen, wenn ich hungrig bei dem Kartoffelhof ankam und versehentlich mein Magen knurren würde. Leider war weder der Inhaber Robert noch sein Bruder Jürgen anwesend, die mir seelischen Beistand geleistet hätten. Doch mit einem Palzki-Burger, den die beiden Brüder vor ein paar Monaten mir zu Ehren für die Rettung der Currysau kreiert hatten, ging es auch so. Immerhin handelte es sich um einen über elf Zentimeter hohen Burger, belegt mit allem, was ein nichtvegetarisches Herz begehrt.

Die Beilagen-Cheeseburger und die Pommes aß ich während der Fahrt nach Iggelheim. Mit den Pommes war ich quasi schon in der Eingewöhnungsphase zum Thema Kartoffeln. Ich konnte es nicht verstehen, wie man Kartoffeln in anderer Form essen konnte. Okay, Chips ließ ich mir als Alternative gefallen. Vielleicht lag meine Aversion an einem weiteren Kindheitstrauma.

Das imposante Gebäude, das direkt an der Straße stand, war nicht zu verfehlen. Über der offenen Hofeinfahrt prangte ein Werbeschild: ›Kartoffel-Käfer – mehr Bio geht nicht‹.

Auch wenn die Inhaber des Hofes es sicherlich anders meinten: Bio stand für ›Leben‹, hier also lebende Kartoffeln. Ob damit tatsächlich Kartoffelkäfer gemeint waren?

Seitlich am Gebäude befand sich ein gut besuchter Verkaufspavillon. Neben den beworbenen Biokartoffeln gab es weiteres Gemüse, das ich teilweise sogar namentlich benennen konnte.

Um nicht als Kunde aufzutreten, jemand könnte mich schließlich in der Warteschlange erkennen und damit meinen Ruf nachhaltig schädigen, drängelte ich mich nach vorne.

»He«, schrie eine rotzfreche jüngere Frau von hinten, »selbst Rentner haben genügend Zeit, um sich anzustellen.«

Ich ignorierte diese gemeine Beleidigung und wandte mich an eine der Verkäuferinnen. »Guten Tag, ich möchte zu Herrn Käfer.«

Mein Gegenüber runzelte die Stirn. »Zu wem wollen Sie?«

»Zu Herrn Käfer.« Ich zeigte auf die vielen Werbetafeln mit den diversen Angeboten, die alle mit Kartoffel-Käfer betitelt waren.

»Ach so.« Sie lachte. »Einen Käfer gibt's bei uns nicht. Einen kleinen Moment bitte.« Sie drehte sich um und rief: ›Roswitha! Kannst du mal kommen?‹«

Eine korpulente Frau in blauer Arbeitskleidung trat aus dem Haus. In der Hand hielt sie eine Axt. »Was gibt's?«

Die Verkäuferin zeigte auf mich. »Er will den Chef sprechen.«

»Ihnen gehört der Hof?«, fragte ich und vermied, den Namen ›Käfer‹ zu erwähnen.

»Mir und meinem Mann«, antwortete sie, legte die Axt auf den Tisch und gab mir die Hand. »Roswitha Ziemniak ist mein Name. Wie kann ich Ihnen helfen?«

»Mein Name ist Reiner Palzki. Ich komme von der Kriminalinspektion Schifferstadt. Sie vermissen eine Vorarbeiterin?«

Sie sah mich fragend an. »Sie sind von der Polizei?« Abwertend schaute sie an mir herunter. Sofort fiel mir der Spruch der doofen Kundin ein, die mich, weil sie anscheinend nicht richtig hingeschaut hatte, für einen Rentner hielt. Sicherheitshalber antwortete ich: »Ich bin erst Mitte 40.«

Sie schien immer noch nicht zufrieden. »Sie haben keine Uniform an, und ich sehe keinen Streifenwagen.«

Jetzt erkannte ich den Fehler. Ich zog meinen Dienstausweis aus der Tasche. »Wir von der Kripo sind meist in Zivil unterwegs.« Wäre ja noch schöner, wenn ich den ganzen Tag eine unbequeme Uniform tragen müsste.

»Aha, dann kommen Sie mal mit.«

Sie führte mich nach hinten in eine Scheune, in der allerhand technische Gerätschaften standen. Ein Mann hantierte geräuschvoll und fluchend im Motorraum eines Traktors. Als er uns in die Scheune kommen sah, stellte er sich auf. »Wen bringst du da an, Roswitha?«

»Sie sind Herr Käfer?«, kam ich seiner Frau zuvor.

Er lachte. »Das meinen viele, stimmt aber nicht. Käfer war der Name meines Schwiegervaters. Ihm gehörte früher der Hof. Mein Name ist Herrmann Ziemniak.«

»Herrmann, das ist Herr Palzki von der Polizei. Er kommt wegen Pia.«

Herrmann Ziemniak zeigte mir seine ölverschmierten Hände. »Entschuldigen Sie bitte, dass ich Ihnen keine Hand gebe. Kommen Sie einfach mit.«

Zu dritt verließen wir die Scheune und gingen weiter in das Hofgrundstück hinein. Auf beiden Seiten befanden sich größere und kleinere landwirtschaftliche Gebäude unterschiedlichsten Alters. Überall standen Gerätschaften und mir unbekanntes Zeug herum, das für die Bewirtschaftung eines Hofes benötigt wurde. Der schlauchartige Hof mündete in einem offenen Feld. Ob es sich um einen Kartoffelacker handelte, konnte ich nicht erkennen. Hinter der letzten Scheune auf der rechten Seite stand ein altes Backsteingebäude, das winzig wirkte und starke Zerfallserscheinungen zeigte.

»In dieser Hütte hat vor 100 Jahren eine ganze Familie gewohnt«, erklärte Roswitha. »Das Gelände haben wir in den 60er Jahren dazugekauft, als meine Eltern ihren Hof vergrößerten. Heute befindet sich dort das Büro und die Wohnung unserer Vorarbeiterin Pia Skarbu.«

»Ist das die, die vermisst wird?«

»Genau«, sagte Herrmann und schloss die Tür auf. »Seit zwei Tagen haben wir nichts mehr von ihr gehört.«

»Haben Sie schon bei ihr zu Hause nachgefragt? Ist sie verheiratet?«

Herrmann schaute mich zweifelnd an. »Sind Sie wirklich von der Polizei? Das haben wir doch bereits alles zu Protokoll gegeben!«

Da Spontanität meine Spezialität war, rettete ich wie immer die Situation. »Bei uns auf der Dienststelle läuft es im Moment ein bisschen chaotisch. Wahrscheinlich wird uns unser Dienststellenleiter bald verlassen müssen.«

Ein bisschen Wunschdenken kann nie schaden, dachte ich mir mit einem Lächeln auf den Lippen.

»Was? Herr Diefenbach verlässt die Schifferstadter Kripo? Das hat er uns bisher gar nicht verraten.«

Dumm gelaufen, dachte ich, während sich mir ein Kloß in den Hals setzte. »Sie kennen KP, äh, Herrn Diefenbach?«

»Natürlich, er kauft mehrmals in der Woche bei uns ein. Er trägt übrigens immer Uniform. Ein sehr kompetenter Mensch, der weiß, wo es langgeht. Wir könnten ihm stundenlang zuhören, wenn er von seiner Arbeit erzählt. Ohne ihn scheint bei der Polizei in Schifferstadt nichts zu funktionieren. Er schimpft regelmäßig über die mangelhaften Strukturen im Polizeiwesen. Gerne würde er vieles ändern, scheint aber mit dem Präsidium in Ludwigshafen nicht handelseinig zu werden.«

Während ich die Hütte betrat, überlegte ich, wie ich aus dieser Misere herauskommen konnte. Nach der Eingangstür stand man sofort in einem Raum, der ähnlich vergammelt war wie das Äußere der Hütte. Im Hintergrund ging eine verrottete Stiege nach oben. Toilette oder Bad gab es keines, das war vor 100 Jahren wohl so üblich. Auf einem Schreibtisch, der ebenfalls schon bessere Jahre oder Jahrzehnte gesehen hatte, stand ein PC nebst Drucker. Diverse Papiere lagen verstreut herum, in einem Regal, das aus Bananenkisten zusammengezimmert war, stand Fachliteratur. Persönliche Dinge konnte ich nicht finden.

»Pia kommt aus Polen und wohnt während der Saison oben.« Roswitha zeigte zur Stiege. »Selbstverständlich haben wir bei ihren Eltern in Wrocław angerufen. Dort ist sie aber nicht. Außerdem hat sie keinen Grund, von der Arbeit fernzubleiben. Sie fühlt sich bei uns sehr wohl und verdient gutes Geld. Ihre Kleider sind da. Ob sie vollständig sind, kann ich natürlich nicht sagen.«

Ich verzichtete darauf, mich zu setzen. Alles war speckig und abgenutzt. »Wann haben Sie sie zum letzten Mal gesehen?«

»Vorgestern am frühen Abend während des Abendessens. Nach dem Essen ging sie in ihre Wohnung beziehungsweise Büro. Wir konnten feststellen, dass sie dort eine Weile im Internet gesurft hat. Aber nur Belangloses.«

»Sie muss also anschließend weggegangen sein und hat Ihnen nicht gesagt, wohin. Kam dies öfters vor?«

»Nie«, fuhr mir Herrmann ins Wort. »Sie gehörte fast zur Familie. Sie sagte uns immer, wenn Sie irgendwohin fuhr. Manchmal habe ich ihr sogar meinen Mini ausgeliehen.«

Seiner Frau fiel etwas ein. »An dem Abend parkte eine Zeit lang ein Oldtimer in der Nähe ihres Büros. Das könnte aber genauso gut vor dem Abendessen gewesen sein. So genau weiß ich das nicht mehr.«

»Was für ein Oldtimer?«, fragte ich zurück.

»So ein altes Auto halt, wie man es vor ein paar Jahrzehnten gefahren hat. Ich kenne mich da nicht aus, und so genau habe ich nicht hingeschaut.«

»Sie wissen nicht, wer alles auf Ihrem Grundstück parkt?«

Herrmann, der kurz vor der Tür war und gerade wieder reinkam, mischte sich ein. »Herr Palzki, bei uns geht es meist zu wie in einem Taubenschlag. Wir haben einen Hofverkauf und jetzt zu Beginn der Saison jede Menge Saisonarbeiter. Da können Sie nicht den Überblick behalten. Bisher ist nie etwas passiert oder gestohlen worden.«

Hier kam ich nicht weiter, ich leitete den Rückzug ein. »Dann weiß ich jetzt erst mal Bescheid. Wir warten zwei oder drei Tage ab, wenn sie bis dahin nicht aufgetaucht ist, sehen wir weiter.«

Die beiden Ziemniaks ließen sich so leicht nicht abspeisen. »Herr Diefenbach hat uns versprochen, dass sofort und mit allen zur Verfügung stehenden Mitteln nach Pia gesucht wird. Wollen Sie nicht wenigstens Pias Sachen durchsuchen?« Herrmann drehte sich zu seiner Frau. »Ruf doch gleich mal bei Herrn Diefenbach an.«

Mit dieser Androhung hatte ich nicht gerechnet. »Sparen Sie sich den Anruf, Herr Diefenbach ist sowieso immer schwer beschäftigt. Ich gehe nach oben und schaue mir Pias Sachen an.«

Unter Druck zu arbeiten, fiel mir schon immer schwer. Und in diesem Fall ging es um einen trivialen Vermisstenfall, der nicht einmal zwei Tage zurücklag. Diese Pia hatte bestimmt einen netten Kerl kennengelernt und ließ für ihn die Arbeit Arbeit sein.

Schwerfällig stieg ich die schiefen Holzstufen hinauf und landete in einer Kammer mit schrägen Wänden. Es roch bestialisch, und ich öffnete das Dachflächenfenster, was mir nur mit großer Anstrengung gelang. Die Einrichtung der Kammer bestand im Wesentlichen aus einer Couch, einem Kleiderschrank und einem kleinen runden Tisch. Im Schrank lagen, ziemlich durcheinander, diverse Kleidungsstücke und ein paar Dinge für die tägliche Hygiene. Der Rest der Kammer war schnell durchsucht. Es gab nichts, was auf eine Gewalttat oder ein Verbrechen schließen ließ. Nur der Gestank war nicht auszuhalten. Insbesondere in der Nähe der Couch roch es fürchterlich. Mit den Fingerspitzen hob ich die Decke beiseite. Dabei registrierte ich, dass es sich um eine ausziehbare Bettcouch handelte. Da die beiden Hofbesitzer, die unten warteten, mir mangelnde Sorgfalt vorwerfen würden, wenn ich jetzt schon wieder nach unten kommen würde, zog ich mit einem Griff die Couch auf. Ich schaute auf eine weibliche Leiche ohne Gesicht.

Nachdem wir die Hütte verlassen und die Spurensicherung informiert hatten, kam ich ins Grübeln: Um die Vermisstenfälle mussten meine Kollegen und ich uns nur deshalb kümmern, weil es zurzeit keine Kapitalverbrechen gab. Jetzt sah die Sache anders aus: Es gab eine Tote, die eines nichtnatürlichen Todes gestorben war. Nach meiner und hoffentlich auch KPDs Logik dürfte sich damit die Suche nach der vermissten Lehrerin erledigt haben. Das würden nun ein paar andere Beamte übernehmen.

»Palzki, was haben Sie jetzt schon wieder angestellt!«

Die orkanartige Stimme gehörte KPD. Was machte dieser an einem Tatort? Üblicherweise verließ er zwischen März und November so gut wie nie sein voll klimatisiertes Büro. In der Hand trug er einen geflochtenen Weidenkorb. »Per Funk hat man mich informiert, dass mein Untergebener Palzki mal wieder eine Leiche gefunden hat. Nicht einmal seine Pause kann man in Ruhe zu einem Einkauf nutzen, ohne irgendein Störfeuer Ihrerseits!«

Er stellte wütend den Korb auf den Boden. »Haben Sie wenigstens inzwischen den Täter identifiziert?«

»Hallo, Herr Diefenbach, guten Tag. Sie sind aber mal schnell.« Roswitha Ziemniak drückte ihm die Hand. KPD verschwieg, dass er sowieso auf dem Weg hierher war. »Ich bitte Sie, das ist doch selbstverständlich. Mir war sofort klar, dass ich diesen Fall zur Chefsache

machen muss. Mit meinen wenig kompetenten Untergebenen würde das in einem Fiasko enden.« Er zeigte auf
seinen Einkaufskorb, der auf dem Boden stand. »Frau
Ziemniak, wären Sie so nett, mir das Übliche zu richten? Ihr Mann kann mir in der Zwischenzeit den Tatort
zeigen. Sie wissen, dass ich immer um Effizienz bemüht
bin.«

Ohne mich zu beachten, ging er mit dem Hofbesitzer
zur Hütte. Plötzlich drehte er sich um: »Palzki, haben
Sie wenigstens die Spurensicherung informiert? Warum
ist noch niemand hier?«

Dass KPD einen Zeitvorsprung hatte, mein Anruf lag
höchstens fünf Minuten zurück, ignorierte er. Ich setzte
mich auf einen Holzblock und wartete ab. Was sollte
ich im Moment auch anderes tun? So wurde ich Zeuge
eines beamtenunwürdigen Schauspiels: Die Spurensicherung kam und regte sich auf, weil KPD ohne Schutz-
maßnahmen wie die Axt im Walde durch den Tatort mar-
schiert war. KPD drohte im Gegenzug den Beamten, was
das Zeug hielt. Wirkung zeigte es nicht, denn sie waren
ihm nicht unterstellt. Während die Beamten sich um die
Absperrung kümmerten, gelang es mir, sie etwas gegen
KPD aufzustacheln. Man wusste nie, für was das mal
gut sein konnte.

»Sie haben heute ein kleines Autoritätsproblem«, sagte
ich zu meinem Vorgesetzten, als er nach einer Weile die
Hütte verließ und in meiner Nähe stand. Das Grinsen
unterdrückte ich so gut es ging.

»Das werden wir erst noch sehen!«, polterte er mit
rotem Kopf. Seine Halsschlagader dehnte sich erneut
an seine physikalischen Grenzen. »Keinerlei Zucht und
Ordnung in Ludwigshafen, Herr Palzki. Wenn man mich

dort für ein paar Wochen umstrukturieren lassen würde, dann würde das anders aussehen.« Er sah mich nachdenklich an. »Was machen Sie noch hier? Sollten Sie sich nicht um die vermisste Lehrerin kümmern? Los, fahren Sie schon los. Ich kümmere mich um den Rest.«

Nachdenklich stieg ich in den Wagen ein. Insgeheim war KPD sicherlich froh, einen reellen Mordfall in unserem Einzugsgebiet zu haben. Seinen mörderischen Statistiken, die er mehrfach täglich nach Gutdünken individuell und wenig mathematisch anpasste, tat der neue Fall gut. In den letzten beiden mordfreien Wochen hatte er andere ›Verbrechen‹ nach seiner neu entwickelten Diefenbach-Mord-Formel umgerechnet. Demnach entsprach eine einfache Körperverletzung einem Zehntel Mord, eine Beamtenbeleidigung taxierte er gar mit 0,3 Morden. Selbst Fahrraddiebstähle rechnete er mit einem Kurs von 1 zu 100 um.

Solange KPD sich mit solch verrückten Dingen beschäftigte, ließ er uns in Ruhe. Heute war alles anders, ich musste auf seine Anweisung hin einen schrecklichen Ort meiner Kindheit aufsuchen: das Schulzentrum in Schifferstadt. Verkehrsmäßig war es zu meiner Schulzeit, die gefühlt gar nicht so lange zurücklag, wesentlich ruhiger gewesen. Es gab zwar Eltern, aber weder Helikoptereltern beziehungsweise mehrere Kfzs je Haushalt, die für Chauffeurdienste verwendet wurden. Bei Wind und Wetter sind wir in die Schule geradelt oder gelaufen. Heutzutage war die Umgebung des Schulzentrums zwischen 7:45 Uhr und 8:15 Uhr eine absolute No-go-Area. Und mittags nach Schulschluss das gleiche Theater. An Regen- oder Schneetagen brach regelmäßig der Verkehr zusammen. Sämtliche Autofahrer standen mit rotem Kopf im Stau und ärgerten sich lautstark und wenig jugendtauglich über die vielen Eltern, die ihre Kinder in die Schule brachten, ohne jedoch zu bemerken, dass sie selbst dazugehörten. Da halfen selbst die absoluten Halteverbotsschilder nichts, die Eltern würden ihre Kinder am liebsten bis in den Klassensaal fahren. Außerdem müsste man einen überdachten Drive-In-Schalter installieren, an dem die eigenen Kinder direkt aus dem Auto ins Gebäude gelangen konnten.

Erst als ich erstaunt die leeren Parkplätze wahrnahm, schaute ich zur Uhr: 13:30 Uhr. Vor wenigen Minuten war Schulschluss des Vormittagsunterrichts. Ich atmete auf: Um diese Uhrzeit wurde vermutlich noch nie ein Lehrer auf dem Schulgelände gesichtet, von Schülern ganz zu schweigen. Das Thema ›vermisste Lehrerin‹ dürfte sich damit für mich zum jetzigen Zeitpunkt erledigt haben. Pflichtbewusst betrat ich das Gymnasium des Paul-von-Denis-Schulzentrums. Im Sekretariat schaltete eine Dame gerade den PC ab. In der Hand hielt sie eine Handtasche. Ich lugte auf das Namensschild auf dem Tresen.

»Guten Tag, Frau Marschall. Ich möchte Sie nicht um Ihren Feierabend bringen.« Ich zeigte ihr meinen Dienstausweis, damit sie mich nicht mit dem Vater eines Schülers verwechselte.

»Polizei? Ach, kommen Sie wegen Frau Walters?«
Ich nickte. »Ist sie wieder da?«

»Immer noch nicht. Leider ist von der Schulleitung niemand mehr anwesend. Aber ich kann Ihnen da auch weiterhelfen. Avril Walters wohnt nämlich bei uns.«

Sie sah meine fragende Miene und begann mit der Erklärung. »Mein Mann Dieter war bis zu seiner Pensionierung an dieser Schule Englischlehrer. Er hat jahrelang den Schüleraustausch mit England organisiert. Avril Walters ist quasi sein englisches Gegenstück. Die ganzen Jahre hat sie immer bei uns privat gewohnt. Frau Walters ist inzwischen pensioniert. Dieses Jahr ist sie kurzfristig für eine erkrankte Kollegin eingesprungen. Seit zwei Tagen ist sie spurlos verschwunden.«

Sofort fiel mir die Parallele ein: der gleiche Tag wie bei der Vorarbeiterin in Iggelheim. Ob sie ebenfalls ermordet wurde? Nein, das konnte nur Zufall sein. »Kann sie sich verirrt haben? Spricht sie deutsch?«

Frau Marschall schaute mich entgeistert an. »Sie war Deutschlehrerin. Sie kann besser Deutsch sprechen als wir beide. Sie kennt sich in der Kurpfalz sehr gut aus, sie kommt schließlich schon viele Jahre nach Deutschland. Es gibt nicht den geringsten Hinweis, wo sie sein könnte. Am besten, Sie sprechen morgen früh mit der Schulleiterin.«

Zufrieden mit der Informationsmenge verließ ich den Hort meiner früheren Albträume. Der Nachmittag würde reichen, um das Protokoll über diesen Vermisstenfall zu schreiben. Ein geruhsamer Mittag kam mir nach dem Wochenende und dem heutigen Vormittag gerade recht.

KAPITEL 3 –
DIE SACHE MIT DEM OLDTIMER

Die Kollegen von der Schutzpolizei waren nicht zu beneiden, wie ich am Empfang der Dienststelle in der Vergangenheit öfters feststellen durfte. Ein Mann, ich schätzte ihn auf Anfang 60, hatte im Empfangsraum einen mittleren Tobsuchtsanfall. Mehrere Beamte standen mehr oder weniger hilflos um ihn herum. Der jüngste hielt sicherheitshalber eine Dose mit Pfefferspray bereit.

»Mein Stag! Bringt mir meinen Stag zurück! 45 Jahre ist er alt, stellt euch das mal vor!« In seinem verzweifelten Gesichtsausdruck kullerten die ersten Tränen. Schon wieder ein Vermisstenfall, fragte ich mich. Handelte es sich um seinen Sohn? Manche Eltern geben ihren Kindern schon komische Vornamen. Ich versuchte, mich unbemerkt an der Gruppe vorbeizudrängeln, da ich wichtige Protokollarbeiten in Ruhe zu erledigen hatte.

»Herr Marschall, jetzt beruhigen Sie sich doch. Sie wird mit Ihrem Stag bestimmt bald zurückkommen.«

Marschall? Den Namen habe ich doch erst gehört? So hieß doch die Sekretärin im Gymnasium. Nachdenklich blieb ich stehen und drehte mich um.

»Heißen Sie Dieter Marschall?«

Der Angesprochene hielt in seiner Tobsucht inne. »Haben Sie ihn gefunden?«

»Ich komme gerade von Ihrer Frau. Ihre Kollegin aus England ist immer noch vermisst.«

»Das sag ich doch die ganze Zeit!«, schrie Marschall zurück. »Mein Stag ebenfalls. Das habe ich aber erst vor einer halben Stunde entdeckt. Ich werde wahnsinnig, wenn ich daran denke, was da alles passieren kann.«

Das Gehörte konnte ich unmöglich ignorieren, weder als Beamter noch als altruistisch denkender Mensch. Hier wurde Hilfe benötigt, auch wenn die Informationen zunächst sehr wirr klangen.

»Kommen Sie bitte mit in mein Büro, Herr Marschall. Ich kümmere mich um Ihr Anliegen.«

Der junge Schutzpolizist wollte mir seine Spraydose geben, doch ich winkte ab. »Ich komme alleine klar.«

Wie üblich ging ich nicht in mein Büro, sondern in Juttas.

Jutta und Gerhard sahen vom Tisch nicht auf, als wir eintraten.

»He, Reiner, wie hast du es geschafft, dass KPD sein Büro verlassen hat? Vielen Dank dafür, Kollege. Sonst hätte er uns zu einem Autohändler mitgeschleift. KPD macht neuerdings auf Oldtimer, haben wir dir das schon erzählt?«

»Oldtimer?«, rief Marschall und begann erneut herumzuzappeln.

Meine Kollegen erkannten erst durch seine Wortmeldung, dass ich nicht alleine war.

»Oh, du bringst Besuch mit.« Jutta stand auf und bot dem Besucher Platz an.

»Das ist Herr Dieter Marschall«, erklärte ich und stellte ihm meine Kollegen und mich namentlich vor.

Als wir alle am Besprechungstisch saßen, begann ich mit den Erklärungen. »Wie ihr wisst, haben wir zwei Vermisstenfälle. Der Fall in Iggelheim hat sich erledigt, darum kümmert sich KP, äh, Herr Diefenbach. Das ist der Dienststellenleiter«, erklärte ich Marschall. »Außerdem gibt es die verschwundene Lehrerin aus England, die zurzeit bei Familie Marschall wohnt. Eben habe ich erfahren, dass bei Marschalls eine weitere Person vermisst wird.« Ich wandte mich an den pensionierten Englischlehrer: »Ist Stag Ihr Sohn? Klingt ein bisschen nach englischem Namen.«

Marschalls Kinnlade fiel nach unten. »Mein Sohn?«, stammelte er. »Wie, äh, wie kommen Sie da drauf?« Er überlegte. »Obwohl, im übertragenen Sinn ist es schon mein Kind. Er wurde nur rund 25.000 Mal gebaut. Wussten Sie das?«

Ich erkannte, vielmehr vermutete ich meinen Denkfehler. »Stag ist kein Mensch?«

»Wo denken Sie denn hin?«, fiel er mir ins Wort. »Der weiße Triumph Stag ist das Highlight meiner Oldtimersammlung. Den Wagen fuhr James Bond 1971 im Film ›Diamantenfieber‹. Er ist ein Original Rechtslenker. Nicht einmal meine Frau Gabi darf ihn fahren.«

Jutta und Gerhard hörten aufmerksam zu, auch wenn sie nicht wussten, was das Ganze sollte. Ich ebenfalls nicht.

»Dieser Wagen wurde Ihnen gestohlen?« Ich bereute, ihn aus den Klauen der Schutzpolizisten befreit zu haben. Mit Bagatellen wie Autodiebstahl wollte ich mich nicht auch noch befassen.

»Gestohlen ist vielleicht zu hart ausgedrückt«, schwächte er ab. »Sie hat ihn sich wahrscheinlich nur ungefragt ausgeliehen, obwohl ich ihr das niemals erlaubt hätte!«

»Wen meinen Sie konkret?«

»Avril Walters natürlich. Nur sie wusste, wo der Schlüssel für die Garage und den Wagen lag.«

»Die Engländerin ist mit Ihrem Oldtimer weg? Wo könnte sie hin sein?«

Marschalls Geste verriet mir, dass er es ebenfalls nicht wusste.

»Könnte es sein, dass Frau Walters den Wagen bereits seit vorgestern hat, also an dem Tag, an dem sie verschwand?«

»Das ist gut möglich«, sagte Dieter Marschall. »Ich war die letzten Tage nicht in der Garage. Bitte unternehmen Sie alles Menschenmögliche, um meinen Stag zu finden. Avril natürlich auch«, ergänzte er hastig, obwohl klar war, was von beiden ihm wichtiger war.

Mir kam ein weiterer Gedanke in den Sinn. Roswitha Ziemniak hatte an dem Abend, an dem die Vorarbeiterin Pia Skarbu starb, einen Oldtimer auf dem Hof gesehen.

»Haben Sie ein Foto von Ihrem guten Stück?«

Mit zittrigen Händen zog der Autoliebhaber ein Foto aus seiner Umhängetasche. »Ich habe immer Bilder meiner Lieblinge dabei.«

Deutlich war das Lenkrad auf der rechten Seite zu erkennen. Vielleicht erkannte Frau Ziemniak den Wagen, obwohl das die Geschichte nicht einfacher machen würde. Eine pensionierte Lehrerin aus England, die nach Deutschland kam, um eine Vorarbeiterin eines Kartoffelanbaubetriebes zu ermorden. So etwas Seltsames hatte ich in meiner kriminalistischen Berufslaufbahn noch nie gehört.

»Haben Sie ein Foto von Frau Walters?«

Er nickte. »Das kann ich Ihnen nachher vorbeibringen. Bitte, Sie müssen meinen Stag unbedingt finden. Avril ist nicht die beste Fahrerin.«

Oha, hatte ich es mal wieder mit einem männlichen Autofahrer zu tun, der sich selbst als der beste und fähigste Autofahrer der Welt ansah und alle anderen Verkehrsteilnehmer als ungeeignet abwertete? Dass seine Frau seinen Wagen nicht fahren durfte, war zumindest ein weiteres Indiz.

»Frau Walters hat aber einen Führerschein?«, fragte ich sicherheitshalber nach.

»Zumindest das letzte Mal, als sie bei uns war. Wie es aktuell aussieht, ist mir unbekannt. Bedenken Sie, dass sie sich nur mit dem Linksverkehr auskennt. In England fährt sie einen roten Peugeot und pflegt einen äußerst rasanten Fahrstil. Mir bleibt jedes Mal fast das Herz stehen, wenn ich in England neben ihr im Auto sitze. Dort behauptet man, dass ihr Auto sogar unter dem Gaspedal eine Beule hat.«

Ich stand auf, um ihm zu suggerieren, dass die Sprechstunde vorbei war. »Dann werden wir uns mal an die Arbeit machen, Herr Marschall. Das Foto von Frau Walters können Sie später unten in der Zentrale abgeben. Wir melden uns, sobald wir Näheres wissen.«

Zögernd gab er uns die Hand. »Sie haben recht, Herr Palzki. Durch mein Gejammer wird es auch nicht anders.« Er reichte mir seine Visitenkarte. »Sie können mich jederzeit anrufen, gerne mitten in der Nacht, wenn ich Ihnen helfen kann. Oder wenn Sie mein Goldstück gefunden haben.«

»Was war das jetzt?«, fragte Gerhard, als der pensionierte Englischlehrer verschwunden war. »Seit wann interessierst du dich für Autodiebstahl? Und ausgerechnet Oldtimer? Wie wäre es, wenn du mit KPD auf Oldtimerschau gehst?«

Während ich meinen Kollegen über die Zusammenhänge des heutigen Tages aufklärte, spielte ich im Unterbewusstsein mit den Kaffeepads, die auf dem Tisch lagen.

»Na, habt ihr Jacques' neue Erfindung bereits getestet?«

»Da sind Sie ja!« KPD stolperte zur Tür herein. Er wirkte erschöpft.

»Immer muss ich mich mit den inkompetenten Beamten der anderen Dienststellen herumärgern. Nicht einmal die Leute von der Spurensicherung zeigen mir gegenüber Respekt! Dabei will ich doch nur ihr Bestes und gebe ihnen Tipps für eine effizientere Tatortuntersuchung. Ich sage Ihnen was: Die sind völlig beratungsresistent.« KPD war außer Rand und Band. Er echauffierte sich minutenlang über die Beamten in Iggelheim. Dann holte er Luft.

»So, jetzt geht es mir wieder besser. Als Nächstes muss ich ein Hühnchen mit Ihnen rupfen, Herr Palzki!« Er sah mich streng an. »Warum haben Sie Ziemniaks erzählt, dass ich ins Ludwigshafener Präsidium wechseln würde? Das ist doch gelogen!«

Während Jutta und Gerhard erstaunt dreinblickten, konnte ich nur schlucken. Doch schon hatte ich eine Antwort parat. »Aber Herr Diefenbach, ich habe selbst erlebt, wie die Ludwigshafener Beamten mit Ihnen umgesprungen sind. Da war es für mich naheliegend, dass Sie, natürlich nur vorübergehend, eine Versetzung nach Ludwigshafen beantragen, um dort Ihr geballtes Managementwissen, das Sie seit über einem Jahr bei uns in Schifferstadt sehr erfolgreich pflegen, ebenfalls einsetzen. Auch die dortigen Beamten haben ein Anrecht auf einen guten Chef, der kollegial mit seinen Untergebenen umgeht und immer für sie da ist.«

So viel gelogen hatte ich schon lange nicht mehr. KPD beruhigte sich und fühlte sich in seiner Arbeit bestätigt.

»Dass Sie sich so viele Gedanken über mich machen, Herr Palzki, das hätte ich niemals gedacht. Es ist für einen guten Chef wie mich sehr schwer, es immer allen recht zu machen. Bisher ist mir das zwar immer bestens gelungen, doch ich kann leider nicht auf mehreren Hochzeiten gleichzeitig tanzen. Solange ich in Schifferstadt nicht alle meine Pläne umgesetzt habe, steht eine Versetzung für mich außer Frage. Aber danach bin ich für neue Herausforderungen absolut offen.«

Glück gehabt, dachte ich. KPD hatte den zeitlichen Fehler nicht erkannt. Als ich dem Ehepaar Ziemniak von KPDs Versetzung erzählte, war er selbst gar nicht anwesend.

Unser Vorgesetzter legte eine dünne Akte auf den Tisch. »Viel hat die Spusi nicht herausgefunden. Nur durch meine Intervention haben wir festgestellt, dass die Tote nicht die Vorarbeiterin ist.«

»Was? Die Leiche ist nicht Pia Skarbu?«

KPD schüttelte den Kopf. »Frau und Herr Ziemniak sind sich da absolut sicher. Ob sie die Ermordete kannten, wissen sie nicht, da man das Gesicht brutal eingeschlagen hat. Aber an der Figur und Größe konnten die beiden erkennen, dass es sich nicht um ihre Vorarbeiterin handelt.«

Avril Walters kam mir sofort in den Sinn. Hat Pia Skarbu die Engländerin erschlagen und war mit dem Oldtimer geflüchtet?

Ich zeigte KPD das Foto von Dieter Marschall. Bevor ich etwas sagen konnte, fiel er mir ins Wort: »Wahnsinn! Ein Triumph Stag, genau so einen will ich kaufen.« Er betrachtete die Details. »Der ist Baujahr 71, das erkenne ich als Fachmann sofort. Wo haben Sie den her, Herr Palzki?«

»Der ist seit vorgestern seinem Besitzer abhanden gekommen. Zufällig wurde auch im Hof der Ziemniaks ein altes Auto gesehen, ungefähr zu dem Zeitpunkt, als die Vorarbeiterin verschwand.«

KPD blätterte in der Akte. »Stimmt, das hat man mir erzählt. Ist das der Wagen, der auf dem Hof war?«

»Weiß ich nicht, könnte aber gut möglich sein. Ich werde das morgen früh überprüfen.«

»Machen Sie das. Und wenn Ihnen diese Vorarbeiterin über den Weg läuft, nehmen Sie sie vorläufig fest. Es dürfte ziemlich klar sein, dass sie die Täterin ist. Über den Wagen sollten wir uns morgen ebenfalls unterhalten. Ich würde mich gerne mit dem Eigentümer unterhalten. Vielleicht kann ich ihn günstig erwerben.«

KPD wollte aufstehen, da entdeckte er die Kaffeekapseln.

»Nanu, Pads ohne Beschriftung. Welche Sorten sind das denn?«

Bevor ihn Gerhard oder Jutta aufklärten, nutzte ich die Gelegenheit. »Das sind Pads mit Überraschungsgeschmack. Sie können sich ruhig zwei oder drei mitnehmen. Die dürften für Ihre Maschine passen.«

»Herr Palzki, Sie wissen doch, dass ich das Modell Koffein 5000 besitze. Da gibt es keine Kapseln. Aber ich werde mir dennoch welche zum Probieren mitnehmen. Ich öffne die Kapseln mit einem Messer und befülle meinen Automaten manuell.«

Ich grinste in mich hinein. Zu gerne würde ich bei dieser Aktion aus sicherer Entfernung zuschauen. Bevor meine Kollegen, diese Gutmenschen, intervenieren konnten, schnappte er sich ein paar Pads und verschwand.

»Das hast du klasse gemacht, Reiner!«, meinte Jutta mit sarkastischem Unterton.

Ich ignorierte den Sarkasmus: »Bitte, immer gerne zu Diensten. Immerhin habe ich euch eventuell vor körperlichem Schaden bewahrt.«

Es war noch etwas hin bis zum offiziellen Feierabend, doch ich beschloss, meine Arbeitszeit ausnahmsweise etwas flexibel zu handhaben. »Ich bin daheim, wenn was wäre. Morgen früh schauen wir weiter, bis dahin liegen weitere Unterlagen über Iggelheim vor.«

Gerhard und Jutta ließen mich ohne bösen Kommentar ziehen. Just als ich an KPDs Tür vorbeikam, hörte ich ein Knallgeräusch, das sich wie eine Verpuffung anhörte. Die anschließenden Schreie und Flüche konnte ich eindeutig KPD zuordnen. Neugierde war eindeutig fehl am Platz, Details würde ich morgen erfahren, wenn es Überlebende gab.

KAPITEL 4 –
MELANIES 13. GEBURTSTAG

Zu Hause angekommen, stutzte ich. Alles war ruhig. Unsere neugeborenen Zwillinge Lisa und Lars schienen zu schlafen. Von Paul war nichts zu sehen. Stefanie saß buchlesend auf der Couch, während Melanie auf dem Couchtisch an einer Skizze zeichnete, was mehr als ungewöhnlich war.

»Hallo«, begrüßte ich meine Teilfamilie. »Ich bin heute früher gekommen, freut ihr euch?«

Während meine Frau aufstand und mich küsste, reagierte Melanie wie immer, nämlich gar nicht. Sie schien geistig tief in ihrer Kreativphase versunken.

Auf einmal warf sie den Filzstift auf den Boden. »Kacke noch mal, das funktioniert so nicht.«

Stefanie wollte unsere Tochter zur Ordnung rufen, doch ich war schneller. Ich setzte mich neben Melanie. »Was machst du da?«

Sie zuckte zusammen. »Oh, ich habe dich gar nicht kommen hören.« Sie zeigte auf ihre Zeichnung, die annähernd so talentfrei aussah wie meine früheren Werke. Alle meine handgemalten Bilder und Zeichnungen waren Radierungen beziehungsweise Verschmierungen, und das war wörtlich zu nehmen.

»Moderne Kunst, sehr schön.« Ich versuchte, mich ein wenig einzuschmeicheln. »Soll ich mal einen Interpretationsversuch wagen? Diese einigermaßen geraden Linien, die rechtwinklig aufeinandertreffen, könnten den Lebenslauf von der Geburt bis zum Tod symbolisieren. Die Quadrate stehen für Alternativen während des Erwachsenwerdens, wobei mich der Kreis verblüfft. Dies könnte ein Hinweis auf die Eheschließung sein, dann wären die vielen kleinen Punkte, äh, Kinder?« Ich steigerte mich weiter in das seltsame Gebilde hinein, und schlussendlich fand ich meine Auslegung einigermaßen logisch. »Macht ihr das in der Schule, Melanie?«

Meine Tochter sah mich an, als zweifelte sie an meinem Geisteszustand. »Spinnst du, Dad? Hast du was geraucht?«

Bevor ich aufbrausen konnte, zeigte sie auf die Striche. »Das ist ein Raumplan unseres Kellers. Dort wird die Party zu meinem 13. Geburtstag steigen.«

Wenn man es wusste, hatten die Striche tatsächlich eine gewisse abstrakte Ähnlichkeit mit unseren Kellerräumen.

»Du, Dad«, sagte Melanie und klang auf einmal viel freundlicher. »Macht es viel Arbeit, den Schreibtisch und den Schrank aus deinem Büro in die Garage zu tragen? Ist nur für drei oder vier Tage.«

»Wieso?« Meine Verwirrung war komplett.

»Für das Buffet und die Getränke. Dann haben wir in den anderen Räumen mehr Platz. Die Waschmaschine und der Trockner müssen auch weg.«

Man kann nicht sagen, dass wir einen kleinen Keller hätten. Ich musste Näheres über Melanies Pläne erfahren, bevor es zu spät war.

»Was hast du vor? Warum der ganze Platz? Du kannst doch mit ein paar Kindern, äh, Jugendlichen im Wohnzimmer feiern.«

»Genau, und danach Topfschlagen und Blinde Kuh spielen. Papa, ich werde 13!«

Vorsichtig tastete ich mich an die Wahrheit heran. »Und wie viele Gäste erwartest du so ungefähr?«

Melanie öffnete einen Notizblock, der neben ihrer Zeichnung lag. »So genau bin ich noch nicht durch. Am ersten Abend werden es ungefähr 45 sein. Oder ein paar mehr.«

»Am ersten Abend?« Ich schnappte nach Luft.

»Ja, wir fangen erst am Abend an. Manche müssen tagsüber arbeiten.«

Stefanie saß sprachlos auf der anderen Seite. Sie war mir im Moment keine Hilfe.

Ich wusste nicht, wo ich anfangen sollte. Wegen der Masse an Gästen, deren mutmaßlichem Alter oder bei der Dauer der Party.

Melanie sah, wie mir die Gesichtszüge entglitten. »Oh, Daddy, du hast selbst gesagt, dass ich eine Party feiern darf. Ich werde nur einmal 13.«

Mit Schaudern dachte ich an ihren 14., 15. und 16. Geburtstag. Für mehr reichte meine Fantasie nicht.

»Du kannst doch keine 45 Leute einladen! Wer soll das bezahlen? Woher kennst du überhaupt Leute, die schon arbeiten?«

Unsere Tochter zog eine Schnute. »Die Jungs in meiner Klasse sind alle so kindisch. Mit denen kannst du überhaupt nichts anfangen.«

»Anfangen? Was meinst du damit?«

»Ach, so halt. Nimm doch nicht immer alles so wörtlich. Der Patrick in der neunten, mit dem kann man sich gut unterhalten. Patrick hat jede Menge Kumpels, die habe ich alle eingeladen. Mädchen kommen natürlich auch ein paar.«

Mein Informationsbedürfnis war noch nicht zur Gänze befriedigt. »Und warum soll die Party über mehrere Tage gehen?«

»Nächte, Dad. Tagsüber geht doch nicht. Ich will Motto-Partys feiern. Am ersten Abend machen wir auf Flower-Power, ganz so wie du früher, als du jung warst, Dad.«

Ich kannte Melanie viel zu gut, um darauf reinzufallen. »Kommt nicht in die Tüte.« Einen kurzen Moment stutzte ich über das unfreiwillige Wortspiel. »Du kannst an einem Abend deinen Geburtstag feiern mit höchstens 15 Gästen. Und um Mitternacht ist Schluss, aber nur, wenn die Party an einem Freitag oder Samstag stattfindet. Und keiner der Gäste ist älter als 16. Ende der Diskussion.«

Ich hatte den Eindruck, mich nach Langem mal wieder in meiner Familie durchgesetzt zu haben. Seltsamerweise legte Melanie keine Widerrede ein. Hatte ich meine verloren geglaubte Autorität mit diesem Donnerschlag zurückerobert?

Stefanie war stolz auf mich. Nachdem unsere Tochter aus dem Zimmer war, nahm sie mich in den Arm. »Das hast du toll gemacht, Reiner. Dafür mache ich dir zum Abendessen Kartoffelpuffer. Unsere Nachbarin Frau Ackermann hat mir heute früh drei Stunden lang ein neues Rezept gebracht.«

Die Belohnung machte mich nicht wirklich glücklich. »Was wird wohl alles in den nächsten zwei oder drei Jahren mit Melanie passieren?«, sinnierte ich laut. Stefanie wusste auch keinen Rat. »Wir müssen auf jeden Fall mehr auf sie aufpassen. Im Herbst will sie übrigens in einen Tanzkurs. Das finde ich okay. Zum 14. Geburtstag möchte sie mit Patrick und seinen Kumpels in den Ferien nach Dänemark trampen. Stell dir das mal vor!«

»Vielleicht sollten wir sie ins Internat stecken?«

Stefanie wehrte sich. »Nein, das ist nicht das richtige. Vielleicht kann ich sie überzeugen, in einen Verein zu gehen, um sich dort zu engagieren?«

»Klasse«, antwortete ich. »Gesangsverein, Taubenzüchterverein, bei uns in Schifferstadt gibt's viele Vereine.«

Meine Frau blickte mich entgeistert an. »Den Vorschlag unterbreitest aber du unserer Tochter. Ich hatte mehr an einen Sportverein gedacht.«

Damit war das unerfreuliche Thema für diesen Abend erledigt. Leider nicht für immer. Aussitzen half in diesem Fall nicht. Im Gegenteil, es würde die Sache nur verschlimmern.

KAPITEL 5 –
DIE INDOOR-HANF-PLANTAGE

Einigermaßen ausgeruht fuhr ich am nächsten Tag zur Dienststelle. Am Empfang standen keine tobsüchtigen Männer, denen das Auto geklaut wurde, auch sonst ging alles glatt. Bis ich an KPDs Tür vorbeiging, die bedauerlicherweise offen stand.

»Herr Palzki, kommen Sie mal rein. Auf Sie warte ich schon die ganze Zeit. Wann lernen Sie, endlich mal pünktlich zu sein?« Ein provozierender Blick auf die Armbanduhr folgte.

Ich trat in KPDs Büro, das nach mehreren Vergrößerungsarbeiten zwei Drittel des ersten Obergeschosses einnahm. Sogar den ehemaligen Sozialraum hatte er sich einverleibt, sodass dieser sich nun einen Stock höher befand.

In der Mitte zwischen der Panoramafensterfront und KPDs Hauptschreibtisch aus wertvollen Tropenhölzern, der die Größe einer Tischtennisplatte hatte, stand seine Koffein 5000. Die Großküchenmaschine besaß einen Zwei-Zoll-Wasseranschluss und war für KPDs Zwecke um ein knappes Unendlichvielfaches überdimensioniert.

Ich war bereits mit ungutem Gefühl in den Saal gegangen, doch was ich sah, ließ mich fast verrückt werden: Die Koffein 5000 war über und über mit einer klebrigen braunen Masse verschmiert und machte den Eindruck einer undichten Dampfmaschine aus dem 18. Jahrhundert. KPD ging direkt auf die Maschine zu. Er drehte sich um und sah kein bisschen wütend aus.

»Ihr kleiner Streich hat bei mir gestern für ziemlich Aufregung gesorgt«, begann er, und ich hatte den Eindruck, er lächelte. Was war hier los?

»Das hat mich an meine eigene Schulzeit erinnert. Alle meine Lehrer hatten von Pädagogik nicht die geringste Ahnung. Ab der siebten Klasse wollte ich mich mit neuen Ideen einbringen, doch die Lehrer mit ihrem Tunnelblick erkannten die Chance ihres Lebens nicht. Dadurch litt das Verhältnis zu den Lehrern, damit sind meine mittelmäßigen Noten zu erklären«, fuhr KPD fort. »Dass mir das aber niemand erfährt!«, fügte er flüsternd an. »Aber Noten sind schließlich nicht alles, ich bin trotz allem ein sehr guter Chef geworden. Äh, was ich sagen wollte: Auch ich habe meine kleinen Geheimnisse und hatte den Lehrern Streiche gespielt. Vielleicht schreibe ich irgendwann mal ein Buch darüber.«

Er schaute zu seiner Koffeinschleuder. »Daher konnte ich gestern über Ihren kleinen Schabernack lachen.«

Verkehrte Welt, dachte ich, und in mir drehte sich alles. »Ab…, aber Ihre Maschine«, gab ich stotternd zu bedenken.

»Ach was, Herr Palzki, die lasse ich heute Mittag abholen. Sie ist erst knapp ein halbes Jahr alt und voll in der Gewährleistung. Ich nutze die Gelegenheit, auf die brandneue Koffein 6000 umzusteigen. Die benötigt zwar einen größeren Wasseranschluss, aber ich habe den Hausmeister bereits beauftragt, direkt von dem Hydranten vor unserem Gebäude eine neue Leitung zu legen.«

Erneut war es mir nicht gelungen, meinem Chef zu schaden. Ich kam mir inzwischen wie Karl der Kojote vor, der ständig vergeblich den Road Runner zu fangen versuchte.

»Ich brauche Ihre Hilfe, Herr Palzki.«

Dieser ungeheuerliche Satz riss mich aus den Gedanken. KPD benötigte von einem anderen Menschen Hilfe? Und die ausgerechnet von mir?

Diefenbach hielt zwei Kaffeepads in der Hand, die von seinem unfreiwilligen Freifeldversuch übrig waren. »Herr Steinbeißer und Frau Wagner haben mir die Wahrheit gebeichtet.«

Während ich mich mit wackligen Beinen setzte, erzählte KPD weiter. »Ihr Freund, Herr Bosco, ich habe ihn ja schon kennenlernen dürfen, ist ein grandioser Erfinder. Ich würde gerne näher mit ihm zusammenarbeiten. Im Team könnten wir die Welt revolutionieren. Er als Erfinder und ich als Vermarktungsexperte. Mit diesen Pads werde ich weltberühmt.«

Und schon sprach er wieder in der ersten Person.

»Was schwebt Ihnen denn vor?«

»Dr. Diefenbachs Spezialkaffee. Na, wie finden Sie das, Herr Palzki?«

»Sie haben einen Doktortitel?«

KPD schüttelte missmutig den Kopf. »Leider nicht, ich musste mein Studium abbrechen wegen den inkompetenten Professoren. Aber wenn die Professoren fähig gewesen wären, hätte ich selbstverständlich mehrfach promoviert. Das spielt aber keine Rolle, denn Dr. Diefenbachs Spezialkaffee ist nur der Markenname. Wenn der eine oder andere Kaffeegenießer den Markennamen mit meiner Person verbindet, soll mir das recht sein. Schließlich steigen wir im hochpreisigen Segment ein.«

»Hochpreisig?«

»Natürlich, Herr Palzki. Meinen Sie, ich verschleudere diese genialen Pads an Discounter?«

»Natürlich nicht, Herr Diefenbach.«

»Eben. Je hochpreisiger ein Produkt, desto größer die Gewinnspanne. Um etwas teuer zu verkaufen, muss es innovativ sein und eine edle Verpackung vorweisen. Innovativ ist die Erfindung von Herrn Bosco unbestreitbar und edel wird die Verpackung durch meinen Namenszug. Auf einen Nenner gebracht: Die besten Voraussetzungen für ein erfolgreiches Produkt.«

Er spielte mit den Pads in seinen Händen. »Vielleicht sollte Herr Bosco ein bisschen feinjustieren. Der Druck beim Öffnen der Kapseln ist schon sehr hoch.« Er zeigte nach oben. Ein Stück des Plastikgehäuses des Pads hatte sich in die Deckenpaneele aus Echtholz gebohrt.

»Ich wäre Ihnen verbunden, wenn Sie möglichst zeitnah mit Herrn Bosco reden könnten.«

Abermals witterte ich eine Chance. »Mal sehen, wie das zeitlich klappt. Zuerst will ich nach Iggelheim mit dem Oldtimer-Bild. Anschließend muss ich mich um diese ganzen Vermisstenfälle kümmern, das ist schon sehr zeitaufwendig und lästig.«

KPD reagierte wie gewünscht. »Das mit den Vermisstenfällen können Sie von Ihrer To-do-Liste streichen. Da warten wir einfach ein paar Tage ab. Das sind schließlich alles erwachsene Menschen, die werden wissen, was sie tun.«

Grundsätzlich war ich darüber froh, auch wenn ich mir inzwischen sicher war, dass es sich bei der Toten um die englische Lehrerin handelte.

»Wenn Sie den Eigentümer des Triumphs sehen, sagen

Sie ihm bitte, dass ich ihn dringend zu sprechen wünsche.«

Ich verabschiedete mich von KPD. Selbstverständlich würde ich so bald wie möglich Jacques zu ihm schicken. Solange KPD mit seiner neuen Idee beschäftigt war, ließ er uns in Ruhe. Daher hatte ich nichts dagegen, wenn er zum neuen Kaffeekönig aufstieg und Oldtimer sammelte.

»Na, hat KPD mit dir gesprochen?«, fragte Jutta, als ich zur Tür reinkam.

»Glück muss man haben«, ergänzte Gerhard. »Wir haben uns unserem Chef natürlich sofort als Testpersonen angedient. So günstig kommen wir nie mehr an Kaffee. Er plant die Produktion oben im Sozialraum aufzubauen. Die passenden Maschinen will er von Jacques entwickeln lassen.«

»Und unser Sozialraum?« Was meine beiden kaffeeabhängigen Kollegen planten, war mir erst mal egal. »Heißt das, dass wir ab sofort montags keine Lagebesprechung mehr haben mangels Sozialraum?«

Die beiden lachten. »Da kennst du deinen Chef aber schlecht. Die Monologe an den Lagebesprechungen braucht er wie die Luft zum Atmen. Der Sozialraum kommt hoch in den Speicher.«

»Was? Da gibt's doch nur kleine Dachluken. Außerdem ist das Dach nicht gedämmt. Wisst ihr, was das bedeutet? Im Sommer Sauna und im Winter Arktis.«

»Unserem Chef wird mit Sicherheit etwas einfallen. Setz dich mal zu uns, Reiner. Es gibt Neuigkeiten.«

Jutta blätterte in ein paar Unterlagen, die ich noch nicht kannte. »Dass die Tote nicht Pia Skarbu ist, weißt du ja.«

»Jetzt sagst du mir bestimmt, dass es sich um die vermisste Engländerin handelt.«

Meine Kollegin blätterte in einer Akte, die neben der anderen lag. »Nach meinen Unterlagen ist Avril Walters am gleichen Tag verschwunden wie die Vorarbeiterin von diesem Kartoffel-Käfer.«

»Damit ist der Fall wohl gelöst«, erklärte ich. »Diese Pia hat die Engländerin ermordet und ist in dem Oldtimer geflohen, den die Engländerin ihrer Gastfamilie entwendet hatte.«

Jutta nickte anerkennend, grinste aber dabei. »Klingt absolut logisch, Reiner. Leider irrst du dich. Die Leiche ist zwar bisher nicht obduziert, es steht aber zweifelsfrei fest, dass sie bereits einen Tag vorher gestorben ist.«

»Noch eine Vermisste? Bald haben wir in der Kurpfalz keine Frauen mehr.«

»Mach mal halblang, Kleiner«, wehrte sich Jutta. »Die besten sind noch da.«

»Es liegt keine Vermisstenmeldung vor«, sagte Gerhard. »Jedenfalls nicht aus unserer Region. Woanders natürlich schon. Mangels Gesicht wird es mit der Identifizierung sehr schwierig werden und eine Weile dauern.«

Ich schnappte mir Juttas Unterlagen und blätterte sie selbst durch. Allzu informativ waren sie nicht. »Wir suchen also insgesamt drei Frauen. Von zwei kennen wir die Identität, aber nicht den Aufenthaltsort. Bei der dritten, der Toten, ist es umgekehrt.«

Ich stand auf. »Ich fahre nach Iggelheim. Der Oldtimer lässt mir keine Ruhe. Mal schauen, ob Frau Ziemniak ihn anhand des Fotos identifizieren kann. Damit hätten wir eine gesicherte Verbindung zu Avril Walters.«

Ich wägte ab, ob ich einen kleinen Umweg über Speyer nehmen sollte. Ich entschied mich dagegen, weil ich gestern im Vorbeifahren einen Imbiss in Iggelheim gesehen hatte, den ich bisher nicht kannte. Es war nie verkehrt, in der Umgebung kleine Verpflegungsstationen zu kennen. Der äußere Eindruck war positiv. Insgesamt war der Imbiss gut besucht, was für ihn sprach. Die Auswahl an vegetariererfreien Gerichten war groß, und ich deckte mich reichlich ein. An den Stehtischen ging es zwar etwas beengt zu, doch das störte mich nicht. Gegen die Gespräche, bei denen ich unbeteiligt Zeuge wurde, konnte ich durch die räumliche Nähe nichts tun.

»Hoscht schun ghert, Schorsch? Beim Grumbeere-Käfer hänn se ä Leich gfunne«, sagte ein höchstens 1,60 Meter kleiner Mann mit Rollator und einem Bauch- und Gesäßumfang, der es ihm unmöglich machte, sich auf seinen Rollator zu setzen. Der angesprochene Schorsch hatte eine Bratwurst erstanden und kam zu ihm an den Stehtisch.

»Eijo, hab ich dess schunn mitgekriegt. Ich kenn doch de Herrmann aus de Schul.« Er nahm einen ersten Bissen seiner Wurst. Nachdem er diesen hinuntergeschluckt hatte, fuhr er fort. »Jetztert hot ers awer mit seine Weiwergschichte iwwerdriwwe.«

»Was fer Weiwergschichte?«, fragte der kleine Dicke zurück.

»Wescht du des net? Ich glaab, jeder im Dorf wees des, nur sei armi Fraa net. Manchmol hot der drei oder vier Geliebte gleichzeitich, der Casanova.«

»Was? So änner is dess? So was det ich nie mache.«

Bei diesem Satz hätte ich mit vollem Mund fast herausgelacht.

»De Herrmann soll jo sogar was mit de Paula Hambacher hawe. Die hockt in Neistadt im Stadtrot.«

»Unn di hot er jetztert umgebrocht?«

»Kä Ahnung. Wunnere dät mich des awer net. Vor zwee Woche hab ich die beide zufällisch newerm Friedhof getroffe, doch hännse aständisch gstritte. Wescht du was dodefunn?«

Der Dicke hob seine Achseln, dabei schwabbelte der Rest des Körpers in etlichen Schwingungen nach.

Ich dankte mir selbst für die glorreiche Idee, diesen Imbiss aufgesucht zu haben. Hier erfuhr man mehr als bei einem Dutzend Vernehmungen, da die Befragten sowieso meist logen.

Nachdem ich fertig gegessen hatte und die beiden Ortsansässigen nur noch über Fußball von irgendwelchen Kreisligamannschaften diskutierten, fuhr ich zum Kartoffel-Käfer.

Der Hofladen war wieder gut besucht. Um nicht erneut Missverständnisse aufkommen zu lassen, ging ich seitlich neben der Kundenschlange vorbei zum Tresen und sprach eine der Verkäuferinnen mit lauter Stimme an: »Guten Tag, ich bin kein Rentner und habe einen Termin mit Herrmann Ziemniak.« Die Frage nach Herrn Käfer verkniff ich mir heute, man lernte schließlich dazu.

Die Verkäuferin zeigte nach hinten in den Hof. »Zweite Scheune links.«

Die Wegbeschreibung war einfach, auf Anhieb hatte ich das Gebäude identifiziert. Nachdem ich eine kleine Tür neben dem geschlossenen Scheunentor geöffnet hatte, wusste ich auf einmal Bescheid: Ich stand vor einer riesigen Hanfanlage.

So viele Lichtröhrenleisten hatte ich in einem einzigen Raum bisher nie gesehen. Im Abstand von wenigen Metern zogen sie sich durch die komplette Hallenlänge. Ähnlich wie in Supermärkten gab es lange und mannshohe Regalreihen, auf denen Kartoffelkisten standen. Hunderte, eher Tausende Kartoffelkisten. Von meinem Standpunkt sah ich zwar nur die erste Reihe, doch warum sollte es in den anderen Gängen anders aussehen. Ich ging auf die erste Reihe zu und schaute in die Kisten: Kartoffeln. Nur für einen kurzen Moment stutzte ich. Klar, zur Tarnung hatten Ziemniaks vorne am Eingang Kartoffeln liegen, damit ein flüchtiger Besucher den Cannabis in den anderen Reihen nicht entdeckte. Als Polizeibeamter konnte ich über den billigen Trick nur müde lächeln.

Plötzlich stand Herrmann Ziemniak vor mir. »Hallo, Herr Palzki. Gefällt Ihnen unsere Anlage? Wir sind von den über 300 Anbaubetrieben der Erzeugergemeinschaft Pfälzer Grumbeere einer der größten.«

Kartoffeln? Wollte er mich veräppeln? Er musste doch wissen, dass ich nur ein paar Schritte in die Halle gehen musste, um seine Hanfpflanzen zu entdecken. Jetzt würde er versuchen, mich aus der Halle herauszulocken.

»Kommen Sie, Herr Palzki. Lassen Sie uns durch die Halle gehen. Hier liegen 50 Tonnen Kartoffeln, die vorkeimen müssen.«

Auch in der zweiten Reihe gab es nur Kartoffeln. Er war anscheinend vorsichtiger, als ich dachte.

»Wir lassen uns einiges einfallen, damit es in der Pfalz ab Ende Mai die ersten Frühkartoffeln gibt«, erklärte er mir stolz. »Neben dem Folienanbau ist das Vorkeimen besonders effektiv. Was die Grumbeeren in der Halle machen, müssen sie nicht auf dem Acker tun.«

Ich konnte immer noch nicht glauben, was er erzählte, und nahm eine der Kartoffeln in die Hand. »Igitt, die hat ja Augen. Die können Sie nicht mehr verkaufen.«

Ziemniak lachte. »Machen wir auch nicht. Das sind nur

die Saatkartoffeln, die beziehen wir aus Pflanzgutbetrieben in den Niederlanden oder Norddeutschland. Nur so ist gewährleistet, dass das Saatgut frei von Krankheitsträgern ist. Früher gab es deswegen oft Ernteausfälle. Seit das Saatgut aus überwachten Pflanzgutbetrieben kommt, ist das vorbei.« Er nahm mir die Kartoffel ab. »Das ist eine Annabelle. Hinten haben wir Berber liegen. Aus jedem dieser Triebe wachsen später im Boden vier bis fünf Kartoffeln. Und die werden geerntet und verkauft.«

Ich ließ ihn stehen und schaute in die anderen Gänge: überall Kartoffeln, alle mit mehr oder weniger großen Augen. Also doch keine illegalen Drogengeschäfte. Ziemniak war mir gefolgt.

»Die Mischung aus Licht und Wärme macht's. Das ist eine Wissenschaft für sich. Bisher hat sich Pia um die Vorkeimhalle gekümmert.« Er wurde sentimental, ein paar Tränen kullerten.

Ich wollte gerade damit beginnen, einer meiner Pokerfragen zu stellen, um auszuloten, ob er mit Pia ein Verhältnis hatte. Leider kam in diesem Moment seine Frau hinzu. Aus Diskretionsgründen verschob ich meine Frage auf ein anderes Mal. Solange seine Liebschaften nichts mit dem Mord zu tun hatten, konnten sie mir egal sein.

Nachdem mich Roswitha begrüßt hatte, fragte sie mich nach dem unerfreulichen Fund in der Hütte der Vorarbeiterin.

»Wissen Sie inzwischen, wer die Tote ist, Herr Palzki? Von Pia haben wir kein Lebenszeichen gehört.«

»Leider wissen wir das noch nicht. Ich habe aber auch eine Frage an Sie.« Ich zog die Fotografie des Oldtimers von Herrn Marschall aus der Tasche.

»An dem Abend, als Ihre Vorarbeiterin verschwand, soll nach Ihren Aussagen ein Oldtimer im Hof gestanden haben.«

»Den habe ich gesehen«, meinte Herrmann. Beide beugten sich über die Fotografie und sagten einigermaßen synchron: »Genau, das ist der Wagen. So hat er ausgesehen.«

Herrmann Ziemniak wusste es sogar genauer. »Ich habe mir den Triumph kurz angeschaut, weil er ein Rechtslenker war.«

»Haben Sie zufällig gesehen, wer ihn gefahren hat?«

Er schüttelte den Kopf, seine Frau tat ihm gleich. »Tut mir leid, da war so viel los. Es waren nur ein paar Sekunden, die ich mir den Triumph angeschaut habe.«

Ich bohrte weiter. »Sagt Ihnen der Name Avril Walters etwas? Sie ist Engländerin. Hat Pia den Namen mal erwähnt?«

Die beiden dachten ohne Ergebnis nach. »Gehört ihr der Wagen?«, fragte Herrmann.

Ich wollte antworten, als seine Frau mir ins Wort fiel: »Ist das die Tote?«

Zu viele Details wollte ich im Moment nicht verraten. »Wie gesagt, wir wissen nicht, wer die Tote ist. Bitte rufen Sie mich an, wenn Ihnen noch etwas einfällt.«

»Machen wir, Herr Palzki. Herr Diefenbach hat uns seine Durchwahlnummer gegeben.«

Mist, das war eindeutig kontraproduktiv. Ich zückte meine eigene Karte. »Rufen Sie besser mich an, das geht schneller. Herr Diefenbach hat im Moment einen anderen schwierigen Fall an der Backe.« Ich strich meine Durchwahlnummer durch und schrieb Juttas Nummer daneben.

KAPITEL 6 –
DAS GEHEIMNIS EINER
NEUSTADTER STADTRÄTIN

Nachdem ich im Auto saß, probierte ich zum ersten Mal mein neues Diensthandy aus. Den Zugangscode hatte ich mir aus persönlichen Sicherheits- und Gedächtnisgründen mit Filzstift auf die Rückseite des Gerätes geschrieben. Es reichte mir völlig, wenn ich die PIN meines Girokontos nicht aufschreiben durfte. Die Bedienungsoberfläche des Handys war für mich als wenig digitalaffiner Beamter sehr ungewohnt. Das Display war vollgestopft mit kleinen Bildchen, die mir bis auf wenige Ausnahmen nichts sagten. Gerhard und Jutta hatten mir zwar eine Einweisung gegeben, doch ich hatte nur mit einem Viertelohr zugehört. Kontaktdaten, Termine, E-Mails, Newsreader, Browser und wie die kleinen Helferlein alle hießen: Was sollte ich damit? Im Büro konnte ich auf alles, was ich brauchte und sogar noch viel mehr, direkt zugreifen. Und für unterwegs gab es die Funktion des Telefonierens. Praktischerweise war der Zugang zu der Telefonierfunktion mit einem Telefonhörer symbolisiert. Da die Zifferntasten auf dem Display mächtig groß abgebildet waren, konnte ich mit dem Handy, es war das Modell Senior-D-Bil, wie mir eine Aufschrift verriet, auf Anhieb Jutta anrufen.

»Ich glaub's nicht«, begrüßte sie mich fernmündlich. »Wie hast du das geschafft, Reiner? Sag schon, wer hat dir bei dieser größten Aufgabe deines bisherigen Lebens geholfen?«

»Hör auf zu lästern«, entgegnete ich mürrisch. »Sonst lass ich mir von dir erklären, was eine Schallplatte ist.«

Jutta lachte, die Situation war gerettet. »Was gibt's Reiner? Konntest du den Täter festnehmen? KPD hat bereits zweimal nachgefragt. Und ob du mit Jacques gesprochen hast, will er wissen.«

»Sag ihm, dass ich ihm eine Kapsel mit Molotowgeschmack mitbringe. Aber vorher suchst du mir bitte die Adresse einer gewissen Paula Hambacher heraus. Sie soll im Stadtrat Neustadt sein.«

»Nichts leichter als das«, sagte Jutta. »Das hättest du mit deinem Handy aber ebenso schnell recherchieren können.«

Ich grunzte ins Telefon, weil mir nichts Besseres einfiel. Keine Minute später gab mir meine Kollegin die Adresse durch. »Sauterstraße? Das kommt mir irgendwie bekannt vor. Wo ist das so ungefähr?«

Nachdem sie mir den Weg beschrieben hatte, fiel mir ein, woher ich die Straße kannte. Das konnte nur ein Zufall sein, die Straße war immerhin ziemlich lang.

Ich bedankte mich und beendete die Verbindung. Bei den aufpoppenden Systemfragen wie zum Beispiel ›Wollen Sie die Datenverbindung beenden?‹, ›Wollen Sie automatisch nach einem WLAN suchen?‹ entschied ich mich nach dem Zufallsprinzip. Jutta würde das später in Ordnung bringen. Ich war als Kriminalbeamter angestellt und nicht als EDV-Berater. Davon abgesehen benutzte man heutzutage nicht mehr die betagte Abkürzung EDV, sondern ein modernes IT. Was immer sich dahinter verbarg.

Es war kein Zufall. Es konnte kein Zufall sein. Paula Hambacher wohnte im gleichen Haus wie Steffen Boiselle, der Inhaber des Agiro-Verlags. Boiselle hatte mich vor nicht allzu langer Zeit mit seinem Dubbeglas, einem konisch geformten Weinglas mit vielen kleinen Dellen, in der Öffentlichkeit bloßgestellt. Das lag daran, dass die Gläser eine Karikatur meiner selbst trugen, denn Steffen Boiselle war nicht nur Inhaber des Verlags, sondern auch Cartoonist und Karikaturist. Selbstverständlich hatte ich ihm dies damals verboten, doch der Zeichner ignorierte meine Drohungen, die bei der praktischen Umsetzung der Drohungen mit lebenslänglicher Haft sanktioniert worden wären. »Herr Palzki, Ihr Gesicht eignet sich hervorragend für eine karikaturistische Darstellung«, sagte er zu dem Thema. Und irgendwann war es halt passiert. Alle Welt kaufte diese bescheuerten Dubbegläser mit meinem Konterfei.

Dies lag zum Teil daran, dass er Dietmar Becker kannte. Alleine beim Gedanken an diese Person bekam ich Flecken am Hals und an anderen, meist verdeckten Körperstellen. Becker, von Beruf ewiger Archäologiestudent, schrieb, um seinen Unterhalt zu finanzieren, nicht nur als freier Mitarbeiter für diverse Zeitungen wie die Rheinpfalz, sondern auch Regionalkrimis. Entweder tat er dies aus Therapiegründen, um sich einen Psychiater zu ersparen, oder es handelte sich um eine Bewährungsauflage, die er uns verschwieg. Dem nicht genug, mischte er sich regelmäßig, aber natürlich stets mit mäßigem Erfolg, in unsere Ermittlungen ein, sobald wir einen etwas diffizileren Fall hatten. Ohne Rücksicht auf Realität und

Authentizität schrieb er total überzogene und unglaubwürdige Kurpfalzkrimis, die niemand ernst nahm. Vermutlich kamen seine Romane sowieso nicht über eine
zweistellige Auflage hinaus. Durch seine permanente
Einmischung in unsere hoheitlichen Polizeiaufgaben kam
er eines Tages in Kontakt mit KPD, der ihn sofort ver-
einnahmte. Seitdem hatte er den inoffiziellen Status eines
Polizeireporters inne, den es in Wirklichkeit nicht gab.
Fortan erfuhr er viele Dinge von KPD aus erster Hand,
manchmal sogar, bevor wir, KPDs Untergebene, davon
erfuhren. Als Dank für diese Bevorzugung hatte er KPD
als Realfigur in seinen Krimis eingebaut. Ich muss sagen,
die Beschreibung KPDs in Beckers Krimis war das Einzige, aber wirklich das absolut Einzige, was zu 100 Prozent der Realität entsprach. Leider ließ es Becker nicht
bei KPD bewenden. Nein, er musste sogar meine Kollegen und mich in seine abstrusen Geschichten einbauen.
Vor Verunglimpfungen meiner Person schreckte er nicht
zurück, sodass Becker seit Längerem auf meiner persönlichen Schwarzen Liste stand.

Jäh wurde ich aus meinen Gedanken gerissen. Ich war
im Begriff auszusteigen, als ich eine kleine Frau aus dem
Verlagsgebäude kommen sah, die eilig in einer Seitengasse
verschwand. Da ich bisher von Avril Walters kein Foto
gesehen hatte und nur den Größenhinweis von Dieter
Marschall kannte, war ich wenig verdutzt, als kurz darauf der weiße Triumph Stag aus der Gasse schoss und
entgegen meiner Fahrt- und Standrichtung entschwand.
Blitzschnell reagierte ich, verlor aber mit dem Wenden
auf der engen Straße wertvolle Zeit.

Neben dem Parkplatz gegenüber dem ehemaligen Kaufhaus hatte ich sie eingeholt, weil eine größere

Gruppe Fußgänger die Gasse überquerte, die an dieser Stelle in die Maximilianstraße mündete. Sie blinkte links und wartete. Ich hupte wie verrückt. Als ich aussteigen wollte, drehte sie sich auf dem Sitz nach hinten und schaute mir direkt ins Gesicht. Ich konnte deutlich sehen, wie sie zusammenzuckte, vielleicht erinnerte ich sie an irgendjemand. Im gleichen Moment war der letzte Fußgänger vor ihrem Wagen verschwunden. Sie beließ den Blinker auf der linken Seite, entschied sich aber kurzfristig und mit einem quietschenden Kavalierstart für rechts. Ich konnte ihr bequem folgen. Auf der breiten Durchgangsstraße konnte sie mir mit ihrem Oldtimer nicht entkommen, ich lächelte zufrieden. Nach nicht mal einer Sekunde erstarb mein Lächeln. Sie bog nach links in Richtung Fußgängerzone ein. Die Barken und die Zufahrt-Verboten-Schilder ignorierte sie. Mit meinem Wagen, der breiter als der Triumph war, konnte ich mich gerade so zwischen zwei Absperrbarken durchdrücken. Walters war inzwischen an dem kleinen Platz angekommen, wo es früher in den Keller zur Diskothek Madison ging. Sie entschied sich für rechts. Ein jüngeres Pärchen sprang spontan aus dem Weg, ein Senior mit Rollator hatte weniger Glück. Der Griff seines Gefährtes verfing sich im linken Außenspiegel des Oldtimers und wurde ein paar Meter mitgeschleift, bevor der Rollator seitlich auf die Straße fiel. Der Senior blieb unverletzt, da er von dem jungen Pärchen in letzter Sekunde aufgefangen wurde.

Ich wusste, dass ich die Verfolgungsjagd abbrechen musste, um keine weiteren Gefährdungen Unbeteiligter zu riskieren. Mittlerweile waren wir am gut besuchten Marktplatz angekommen. Avril Walters fuhr zum Erstaunen der Passanten eine Dreiviertelrunde um die

Brunnenanlage und verschwand in einem schmalen Gässchen, das sicherlich schon lange kein Kraftfahrzeug mehr gesehen hatte.

Ich wendete und fuhr im Schneckentempo zurück. Der männliche Part des Pärchens half dem Senior in seinen zurechtgebogenen Rollator, als ich, streng auf die andere Seite blickend, vorbeifuhr. Immerhin hatte ich eine Verbindung zwischen der englischen Lehrerin und der Neustadter Stadträtin entdeckt. Ebenfalls sicher dürfte nach dem momentanen Ermittlungsstand der Umstand sein, dass Avril Walters die Vorarbeiterin von Ziemniaks zumindest besucht hatte.

Peinlich darauf achtend, nicht auf den falschen Klingelknopf zu drücken, versuchte ich mein Glück bei Paula Hambacher, die im ersten Obergeschoss des Verlagsgebäudes wohnte.

Der Türöffner surrte, und ich konnte in das Gebäude. Zufall oder nicht: In dem Moment, als ich auf dem Treppenhauspodest im ersten Stock vor der offenen Wohnungstür von Paula Hambacher stand und sie begrüßen wollte, kamen von oben Dietmar Becker und Steffen Boiselle hinzu.

»Na, das ist ja eine schöne Überraschung!«, rief der Verlagsinhaber. »Herr Palzki, was machen Sie hier? Wollen Sie zu mir? In diesem Fall haben Sie Frau Hambacher umsonst behelligt. Die Wohnung haben Ines und ich an sie vermietet.«

Die Stadträtin stand stirnrunzelnd da und wusste nicht, was los war. Die Situation war heikel. Ich konnte Hambacher ja jetzt schlecht fragen, ob sie ein Verhältnis mit Herrmann Ziemniak hatte und warum die Engländerin bei ihr zu Besuch war.

Wir drehten uns verbal einige Male im Kreis, da ich nicht konkret wurde und meine Beweggründe für den Besuch nicht verriet. Frau Hambacher wurde es zu bunt.

»Kommen Sie halt rein, wenn Sie Polizeibeamter sind. Habe ich das richtig herausgehört?«

Becker konnte sich eine Spitze nicht verkneifen. »So was Ähnliches«, rief er frech dazwischen.

Mein Todesblick beeindruckte den Studenten nicht.

Frau Hambacher wies zur Couch. »Leider habe ich wenig Zeit, ich habe gleich einen dringenden Termin. Bitte setzen Sie sich doch, möchten Sie etwas trinken?«

Wir verneinten alle drei. Um nicht mit der Tür ins Haus zu fallen, begann ich mit einer unverfänglichen Frage. »Kennen Sie Avril Walters schon länger?«

Die Stadträtin wirkte noch mehr verwirrt. »Was hat Avril damit zu tun? Ich verstehe den Zusammenhang nicht.«

»Können Sie sich das nicht denken?« Ich war stolz auf meine faktenlosen Rückfragen, mit denen man bei Befragungen oft genug zu überraschenden Erkenntnissen kam.

»Avril kennt den Klemmhof überhaupt nicht«, stammelte Hambacher. »Der Korruptionsskandal, der im Moment politisch die Runde macht, hat mit ihr nichts zu tun.«

»Ich glaube nicht, dass Herr Palzki wegen des Klemmhofes hier ist«, quatschte der Student zwischenrein. Ich war nah dran, Becker mit der geblümten Bodenvase zu erschlagen, die neben der Couch stand.

»Ach so«, bemerkte sie. »Warum sind Sie dann hier?«

Damit waren alle Aussichten vertan, Näheres zu einem Korruptionsskandal in Neustadt zu erfahren. Obwohl mir dies egal sein konnte. Ich konzentrierte mich wieder auf meine Fragen. »Ich suche Avril Walters. Außerdem interessiert mich die Verbindung zu Ihnen.«

»Die ist ausschließlich privat«, antwortete Paula Hambacher. »Ich bin mit ihr verwandt.«

Nachdem ich mein Erstaunen geistig verarbeitet hatte, hakte ich nach. »Seit wann haben Sie mit ihr Kontakt? War sie in all den Jahren bei Ihnen, als sie mit ihren Austauschschülern in Deutschland war?«

Sie schüttelte den Kopf. »Ich kenne sie erst seit ein paar Wochen. Avril hat mich eines Abends angerufen, nachdem sie meine Adresse und Telefonnummer ausfindig machen konnte. Sie betreibt seit ihrer Pension hobbymäßig Genealogie, also Ahnenforschung. Sie wohnt jetzt zwar in High Wycombe, Buckinghamshire, aufgewachsen ist sie als sogenannter Geordie in Newcastle, das liegt in Nordostengland.«

Diese ganzen englischen Ortsnamen oder was sich sonst dahinter verbarg, konnte ich mir nicht merken. Bei Bedarf könnte man das zu einem späteren Zeitpunkt im Detail hinterfragen und protokollieren. Im Moment waren diese Hintergründe zweitrangig. Die Art der Verwandtschaft wollte ich allerdings noch kurz erfragen. »Stammen Sie auch aus Nord-, äh, Dingsbumsengland? Hambacher klingt mir wenig ausländisch.«

Die Stadträtin lachte kurz auf. »Es ist umgekehrt, Herr Palzki. Eine Urgroßtante von Avril stammt aus Edenkoben. Und diese ist gleichzeitig meine Urgroßmutter.«

»Na ja, das ist nicht unbedingt eine nahe Verwandtschaft«, sagte ich.

»Das habe ich nicht behauptet«, erwiderte sie.

»Wie oft haben Sie Frau Walters bisher getroffen?«

Paula Hambacher antwortete ohne nachzudenken.

»Vorgestern war sie zum ersten Mal bei mir. Sie ist inzwischen pensioniert, bis vor drei Jahren unterrichtete sie Deutsch und Französisch an der Tring School in Hertfordshire. Da beim momentanen Schüleraustausch mit Schifferstadt kurz vor der Abfahrt plötzlich eine Lehrerin erkrankt ist, hat sie sich bereit erklärt, für sie einzuspringen. So kam unser erstes Treffen zustande.«

»War es das einzige?«

Ich wunderte mich, dass Becker und Boiselle sich nicht einmischten. Die Anwesenheit Beckers machte mich rasend. Für mich war klar, dass er einen neuen Kriminalfall witterte, den er wieder schonungslos unglaubwürdig zu Papier bringen würde.

Paula Hambacher steckte sich eine Zigarette an. »Erst vor einer Viertelstunde ist sie gegangen. Wären Sie ein wenig früher gekommen, hätten Sie sie getroffen. Warum wollen Sie das überhaupt wissen?«

Länger konnte ich mit der Wahrheit nicht hinter dem Berg halten, obgleich Becker anwesend war.

»Avril Walters wird vermisst«, erklärte ich. »Seit Tagen bereits. Außerdem hat sie sich unerlaubterweise einen Oldtimer angeeignet.«

»Unerlaubt? Mir hat sie erzählt, dass sie den Wagen von ihrer Gastfamilie geliehen hat. Wie heißen die noch mal?« Sie grübelte. »Sheriff, glaub ich, ah, ne, Marschall. Ja genau, sie wohnt in Schifferstadt bei der Familie Marschall. Dass sie vermisst wird, wusste ich nicht, mir hat Avril davon nichts erzählt. Sie war alleine hier, und ich hatte den Eindruck, als ginge es ihr gut.«

Den Eindruck hatte ich ebenfalls. Wer mit einem Oldtimer durch die Neustadter Fußgängerzone raste, als sei es die Rallye Paris-Dakar konnte keine Probleme haben.

Es wurde Zeit, das Beziehungsgeflecht von ihr, ihrer englischen Verwandtschaft und dem Unternehmen Kartoffel-Käfer zu klären.

»Kennen Sie eine Pia Skarbu?«

Ihr für einen Sekundenbruchteil zuckender Mundwinkel war mir Antwort genug.

»Pia wie?«, fragte sie sichtlich nervös. Ich sah ihr deutlich an, wie ihre Hirnwindungen rotierten. Eine gute Lügnerin war sie nicht, was für einen Politiker äußerst ungewöhnlich war.

»Den Kartoffel-Käfer in Iggelheim kennen Sie aber, oder? Roswitha und Herrmann Ziemniak heißen die Besitzer.«

Jetzt bebten sogar ihre Lippen. Sie ahnte, auf was ich hinauswollte.

»Ja, ja«, bekannte sie sich schließlich. »Ich gehe dort öfters einkaufen. Da fällt mir ein, dass eine Angestellte von Ziemniaks Pia heißt. Ist das die, die Sie meinen?«

Ich ließ mich auf das Spielchen ein. »Kennen Sie Herrmann Ziemniak näher?« Ich sah ihr frontal in die Augen.

Sie wich meinem Blick aus in Richtung Wanduhr. »Um Himmels willen, ich habe ja meinen Termin vergessen. Tut mir leid, Herr Palzki, leider muss ich ganz dringend weg.«

Während wir aufstanden, wiederholte ich meine Frage so, dass es die beiden anderen, die zur Tür vorausgegangen waren, nicht mitbekamen: »Ob Sie Herrn Ziemniak kennen, können Sie mir aber sagen.«

Sie sah mich an, kniff ihre Lippen zusammen und nickte. Na also, warum nicht gleich so, dachte ich erleichtert.

Nachdem sich Paula Hambacher im Treppenhaus verabschiedet hatte, wollte ich ihr nach unten folgen, um zurück nach Schifferstadt zu fahren.

Steffen Boiselle machte meinen Plan zunichte. »Wollen Sie auf einen Sprung mit hochkommen, Herr Palzki? Ich habe ein paar schöne neue Produkte, die Ihnen gefallen werden.«

Becker stichelte: »Lass ihn, Steffen, das letzte Mal ist Herr Palzki fast gestorben, bis er bei dir oben war. In seinem Alter ist er das Treppensteigen nicht mehr gewohnt.«

Leider stand im Treppenhaus keine Bodenvase oder ein anderer mordtauglicher Gegenstand herum. Mit den vielen Treppen hatte der anarchistische Student zwar recht, Boiselles Agiro-Verlag befand sich im Dachgeschoss des gefühlt wolkenkratzerhohen Hauses. Was meine Kondition anging, war ich ganz und gar nicht seiner Meinung und bereit, den sofortigen Gegenbeweis anzutreten.

»Auf geht's«, gab ich das Kommando und begann mit dem Aufstieg. Immer schön gleichmäßig gehen und atmen, redete ich mir ein. Becker und Boiselle folgten mir, was mir sehr unangenehm war. Ein Stockwerk höher hatte ich eine Idee. Ich blieb stehen, zog eine fröhliche Grimasse auf und zeigte auf ein paar Cartoons, die zur Verschönerung des Treppenhauses an der Wand hingen. »Die Bilder sind aber mal toll«, lobte ich den Zeichner. »Die hingen bei meinem letzten Besuch noch nicht an der Wand.«

Wenn ich ehrlich gewesen wäre, hätte ich ihm sagen müssen, dass ich von diesen Zeichnungen Bauchkrämpfe bekam, wenn ich länger als ein paar Sekunden hinschauen würde.

Steffen Boiselle freute sich. »Die hängen schon immer an dieser Stelle, Herr Palzki. Bestimmt haben Sie die Bilder bei Ihren letzten Besuchen übersehen.«

Becker wollte querschießen, vielleicht ahnte er die Wahrheit. Mein tödlicher Laserblick verfehlte ihn nur um Millimeter.

Im nächsten Stockwerk wiederholte ich das Spielchen, und eine weitere Treppenrunde später hatten wir es geschafft. Nach Luft schnappend drehte ich mich zur Wand, damit die beiden hinter meinem Rücken vorbei zur Tür kamen.

»Kommen Sie doch rein«, rief Boiselle aus seinen Verlagsräumen. »Wollen Sie im Treppenhaus übernachten?«

»Ich komme gleich nach, nur noch diese Bilder betrachten.«

Unauffällig wischte ich mir den Schweiß von der Stirn und wartete, bis sich meine Atmung einigermaßen beruhigt hatte.

Das komplette Dachgeschoss bestand aus einem einzigen großen Raum. Mittels einer Freitreppe konnte man in den offenen Spitzbodenbereich gelangen. Überall standen, lagen und hingen Dinge herum, die Boiselle über seinen Verlag verkaufte: Bücher, Gläser, Kalender, Postkarten, Aufkleber, und einen Haufen Krempel, wie der Pfälzer zu ›alles Mögliche‹ sagte.

Steffen Boiselle hielt mir ein kleines Cartoonheft hin. ›Sonderheft 100% PÄLZER – Grumbeere‹ las ich. »Wir haben auch ein 100% PÄLZER Sonderheft ›Alles Bio!‹«, sagte er er zu mir mit einem verschmitzten Lächeln. »Ganz neu sind unsere Dubbegläser für Schwaben, die haben nur 0,1 Liter Füllung, damit auch die Schwaben mal aus einem vollen Glas trinken können.«

Ich war von der Fülle an Produkten überfordert. Der Verlagsinhaber zeigte nach hinten. »Dort sind die T-Shirts und Sweatshirts. Demnächst wird es welche mit Grumbeere-Motiv geben.« Es dauerte einen Moment, bis ich registrierte, dass es mein Handy war, das klingelte. Gerhard hatte mir, ohne es zu sagen, das Lied ›Dicke‹ von Marius Müller-Westernhagen als Klingelton eingestellt. Meine Rache würde gnadenlos sein.

»Palzki.«

»He, Reiner, ich hätte nicht gedacht, dass du auf Anhieb ans Telefon gehst.«

Ich blieb sachlich. »Was gibt's, Jutta? Ist euer Kaffeevorrat aufgebraucht? Soll ich euch auf dem Rückweg einen Zentner Bohnen mitbringen?«

»Warum so angespannt, Reiner? Ich will dir nur sagen, dass Frau Walters mit ihrem Oldtimer gesichtet wurde.«

Mit einem Blick stellte ich fest, dass Becker und Boiselle mit afrikanischen Elefantenohren lauschten. Ändern konnte ich daran nichts.

»Lass mich raten. Sie hat in der Neustadter Innenstadt einen Unfall gebaut und ihr Triumph Stag hat nur noch Metallwert.«

Jutta verneinte und nannte mir den momentanen Aufenthaltsort. Da ich darüber sehr erstaunt war, beging ich den Fehler, die Informationen laut zu wiederholen. »Was? Avril Walters ist beim Getränke-Bruch in Oggersheim? Und diese Pia ist bei ihr? Haltet sie fest, ich komme sofort.«

»Im Moment sind nur zwei Streifenbeamte dort, die den Oldtimer und Pia Skarbu erkannt haben. Ich gebe den beiden durch, dass sie Walters und Skarbu aufhalten sollen, falls sie das Firmengelände verlassen. Sollen Gerhard und ich hinkommen, Reiner?«

»Ne, lass mal, das schaffe ich schon alleine. Ich melde mich, sobald ich die beiden habe.«

Ich drückte die rote Telefontaste, und schon war das Telefonat beendet. So einfach war das manchmal.

»Sie suchen einen Triumph Stag?«, fragte mich Steffen Boiselle, während ich mein Handy einsteckte. »Vor zwei Tagen stand einer vor unserem Haus.«

»Ich weiß«, antwortete ich. »Tut mir leid, ich muss sofort weg.«

Der geheimnisvolle Blick, den sich die beiden zuwarfen, entging mir nicht.

Der Abstieg ging schnell vonstatten, ich benötigte nicht einmal eine Pause.

KAPITEL 7 –
ALLES GEHT ZU BRUCH

Die Strecke zum Ludwigshafener Stadtteil Oggersheim
dauerte aufgrund der Verkehrslage eine knappe halbe
Stunde. In den heimatlichen Gefilden benötigte ich kein
Navi oder sonstigen technischen Firlefanz. Die Zentrale
des Getränkehändlers, der mehrere Filialen hatte, befand
sich schräg gegenüber der Unfallklinik an der Mannheimer Straße und war nicht zu verfehlen. Die Eigenwer-
bung des Unternehmens ›Alles geht zu Bruch‹ fand ich
schon immer sehr witzig. Von der Straße aus erkannte
man zwei lang gestreckte Gebäude, die mittels einer
überdachten LKW-Durchfahrt miteinander verbunden
waren. Im rechten Gebäude befand sich im Vorderbau
die Verwaltung, im linken, das neben der Durchfahrt
einen kleinen Turm besaß, der Abholmarkt. In der Zeit
nach dem Zweiten Weltkrieg diente der Großteil der
Bauten der hiesigen Milchzentrale. Nach deren Ende
übernahm die Firma Bruch und erweiterte das Ensemble
diverser Hallen und Bürogebäude um die heutige Verkaufshalle, die sich mit ihrem falschen Fachwerk optisch
an das bestehende anpasste.

Der Triumph stand direkt zwischen der LKW-Durchfahrt und dem Eingang zur Verkaufshalle. Ich parkte
nebenan, und sofort kamen zwei Polizeibeamte auf mich

zu, die ihren Streifenwagen verdeckt hinter einen LKW-Auflieger gestellt hatten.

»Sind Sie Herr Palzki?«, fragte eine uniformierte Blondine, die mich um Haupteslänge überragte. Ihrem Aussehen nach hatte sie nur zwei Hobbys: Sonnenstudio und Fitnessstudio. Ihr beruflicher Partner schien die gleichen Hobbys zu haben, allerdings mit halber Körpergröße, was ihm einen etwas grotesken Körperbau verlieh.

Während ich nickte, schaute sie auf ihre Armbanduhr und verzog dabei sichtlich ihren Mundwinkel. »Wissen Sie, wie lange wir schon warten?«

»Ich bin stolz auf Sie beide«, antwortete ich. »Herr Diefenbach wird Sie dafür mit einem Orden bedenken. Haben Sie die Fahrerin des Oldtimers inzwischen noch mal zu Gesicht bekommen? Um wie viele Personen handelt es sich?«

Ihr Kollege zeigte auf die Verkaufsräume. »Wir haben den Triumph, er ist übrigens ein Rechtslenker, auf der Sternstraße entdeckt und hierher verfolgt. Diese Frau von dem Fahndungsfoto, Pia Skarbu, war Beifahrerin, eine andere uns unbekannte Frau ist den Wagen gefahren. Sie ist sehr klein.«

Wahrscheinlich größer als du, dachte ich. »Und die beiden sind da rein?«

»Ja. Seitdem warten wir.«

»Ich bin stolz auf Sie!«, wiederholte ich. Ohne Hektik ging ich zur Tür des Abholmarktes. Im Augenwinkel sah ich, wie Steffen Boiselle und sein Buddy Dietmar Becker mit quietschenden Reifen aufs Gelände fuhren. »Kümmern Sie sich um diesen Verkehrsrüpel.« Ein kleiner Vorsprung gegenüber den selbsternannten Privatdetektiven konnte nicht schaden.

Das Innere der Halle war gigantisch. Die Auswahl an alkoholischen und nichtalkoholischen Getränken war immens. Kisten und Flaschen, wohin das Auge schaute. Am Verkaufstresen stand eine kleine Warteschlange mit diversen Sprudel- und Bierkästen in den Einkaufswägen. Rechts neben dem Eingang herrschte in der Leergutannahme ebenfalls Betrieb. Da es eine offizielle Verkaufsstätte war, konnte ich mich ungehindert bewegen. Dass ich ein Nichtkunde war, sah man mir schließlich nicht an. Nervös schritt ich von Reihe zu Reihe auf der Suche nach den beiden Frauen. Rein optisch konnte man die komplette Halle überblicken. Zumindest ab einer gewissen Höhe. Wegen der vielen Kistenstapel, die teilweise bis in fast zwei Meter Höhe reichten, war eine Person wie Avril Walters, die laut Herrn Marschall sehr klein sein sollte, leicht zu übersehen. Langsam schritt ich an der Längsseite die Halle ab. Wer sollte das ganze Zeug trinken? Allein mit dem Inhalt der Halle müsste man die komplette Kurpfalz ein Jahr versorgen können.

Ich war am Ende angekommen und hatte keine Spur der beiden Frauen entdeckt. Falls sie sich an der gegenüberliegenden Längsseite aufhielten, konnte ich sie aus meiner Perspektive nicht unbedingt sehen. Mir blieb nichts anderes übrig, als in die Tiefen der Halle einzudringen. Wenigstens ein Verlaufen dürfte ausgeschlossen sein. Ich konnte mich relativ frei bewegen, da mich keine der beiden Frauen kannte. Zum zweiten Mal durchquerte ich die Bierabteilung, in der ich mich gleich viel wohler fühlte. Bei Gelegenheit würde ich als Privatperson Reiner Palzki vorbeikommen und die schätzungsweise 300 Biersorten begutachten. Mal schauen, ob neben Weinproben auch Bierproben angeboten werden. Ich bemerkte meine gedankliche Abschweifung und konzentrierte mich auf meinen Auftrag. Eine offen stehende Notausgangstür erregte meinen Argwohn. Sie befand sich genau gegenüber dem Halleneingang. Nachdem ich mich unauffällig umgeschaut hatte und kein weiterer Kunde in meiner Nähe stand, schlüpfte ich dreist durch die Tür. Ich befand mich in einer weiteren Halle, die zwar überdacht, aber auf der Rückseite komplett offen war. Auch hier stand alles voll mit Kisten aller Art, allerdings unstrukturierter als im Verkaufsbereich und meist höher aufgetürmt. Ich konnte niemanden hören und sehen und schlich daher langsam, aber immer bemüht, ein paar Paletten als Rückendeckung zu haben, nach hinten in Richtung Freigelände. Das Starten eines Gabelstaplers vernahm ich zwar, deutete diesem Geräusch aber keine Bedeutung zu.

Und da sah ich die beiden Frauen. Sie standen vor einem offenen Lastenaufzug, direkt an der Grenze zwischen offener Halle und Freigelände. Meine Verwunderung über den Aufzug, der an dieser Stelle überhaupt keine Berechtigung zu haben schien, da die ganzen Bauten nur einstöckig waren, dauerte nur eine Sekunde. Höchstens. Der Stapler jaulte fürchterlich auf, der Fahrer musste das Gaspedal bis zum Anschlag durchgetreten haben. Nun kam er von rechts in mein Blickfeld. Panisch bemerkte ich, wie er auf Avril Walters und Pia Skarbu zuraste, die von dem Geschehen nichts ahnten, da sie in Richtung offene Aufzugstür blickten und rege diskutierten. Mein Schrei kam rechtzeitig und doch zu spät: Die Vorarbeiterin, die gut 30 Zentimeter und damit rund eine Kistenhöhe größer war als die pensionierte Englischlehrerin, drehte sich lediglich um und schaute mich fragend an. Avril Walters konnte mangels Sichtkontakt meinen Schrei keinem Menschen zuordnen und machte deshalb einen Ausfallschritt, um an dem Kistenberg vorbeischauen zu können. Diese Reaktion rettete ihr das Leben.

Der Gabelstapler, der eine Palette Mineralwasser auf seinen Gabeln balancierte, erreichte Pia Skarbu vollflächig und drückte sie zusammen mit der Ladung und dem Stapler in den Aufzugsschacht. Das urgewaltige Geräuschensemble, das sich aus einem menschlichen Todesschrei und der unvermittelten Verschmelzung des Staplers mit der Innenverkleidung des Fahrstuhlschachtes zusammensetzte, werde ich mein Lebtag nicht mehr vergessen. Noch an einen Unfall glaubend rannte ich im Slalom, einen kürzeren Weg gab es nicht, zu der Unfallstelle. Ein kurzer Blick hinein verriet mir, dass jede Hilfe zu spät kam. Erst jetzt registrierte ich, dass der Fahrer des Gabelstaplers längst von seiner Maschine abgesprungen war und davonrannte. Stand er unter Schock? Doch warum war er maskiert und trug einen Overall?

Walters starrte abwechselnd in den Schacht und mich an. Jeden Moment würde sie das Bewusstsein verlieren und auf den Boden fallen. Doch weit gefehlt. Sie gab sich einen Ruck und rannte dem Staplerfahrer nach. Was blieb mir übrig, als es ihr nachzutun? Kaum zehn Meter weiter rappelte sich gerade eine Person auf, die zwischen verstreuten Leergutkisten gelegen hatte. War dies der richtige Staplerfahrer? Hatte der falsche Staplerfahrer es tatsächlich auf die beiden Frauen abgesehen? Mehr Zeit zum Nachdenken blieb mir nicht. Die maskierte Person durchquerte die LKW-Durchfahrt und rannte die Treppe zur Rampe hoch, um in den gegenüberliegenden Gebäudeteil zu kommen. Dieser befand sich rechtwinklig hinter dem Verwaltungsteil. Avril Walters war trotz ihres Alters äußerst agil, sie flog geradezu die Stufen hinauf. Selbstverständlich benötigte ich nur eine Nuance länger. Dennoch war es von Vorteil, eine führende Mitverfolgerin zu haben. Als ich das Innere des Gebäudes erreichte, auch hier handelte es sich wenig verblüffend um ein Vollgutlager, war der Mörder längst meinem Blick entschwunden. Ich heftete mich in der Hoffnung an die Fersen der Engländerin, dass es ihr besser ging. Innerlich hoffte ich, dass der Täter unbewaffnet war, denn Verstecke gab es zuhauf. Waren im Abholmarkt die Getränketürme höhenmäßig überschaubar, türmten sie sich hier in ganz anderen Dimensionen auf. Falls der Täter sich zwischen den Kisten versteckte, könnte er uns mit Leichtigkeit abknallen. Gegenüber der Hofseite mündeten mehrere Metalltüren, die man nur erkennen konnte, wenn man sich genau zwischen jeweils zwei Palettenbergen befand. Walters, deren Vorsprung sich mir gegenüber nur unwesentlich vergrößerte, bog scharf links ab. Als ich die Tür erreichte, sah ich ein Treppenhaus. Die Geräusche waren eindeutig: Sie kamen von unten.

Die Lage im Keller war wesentlich unübersichtlicher als oben. Ich blickte in einen langen Flur, der auf beiden Seiten unendlich viele Türen zu haben schien. In welche Richtung waren die beiden verschwunden? Hart schnaufend blieb ich stehen, um den Schallgeräuschen der rennenden Personen zu lauschen. Meine sauerstoffbedingten Eigengeräusche ließen eine exakte Ortung des Fremdlärms nicht zu. Für eine Verschnaufpause war jetzt nicht der richtige Zeitpunkt. Ich schlich aufs Geratewohl in den gegenüberliegenden Raum. Es handelte sich nicht nur um einen Raum, sondern um mehrere, die durch große offene Durchgänge verbunden waren und parallel zu dem Flur verliefen. Wie oben stand hier ebenfalls alles voll mit Getränken aller Art. Quasi als ermittelnder Beifang nahm ich mir vor, das Unternehmen Getränke-Bruch demnächst genauer unter die Lupe zu nehmen. So viele Getränke wie ich bisher gesehen hatte, das konnte nicht mit rechten Dingen zugehen. Irgendeine faule Geschichte gab es in dieser Firma, das war mir inzwischen klar.

Zurück auf dem Flur meinte ich, ein Kratzgeräusch zu hören. Ich folgte dem Geräusch und entdeckte einen Tunnel, der wie selbstgegraben aussah. Meinem untrüglichen Orientierungssinn nach verlief der Tunnel unter der LKW-Durchfahrt und verband so auf einem von oben unsichtbaren Weg die beiden Gebäudeteile. Ich war äußerst gespannt, wo der Tunnel münden würde.

Er mündete in einem riesigen Keller, der aufgrund der Betonkonstruktion erstaunlich neu wirkte. Im Hintergrund entdeckte ich die Tür des Lastenaufzugs. Somit wusste ich, dass sich diese Halle unter dem Verkaufsraum und der offenen Halle befand. Es handelte sich um ein Weinlager. Für mich war es ein Schock, dass es so viele verschiedene Weinsorten gab. Länger konnte ich über das Phänomen nicht nachdenken, da ich Avril Walters sah. Mit einer Eisenstange schlich sie zwischen den Weinkisten entlang. Aufgrund ihrer Größe sah dies etwas seltsam aus.

»Wo ist der Kerl hin?«, rief ich ihr zu, damit sie mich wahrnahm und nicht für den Täter hielt.

Mit ihrer Stange zeigte sie an das Ende des Kellers. Ungefähr dort, wo sich einen Stock höher die Leergutannahme befand, gab es einen Durchgang, den man über ein paar provisorische Treppenstufen erreichen konnte. Weder sie noch ich hatten eine Taschenlampe dabei. Während der Weinkeller im hellen Neonlicht erstrahlte, blickten wir in ein dunkles Loch.

»Ich bin Polizist«, raunte ich der Engländerin zu, damit sie mich zuordnen konnte. »Wir haben Sie gesucht, Frau Walters.«

Sie blickte mich kurz erstaunt an. »Der Mörder ist da drin.«

»Wissen Sie, ob das eine Sackgasse ist?«

Sie zuckte mit den Achseln. »Ich war noch nie hier.« Ihr Deutsch war fehlerfrei, ein Akzent war nicht zu hören.

»Wir gehen besser nach draußen, und ich rufe meine Kollegen. Alles andere ist viel zu gefährlich.«

Da das Firmengelände, wie ich vorhin während der Verfolgungsjagd gesehen hatte, mit einem hohen Zaun umgeben war, kam für den Mörder als Fluchtmöglichkeit in erster Linie sowieso nur die Zufahrt infrage. Daher war es besser, ein Spezialeinsatzkommando zu aktivieren, bevor es unten im Weinkeller zu einer Geiselnahme kam.

»Das dauert zu lang«, beschied sie mir.

»Woher wollen Sie das wissen?« Ich musste sie beruhigen, da sie wegen des Todes ihrer Bekannten geschockt war.

»Das habe ich in den Krimis gelesen«, antwortete sie und begann, die Stufen zu erklimmen.

Ich hätte versuchen können, sie festzuhalten. Allerdings hatte sie nach wie vor die Eisenstange fest im Griff und war äußerst sportlich, wie ich bereits festgestellt hatte.

Wir kamen in einen Tunnel, der viel enger und älter war als der, der zum Weinkeller führte. Das schwache

Licht, das von dem Weinkeller hereinmäanderte, sorgte für eine gespenstische Atmosphäre. An den Wänden stand irgendwelches Zeug, das ich aufgrund der Lichtschwäche nicht zuordnen konnte. Verdammt, irgendwo lauerte der Mörder, und wir waren klar im Nachteil.

Links mündete eine Art Grotte. Von irgendwo her spiegelte ein Hauch von Licht hinein. Da sich mittlerweile meine Augen an die Dunkelheit gewöhnt hatten, konnte ich einen kleinen Raum mit Wandnischen erahnen, in denen einzelne Weinflaschen lagen. Avril Walters war neugieriger als ich, schlüpfte in den Raum und kam mit einer Flasche zurück in den Durchgang. Warum hatte man in dieser Kammer ein paar Flaschen versteckt? War das eine Art Schatzkammer? Das Unternehmen wurde für mich immer suspekter.

Während Walters die Flasche zurücklegte, gab es einen lauten Knall. Irgendetwas in dem Durchgang fiel zu Boden. Zeitgleich stürmte die maskierte Person in Richtung Weinkeller. Bis wir uns gefasst hatten, hatte sie schon wieder ein paar Meter Vorsprung. Die Miss Marple-Kopie sprang die Stufen hinunter, während ich sie vorsorglich auf normalem Weg benutzte. Die Verfolgungsjagd ging durch den langen Tunnel zurück in den anderen Gebäudeteil. Der Mörder nahm nicht den gleichen Weg. Er ließ das Treppenhaus links liegen und rannte den Flur bis ans Ende zu einem weiteren Treppenhaus. Ich folgte der Engländerin nach oben und wunderte mich über das Geräusch von splitterndem Glas. Wie vermutet landeten wir im Verwaltungsbereich. Neben einem Büro führte eine Glastür zurück in die Vollguthalle neben der Rampe. Die Tür hatte der Täter einfach eingetreten, da sie wohl abgeschlossen war.

Nachdem ich am Ausgang der Vollguthalle auf der Rampe angekommen war, traute ich meinen Augen nicht: Die maskierte Person sprang in einen schwarzen Mini. Da der kürzeste Weg zur Ausfahrt durch den Triumph und einen LKW versperrt war, raste der Mörder nach hinten auf das Betriebsgelände. Es wunderte mich kaum, dass Avril Walters es mit dem Oldtimer genauso machte. Erfahrungen mit Verfolgungsjagden schien sie ja zu haben, wie sie mir in Neustadt eindrucksvoll bewiesen hatte.

Die beiden Polizisten und Dietmar Becker waren mir keine große Hilfe. Sie standen weit im Hintergrund auf dem Parkplatz und unterhielten sich aufgeregt mit dem Mann, der wahrscheinlich der richtige Gabelstapler war. So wie es aussah, wurde ihnen erst eben von dem Mord berichtet. Becker hatte zwar kurz zu mir und die mit Kavalierstart startenden Mini und Triumph hinübergeschaut, dem aber keine besondere Bedeutung zugemessen, der Bericht über den Mord war für ihn interessanter. Somit war ich auf mich alleine gestellt.

Zwei davonbrausende Autos zu Fuß verfolgen? Dies klappte in der Realität nur in James-Bond-Filmen. Vielleicht lag es an meinem hohen Adrenalinspiegel, der meine stets rationalen Handlungen störte. Vielleicht lag es an meinem erhöhten Standpunkt. Die Rampe, die über die komplette Länge des Durchgangs verlief, verlieh mir eine gute Übersicht über das Geschehen. Vielleicht wollte ich Avril Walters retten. Wahrscheinlich ging es mir aber nur darum, diesen brutalen Mörder zu schnappen.

Die beiden Autos hatten einen entscheidenden Nachteil: Die Durchfahrt war in der Breite durch mehrere

Getränkestapel teilweise eingeschränkt, außerdem parkten zwei oder drei LKWs, die be- oder entladen wurden. Die Rampe dagegen war frei.

Während mir das Herz gefühlt am Kinn pulsierte und die Lungen kurz davor waren, in meinen Schädel zu explodieren, erreichte ich die Treppe am Ende der Rampe. James Bond wäre an dieser Stelle mit einem Hechtsprung auf das Dach des Minis gesprungen. Ich als Realist musste mich damit begnügen, den beiden Wagen nachzuschauen, die bereits das Freigelände erreicht hatten. Im hinteren Teil des Unternehmens, das leicht abschüssig war, stand ein weiterer Querbau. Während der Mini hinter dem Gebäude verschwand, schlitterte Avril Walters direkt in einen Stapel mit ausrangierten Europaletten. Wie durch ein Wunder schien sie unverletzt zu sein. Sie setzte zurück, musste aber aussteigen, um Holzreste, die hinter dem Triumph lagen, zu entfernen. Der Besitzer des Oldtimers würde sein Goldstück nicht mehr erkennen.

Während die Engländerin mit Rangieren beschäftigt war, sah ich den Mini rechts von dem Querbau wieder nach vorne sausen und in Richtung Verwaltungsgebäude rasen. Das durfte ich nicht zulassen. Ich musste meine Kollegen warnen, die von der Verfolgungsjagd wahrscheinlich bisher nichts ahnten. Der Weg um den Verwaltungsbau herum erschien mir der kürzere. Ich rannte wie noch nie in meinem Leben und hatte Glück, dass auch der Mini ins Schleudern kam und dadurch wertvolle Sekunden verlor. Mit nur leichtem Vorsprung erreichte der Mörder die Vorderseite des Firmengeländes an der Mannheimer Straße. Noch ein paar Meter und ich konnte den Kollegen zurufen.

In dem Moment schoss der völlig lädierte Triumph mit Avril Walters in einem Affenzahn um das Eck des lang gezogenen Verwaltungsgebäudes, hierbei brach das Heck des Oldtimers aus und touchierte einen gefüllten Müllcontainer, der mit einem Riesenradau umfiel und eine ziemliche Sauerei hinterließ. Die Engländerin setzte anscheinend alles auf eine Karte, um den Mörder von Pia in dem Mini zu stellen. Hoffentlich standen die Polizeibeamten vor dem Haupteingang und reagierten richtig, wenn die beiden Wagen in diesen Sekunden angerast kamen.

Mit Seitenstechen, schließlich war ich körperliche Höchstleistungen nicht mehr regelmäßig gewohnt, erreichte ich die Freifläche vor dem Durchgang. Weder die übergroße Beamtin noch ihren kleinen Kollegen konnte ich sehen. Dafür hatten Dietmar Becker und Steffen Boiselle reagiert. Leider falsch. Boiselle hatte mit seinem Fahrzeug die Ausfahrt aus dem Gelände blockiert und damit Walters die Verfolgung unmöglich gemacht. Der schwarze Mini hatte es dagegen geschafft. Mit einem Blick zur Straße sah ich ihn in Richtung Ludwigshafen Zentrum davonfahren.

Die letzten Meter legte ich in gemächlicherem Tempo zurück, um meine Atmung zu stabilisieren. Für die englische Lehrerin war es sicherlich eine glückliche Fügung, dass ihr die beiden Hobbydetektive den Weg versperrten. Der Fahrer des Minis hätte vor einem weiteren Opfer nicht zurückgeschreckt.

Ohne mich zunächst um Frau Walters zu kümmern, die mit einem geschockten Gesichtsausdruck sitzen blieb, ging ich zu Becker und Boiselle.

»Na, haben wir Ihnen mal wieder geholfen?«, rief mir

der Student freudestrahlend entgegen. »Wir haben den Triumph gestoppt, genau so, wie Sie es in Neustadt telefonisch wollten. Wir waren gerade dabei, nach hinten zu gehen, wo eine Frau ermordet worden sein soll.«

Als Boiselle sah, dass ich den Oldtimer links liegen ließ, fragte er skeptisch: »Wollen Sie die Frau nicht verhaften?«

Groll stieg in mir auf. »Warum habt ihr den Mini nicht gestoppt? Dann hätten wir den Mörder gefasst. Außerdem heißt das festnehmen und nicht verhaften. Aber Krimiautoren lernen das anscheinend nie.«

»Wie, wieso, der Mini?«, stotterte Becker. »Wir haben den extra rausfahren lassen, weil es der Fahrer so eilig hatte. Fast wäre uns deswegen der Triumph entkommen. Wenn die Fahrerin keine Vollbremsung hingelegt hätte, wäre sie Steffen direkt in die Fahrertür gekracht.«

Aus der Lagerhalle kamen die beiden Polizisten angerannt. »Wir haben die Kripo informiert«, meldeten die sichtlich geschockten Beamten, die mit solch einer Eskalation nicht gerechnet hatten.

»Veranlassen Sie bitte zusätzlich die Fahndung nach einem schwarzen Mini, der Richtung Ludwigshafen Zentrum fährt.« Ich drehte mich zu Becker und Boiselle. »Haben Sie sich das Kennzeichen gemerkt?« Ich erntete doppeltes Kopfschütteln, das wäre auch zu einfach gewesen. »Kennzeichen unbekannt«, ergänzte ich meine Aufforderung in Richtung der Kollegen.

Ich scannte mit meinen Augen die Vorderfront der Hallen ab. »Gibt es bei Ihnen Kameras?«, rief ich zu einer kleinen Gruppe Menschen. Ich vermutete, dass es sich um das Personal und zufällig anwesende Kunden handelte. Eine jüngere Frau, die nicht nur eine asymmetrische Frisur, sondern auch eine asymmetrische Brille mit unterschiedlichen Gläsergrößen trug, was sehr skurril aussah und sich hoffentlich nicht zur neusten Mode etablierte, kam ein paar Schritte auf mich zu. »Einer der beiden Geschäftsführer, Jochen Bruch, wird bald bei uns sein. Ich habe auf seinem Handy eine Nachricht hinterlassen.«

Inzwischen war Frau Walters ausgestiegen. Sie betrachtete die zahlreichen Dellen des Oldtimers. »Oh, oh«, sagte sie mehr zu sich selbst. »Da wird Dieter ein bisschen sauer sein.« Mit einem Taschentuch wischte sie über einen Fleck auf der Fahrertür.

»200 bis 300 Euro Metallwert bringt das Stück bei einem guten Schrotthändler«, sagte ich. Je mehr sie eingeschüchtert war, desto besser. »Ich gehe davon aus, dass Sie Avril Walters aus Hai, wai, äh, aus England sind.«

»Woher wissen Sie?«, fragte sie neugierig.

Ich zückte meinen Dienstausweis. »Sie werden gesucht, Frau Walters. Habe ich Ihnen im Keller bereits gesagt.«

Ich wusste nicht, ob das Erschrecken in ihrem Gesicht gespielt war. »Ich? Warum denn? Habe ich gegen die deutschen Gesetze verstoßen? Ich habe nichts verbrochen.«

Ich zeigte auf die wenig fahrbereiten Reste des Triumph Stags. »Herr Marschall hat uns den Diebstahl dieses Wagens angezeigt.«

»Niemals!«, ereiferte sie sich. »Dieter, also Herr Marschall hat mir angeboten, dass ich seinen Wagen benutzen darf, wenn ich mal dringend irgendwohin muss.«

Ich erinnerte mich daran, wie sich der pensionierte Englischlehrer auf unserer Dienststelle benommen hatte.

Wenn selbst seine Frau den Oldtimer nicht fahren durfte, dann garantiert auch nicht seine Kollegin aus England.

»Hat Herr Marschall vielleicht seinen normalen PKW gemeint?« Ich war mir unsicher, ob er überhaupt einen für meine Verhältnisse normalen Wagen besaß.

Avril Walters knickte ein. »Ich denke, Sie liegen richtig. Aber was sollte ich machen? Ich musste dringend nach Iggelheim, doch Gabi und Dieter waren mit ihrem Wagen unterwegs. Da ich weiß, wo seine Oldtimer stehen und die Schlüssel sind, habe ich mir einen ausgeliehen. Die werden sowieso viel zu selten bewegt. Außerdem habe ich einen Zettel auf den Tisch gelegt.«

Einen Zettel? Davon hatte Herr Marschall nichts erwähnt. Vielleicht war er vom Tisch gefallen und bisher unentdeckt geblieben.

KAPITEL 8 –
DISKUSSIONSRUNDE
BEI GETRÄNKE-BRUCH

Die ersten Einsatzwagen der Spurensicherung fuhren auf das Gelände. Steffen Boiselle musste seinen Wagen umsetzen, während Becker weiter meiner Unterhaltung zuhörte. Klar, er witterte, leider nicht zu unrecht, einen neuen Fall.

»Dem Ärger mit Ihrem Gastgeber werden Sie kaum entkommen.« Wahrscheinlich haben wir einen weiteren Mordfall, wenn die beiden pensionierten Lehrer aufeinandertreffen.

»So schlimm sieht der Oldtimer gar nicht aus«, meinte Walters. »Sie müssten erst mal in England meinen Peugeot sehen. Dagegen sieht der Triumph so gut wie neu aus.«

Ich speicherte mir sofort im Gedächtnis, dass es auch in England verrückte Autofahrer gab, die die Verkehrsregeln nur als unverbindliche Empfehlung ansahen.

Wichtiger als der Zustand des Oldtimers war mir der Grund für ihre mehrtägige Abwesenheit.

»Warum sind Sie vor zwei Stunden vor mir in der Neustadter Innenstadt geflüchtet?« Sie bekam große Augen. »Sie waren das?« Sie erblasste. »Ich wusste nicht, dass die Polizei mich verfolgt, haben Sie kein Blaulicht? Ich dachte, es wäre …«

Sie brach ab.

»Ja? Mit wem haben Sie mich verwechselt? Warum waren Sie bei Pia Skarbu in Iggelheim?«

»Da, das, das wissen Sie auch?«

»Die Polizei weiß alles!«, antwortete ich autoritär, um ihr klarzumachen, dass wir in Deutschland knallhart ermittelnde und hochspezialisierte Beamte waren und keine fotogenen Bobbys wie in England.

Meine Befragung wurde durch einen behelmten Radfahrer gestört, der soeben auf das Gelände fuhr. Nachdem er kurz bei der Menschengruppe neben dem Eingang gehalten hatte, stellte er seinen Drahtesel ab und kam auf uns zu.

»Sind Sie der ermittelnde Beamte?«, sagte er zu Dietmar Becker und ergriff seine Hand. »Mein Name ist Jochen Bruch. Gemeinsam mit meinem Bruder Helmut bin ich Geschäftsführer dieses Unternehmens. Helmut ist leider im Moment in Urlaub.«

Der Student strahlte über beide Ohren. Bevor er nur einen Ton herausbrachte, mischte ich mich ein. »Leider falsch«, sagte ich. »Dieser Kerl ist einer der Verdächtigen. Ich bin Kriminalhauptkommissar und für die Sache auf Ihrem Firmengelände zuständig.« Ich zeigte ihm für einen winzigen Atemzug meinen Ausweis.

Jochen Bruch machte einen Schritt zur Seite, um dem Verdächtigen Becker nicht mehr direkt gegenüberzustehen.

»Meine Mitarbeiterin hat gesagt, dass eine Frau ermordet wurde.« Ihm fiel auf, dass wir alle neben dem Tor standen. »Kommen Sie doch bitte mit rein ins Büro, da ist es bequemer.«

Da es im Hof inzwischen von Einsatzwagen nur so wimmelte, mussten wir ein wenig Slalom laufen. Bruch wunderte sich, dass ein Verdächtiger ohne Handschellen frei herumlaufen durfte.

Im Durchgang zwischen den beiden Gebäudeteilen gingen wir eine metallene Freitreppe nach oben zur Rampe. Hier startete ich vorhin meine Verfolgungsjagd der beiden Autos. Wir gingen ins Vollgutlager, und der Geschäftsführer nahm geschockt die eingetretene Glastür zur Kenntnis. Kurz darauf landeten wir in einem Besprechungszimmer, in dem noch keiner verdurstet war. Neben einer Kaffeekapselmaschine standen diverse nichtalkoholische Getränke auf einem Schränkchen. Selbst ein Kühlschrank fehlte nicht. Der Geschäftsführer spielte Bedienung und versorgte uns mit dem Gewünschten. Die eiskalte Cola tat gut. Als Becker dabei war, seinen Getränkewunsch zu äußern, fiel ihm der Unternehmenschef ins Wort. »Ich erkenne Sie ja jetzt erst! Sie sind doch der begabte Krimiautor Dietmar Becker, oder? Meine Frau Doris und ich haben alle Ihre Kriminalromane mit Vergnügen gelesen. Aber warum sind Sie Verdäch …?« Er brach seinen Satz ab und schwenkte seinen Blick zu mir. Jetzt begann er lauthals zu lachen. »Na klar, dass ich da nicht gleich darauf gekommen bin! Sie müssen entschuldigen, Herr Palzki. Ich habe nur ganz kurz auf Ihren Dienstausweis geschaut und konnte Ihren Namen nicht lesen. Sie sind doch Reiner Palzki, der in Herrn Beckers Romanen immer so schrecklich chaotisch und grotesk beschrieben wird, oder? Ich war mir bisher nie sicher, ob es Sie wirklich gibt, Herr Palzki.« Er lachte eine Weile, bis ihm ins Bewusstsein drang, dass der Anlass unseres Beisammenseins alles andere als lustig war. Unter anderen Umständen hätte ich jetzt einiges richtig und klargestellt. Wenn das mit Beckers Krimis so weiterging, würde ich demnächst im Hof hinter unserer Dienststelle eine private Bücherverbrennung initiieren.

»Kommen wir zum Thema«, bestimmte ich, doch die Runde lief mir weiter aus dem Ruder. Während Avril Walters einen Teebeutel mit undefinierbarem Zeug in eine Tasse heißes Wasser drückte, sah Jochen Bruch zu Boiselle. »Sind Sie nicht der Karikaturist Steffen Boiselle, der immer die tollen Cartoons für die Rheinpfalz zeichnet? In unseren Abhollagern verkaufen wir neben den Kassen Ihre Poster, Aufkleber und Bücher.«

Ich gab den beiden eine Minute für den Austausch von Höflichkeiten. Danach unterbrach ich sie abrupt. »So, das reicht. Können wir nun über die Leiche sprechen, die nur ein paar Meter von uns entfernt liegt?«

Der Geschäftsführer nickte und setzte sich als Letzter der Runde. »Weiß man, wer die Tote ist?«

»Pia«, antwortete Walters unter Tränen. »Pia Skarbu.«

Für einen winzigen Moment zuckten Bruchs Mundwinkel, was mich veranlasste, ihn zu fragen, ob er sie kannte.

»Nein, nein«, antwortete er viel zu schnell. »Der Name ist mir völlig unbekannt. Ob sie eine Kundin war, weiß ich natürlich nicht.« Ein guter Lügner war er genauso wenig wie die Neustadter Stadträtin.

Bevor ich die Engländerin weiter befragen wollte, musste ich etwas anderes klären, um keine unnötige Zeit verrinnen zu lassen. »Haben Sie auf dem Gelände Kameras, Herr Bruch? Das wäre sehr hilfreich für unsere Ermittlungsarbeit.«

»Natürlich«, sagte er. »Vor ein paar Jahren gab es zwar Restriktionen, weil das Datenschutzgesetz so komplex geworden ist, inzwischen sind die beiden Kameras aber wieder aktiv. Ab und an decken wir damit einen Leergutdiebstahl auf.«

Er stand auf und ging zu einem Schreibtisch, der in der Ecke stand. Den darauf stehenden Monitor drehte er in unsere Richtung. Er drückte ein paar Tasten, bis ein Bild erschien. Leider stammte es von den Parkplätzen vor dem Abholmarkt. Dort war der Mörder bestimmt nicht vorbeigekommen.

»Und die zweite Kamera?«, fragte ich sichtlich enttäuscht. »Wo hängt die?«

»Im Durchgang neben der Rampe«, sagte der Geschäftsführer und schaltete auf die zweite Kamera.

Meine Freude wurde sofort getrübt. Das Bild sah scheußlich aus. Nur an den Rändern konnte man ein wenig die Umgebung erkennen, der Rest war ein einziges Geschmiere.

»Da stimmt doch etwas nicht«, meinte Jochen Bruch. »Das muss ich mir anschauen.«

Ich folgte ihm nach vorne, während Boiselle, Becker und Walters im Büro blieben.

Der Grund für das Geschmiere war eindeutig: Taubenkot. Mitten im Bullseye des Objektivs.

»So eine Schweinerei«, ärgerte sich der Getränkehändler tiernamenübergreifend. »Diese Tauben sind eine einzige Plage.« Er zeigte unter die Dachkonstruktion des Durchgangs. Auf dem Metallgestänge erkannte ich auf Anhieb vier oder fünf Tauben, die dort gurrend saßen. Der Boden unter ihnen war entsprechend verschmiert.

»Gleich morgen werde ich ein Blech über der Kamera anbringen lassen«, sagte Bruch.

Unzufrieden ging ich mit ihm zurück ins Büro.

»Es gibt keine Aufnahmen«, sagte ich den anderen und erklärte den Grund.

Den Geschäftsführer schien etwas anderes zu beschäftigen. »Der Mörder muss sich mit den aktuellen Gabelstaplermodellen auskennen. Einfach draufsetzen und losfahren ist mit den neuen Typen aus Sicherheitsgründen nicht möglich.«

»Wie meinen Sie das?« Ich selbst fuhr vor vielen Jahren mal während eines Ferienjobs Gabelstapler. Man benötigte einen Schlüssel, und damit startete der Stapler, sofern die Akkus aufgeladen waren.

»Die Bedienung ist aus Sicherheitsgründen sehr komplex geworden«, erklärte Bruch und steigerte sich in eine wortreiche Abhandlung über das Staplerfahren hinein. Wenn er recht hatte, und davon ging ich aus, da er sehr glaubwürdig erzählte, konnte ein Laie niemals eine der Maschinen entern und einfach drauf losfahren. Der Täter muss sich mit den Dingern folglich auskennen, und zwar mit den neueren Modellen, denn vor ein paar Jahren gab es solchen Sicherheitsschnickschnack nicht. Mir kam ein weiterer Gedanke. Warum nicht der Geschäftsführer selbst? Er wusste schließlich, wie man den Stapler bedient, außerdem war er nicht vor Ort. Hatte er den Mini irgendwo in der Nähe geparkt und ist mit dem Fahrrad zurückgekommen? Mein Gefühl sagte mir, dass ich mit der Wahrheit sehr nah dran war. Außerdem kannte er die Tote, da war ich mir mit meinem psychologischen Einfühlungsvermögen absolut sicher.

Bevor ich nach hinten zur Spurensicherung ging, musste mir die Engländerin ein paar Fragen beantworten. Ich schaute Avril Walters in die wässrigen Augen.

»Erzählen Sie jetzt bitte alles, was Sie wissen. Hauptsächlich Ihre Verbindungen zu der Toten und zu Paula Hambacher.«

Boiselle und Becker horchten auf, als sie den Namen Hambacher hörten. Am liebsten hätte ich die beiden rausgeschmissen, da sie in meinen Augen die polizeilichen Ermittlungen und mein Wohlbefinden störten. Doch damit würde ich mir den Zorn des Geschäftsführers zuziehen, der die beiden längst in sein Herz geschlossen hatte. Außerdem würde der Student sofort zu KPD fahren und ihm alles erzählen. Keine Stunde später würden KPD und Becker auftauchen und die Ermittlungen übernehmen. Und dies konnte ich im Moment überhaupt nicht gebrauchen.

»Ich bin mit Paula verwandt«, begann die Engländerin. »Vor ein paar Monaten habe ich das zufällig herausbekommen. Da ich mit meinen Schulklassen jedes Jahr in der Vorderpfalz war, kannte ich natürlich ihren Wohnort Neustadt. Paula war mir am Telefon von Anfang an sehr sympathisch. Als bei meiner alten Schule kurz vor der Abfahrt des diesjährigen Schüleraustauschs eine ehemalige Kollegin erkrankte, sprang ich sofort ein.«

Ich nickte, nachdem ich meine Cola-Light ausgetrunken hatte. Dieser Teil der Geschichte war mir bekannt. Jochen Bruch füllte mir sofort nach.

»Und bei Marschalls haben Sie sich den Oldtimer ausgeliehen und sind zu ihr nach Neustadt gefahren.«

Wider Erwarten schüttelte sie den Kopf. »In der Schule gibt es so gut wie jeden Tag ein volles Programm, da konnte ich nicht so einfach weg. Daher kam Paula nach Schifferstadt, wo wir im Salischen Hof gegessen haben.«

»War Pia Skarbu bei dem Essen dabei?«

»Wir waren nur zu zweit. Paula erzählte mir erst bei dem Treffen von ihrer Freundin Pia, die sie in einem Pilateskurs kennengelernt hatte.«

Pilates, dachte ich verzweifelt, während mir ein Schauder den Rücken hinunterlief. Mir blieb im Leben wirklich nichts erspart. Ich hatte zwar nur wenig bis gar keine Ahnung, was sich hinter dieser Modeerscheinung mit dem komischen Namen verbarg, doch das reichte mir völlig. Vielleicht war ich einen Hauch voreingenommen, doch nach der Nordic Walking-Bewegung der vergangenen Jahre war ich mir sicher, dass sich hinter Pilates und dem anderem Zeug, von dem ich irgendwann mal hörte, ebenfalls nur verrückte Dinge verbergen konnten. Hoffentlich musste ich nicht im Pilates-Milieu ermitteln.

»Pia ist, äh, war Vorarbeiterin auf einem Biobauernhof in Iggelheim«, erzählte Walters weiter. »Und Pia hat eine weitere Freundin, die Elke.«

»Wie heißt diese Elke mit Nachnamen?« Endlich erfuhr ich bisher unbekannte Details.

»Keine Ahnung«, sagte sie. »Sie wuchs auf einem Bauernhof auf, das hatte Pia mal erwähnt. Aber nicht in Iggelheim.« Nun schaute sie uns geheimnisvoll an und senkte ihre Stimme. »Elke soll eine Schatzkarte gefunden haben.«

Ich hatte mit viel gerechnet, doch eine Schatzkarte war in meinen Überlegungen nicht enthalten. Schatzkarten gab es in den Fantasien von Kindern, aber niemals in der Realität von Erwachsenen.

Nachdem ich ausgiebig meine Augen verdreht hatte, entgegnete ich sarkastisch: »Und von welchem Piraten stammt der Schatz? Auf welcher Insel ist er vergraben?«

Walters schaute mich entgeistert an. »Ein Piraten-schatz? Wie kommen Sie auf diese blödsinnige Idee, Herr Palzki?«

Dietmar Becker lachte in die Runde. »Herrn Palzki dürfen Sie nicht so ernst nehmen, Frau Walters«, sagte er. »Was es in seiner Vorstellungskraft nicht gibt, das gibt es einfach nicht. Daher ist er mit einer Schatzkarte völlig überfordert.«

Leider saß der Student zu weit weg, sonst hätte ich ihm mit einem gezielten Tritt sein Schienbein zertrümmert. Erbost schrie ich ihn an: »Meine Vorstellungskraft reicht auf alle Fälle, um Sie mit Ihrem Freund eine Weile in Untersuchungshaft zu stecken. Sie haben immerhin die Flucht eines Mörders begünstigt. Darauf stehen mindestens 50 Jahre Zuchthaus.«

Der letzte Satz war zwar eine Kleinigkeit übertrieben, wirkte aber. Steffen Boiselle schaltete sich ein. »Dietmar hat das nicht so gemeint, Herr Palzki«, verteidigte er seinen Freund und indirekt auch sich. »Wir wollten Ihnen nur einen Gefallen tun, als wir den Oldtimer blockiert haben. Und Dietmars Kommentar bezüglich der Schatz-karte war nicht negativ gemeint.«

»Vielleicht positiv?« Ich war auf 180. Ich wollte die beiden zur Schnecke machen, besann mich aber anders. Eine Eskalation in dieser Runde brachte mir keine Vorteile. Ich würde mich später an den beiden rächen. »Am besten lassen wir Frau Walters weitererzählen.«

Sie nickte mir dankbar zu und nahm den Faden wieder auf. Dass es schlimmer kommen würde, darauf war ich nicht gefasst.

»Die Schatzkarte zeigt den Weg zu einem Goldenen Hut.«

Mein Gehirn schrie danach, endlich aufzuwachen. Das konnte nur ein Albtraum sein. Eine Schatzkarte und ein Goldener Hut. Und dazu zwei Tote. Das war eindeutig zu viel für das reale Leben.

»Natürlich kenne ich den Goldenen Hut von Schifferstadt«, erklärte die pensionierte Englischlehrerin. »1835 wurde dieser in Schifferstadt als erster und ältester Hut von mittlerweile vier Stück gefunden.«

Alle Anwesenden kannten die Geschichte um den Fund, den ein Taglöhner auf einem Feld bei Schifferstadt machte und der sich nun im Historischen Museum der Pfalz in Speyer befand. Dass inzwischen drei weitere Goldene Hüte aus der Bronzezeit in Deutschland und Frankreich gefunden wurden, war hingegen nicht jedem bekannt. Die Hüte hatten neben ihrer kultischen auch eine Kalenderfunktion.

»Stammt die Schatzkarte von den Kelten?«, wollte Steffen Boiselle wissen.

Sein Freund rempelte ihn an. »Kann nicht sein, die Kelten kannten keine Schrift.«

Becker war als Archäologiestudent ganz in seinem Element. Als er mir vor knapp zwei Jahren zum ersten Mal über die Füße stolperte, gehörte er zu einer studentischen Ausgrabungsgruppe, die in Sichtweite des Fundortes des Goldenen Hutes im Boden nach altem Zeug buddelte. Mir war klar, dass er mir während dieser Ermittlungen nicht mehr von der Seite weichen beziehungsweise sich unter fadenscheinigen Lügen an KPD wenden würde.

Ich musste mich radikal zusammenreißen, um nicht überzureagieren. Diesen Kinderkram hatte ich bestimmt schnell unter Kontrolle. Die beiden Morde konnten damit nichts zu tun haben, so naiv konnte einfach kein Mörder sein.

»Erzählen Sie weiter.« Damit gab ich den Ball an Walters zurück.

»Diese Elke bat Pia um Hilfe. Das war vor zwei Wochen, da war ich noch in England. Pia hat mit dem Einverständnis von Elke Paula Hambacher eingeweiht, die ebenfalls im Pilateskurs ist.«

Sie schnaufte kurz durch und fuhr fort. »Schließlich kam Max Rapid ins Spiel.«

So langsam wurde es unübersichtlich. »Macht dieser Rapid auf Pilates?«

»Ich glaube nicht«, antwortete Walters vorsichtig. »Ich habe ihn nie kennengelernt. Als ich nach Deutschland kam, war er bereits tot.«

Was ich erfuhr, wurde immer haarsträubender. Erst die Märchen mit der Schatzkarte und einem ominösen Goldenen Hut, und jetzt noch eine Leiche, von der ich bisher nichts gehört hatte.

»Wurde dieser Max Rapid ermordet?« Ich musste mit meiner Wortwahl aufpassen, denn die Anwesenden wussten von der Leiche, die ich bei Kartoffel-Käfer gefunden hatte, noch nichts.

»Ja«, bestätigte Avril Walters und machte sofort einen Rückzieher. »Das heißt, wir wissen es nicht so genau.«

»Was soll das heißen? Hat er sich selbst umgebracht?« Wenn zu mir drei Frauen kämen, die von einer Schatzkarte und einem Goldenen Hut faselten, würde ich jedenfalls an Suizid denken.

Sie überlegte. »Selbst das wäre im Bereich des Möglichen, doch das halte ich für sehr unwahrscheinlich.«

»Erzählen Sie am besten von Anfang an.«

»Das will ich doch die ganze Zeit, Herr Palzki. Aber Sie unterbrechen mich ja laufend.«

Schneid hatte sie, dachte ich und ließ mir von dem Geschäftsführer zum wiederholten Male eiskalte Cola-Light nachschenken und hoffte, dass mein Magen-Darm-Trakt mitspielte.

»Paula meinte, sie bräuchten einen Spezialisten, der sich mit Dechiffrierung auskennt.«

So langsam wurde es mir sichtlich zu viel. Ein kleiner Blick zu Becker bestätigte mir, dass er sich in Gedanken bereits an eine mörderische Jagd wie in Dan Browns Sakrileg einstellte. Ich schwieg.

»Pia brachte zu dem nächsten Treffen Max Rapid mit. Auf die Schnelle konnte er die Botschaft aber nicht entschlüsseln. Er fertigte sich eine Kopie an, damit er sich zu Hause am Computer mit der Karte beschäftigen konnte.«

»Was offensichtlich bisher nicht funktionierte«, stellte ich fest.

»Ja, weil er nie daheim ankam.«

»Wieso das denn?«

»Weil er unmittelbar nach dem Treffen bei einem Autounfall tödlich verletzt wurde. Auf der B 9 bei Schwegenheim.«

»War er zu schnell?«, fragte ich nach.

»Pia sagte, dass die polizeilichen Ermittlungen einwandfrei belegt haben, dass er viel zu schnell gewesen sei. Laut Pia ist das aber Blödsinn, da sie mit Max sehr eng befreundet war und wusste, dass er nie zu schnell fuhr.«

»Vielleicht hatte er getrunken.«

»Kein Alkohol, niemals«, sagte Walters.

Mit fiel ein, was sie vorhin gesagt hatte. »Sie vermuten, dass er ermordet wurde?«

»Pia ist sich da ganz sicher. Bestimmt wurde er verfolgt und bedrängt. Leider gibt es keine Zeugen. Warum sollte Max Rapid einfach so in den Acker fahren? Und das Komische daran: Nirgendwo in der Akte wird die Kopie der Schatzkarte erwähnt.«

Die Informationen waren mehr als vage. Natürlich würde ich mir die Unterlagen zu diesem Unfall besorgen. Da sollte eine Liste enthalten sein mit den persönlichen Gegenständen des Verunglückten. Allzu viel Hoffnung machte ich mir allerdings nicht.

»Und wann kamen Sie ins Spiel?«

»Paula machte mich mit Pia bekannt. Elke habe ich an diesem Tag zum ersten und bisher einzigen Mal gesehen. Elke wollte abwarten, was die Untersuchungen zu dem Unfall ergaben, bevor sie mit der Schatzsuche weitermachte. Bis dahin wollte sie die Originalkarte bei sich daheim verstecken.«

Dass sie nicht wusste, wo diese Elke wohnt, hatte sie bereits erwähnt. Ich blickte ein weiteres Mal zu Becker, der wortwörtlich mitschrieb. Vielleicht sollte ich nachher seine Aufzeichnungen beschlagnahmen, um mir das Erstellen eines eigenen Protokolls zu ersparen.

»Warum haben Sie kürzlich abends Pia Skarbu in einer Nacht- und Nebelaktion in Iggelheim abgeholt?«

Walters Stirn runzelte sich. »Was meinen Sie mit Nacht- und Nebelaktion? Ich bin ganz normal auf den Hof gefahren, es waren sogar einige Kunden da.«

»Vergessen Sie meine Bemerkung«, sagte ich lapidar. Es stand ja bisher gar nicht fest, dass Walters von der Toten in der Bettcouch wusste.

»Paula Hambacher rief mich an und sagte, dass sie sich Sorgen um Pia mache. Pia besaß ebenfalls eine Kopie der Schatzkarte.«

»Ist das nicht ein bisschen übertrieben?«, wandte ich ein und meinte damit die Sorgen, nicht die Kopie.

»Nicht, wenn Max Rapid ermordet wurde. Außerdem hat Paula einen Bekannten im Polizeipräsidium, der für sie mal inoffiziell in den Unfallbericht geschaut hat. Ich weiß, dass das gewöhnlich bei der Polizei in Deutschland nicht erlaubt ist.« Ein kurzes Grinsen zog sich über ihr Gesicht, das aber sofort verflog. »Jedenfalls wird die Schatzkarte in dem Bericht nicht erwähnt. Darum machte sich Paula Gedanken über Pia. Was, wenn der Mörder sie ebenfalls töten wollte, um an ihre Karte zu kommen?«

Jetzt blieb mir nichts anderes übrig, als über so viel Naivität den Kopf zu schütteln.

»Frau Walters«, sagte ich und sah sie streng an. »Angenommen, jemand hat diesen Max Rapid ermordet und die Kopie der Schatzkarte gestohlen. Warum sollte er eine weitere Kopie stehlen? Zwei identische Exemplare bringen einen potenziellen Mörder nicht weiter als ein Exemplar.«

Die Engländerin gaffte mich eine Zeit lang mit offenem Mund an. »Stimmt«, sagte sie schließlich. »Das ist absolut logisch, was Sie sagen, Herr Palzki. Darüber habe ich mir überhaupt keine Gedanken gemacht. Ich hatte nur Gefahr und Pia im Kopf und bin sofort zu ihr gefahren, um sie abzuholen. Dazu habe ich mir den Triumph geliehen«, ergänzte sie kleinlaut.

Dietmar Becker machte alles zunichte. »Herr Palzki, Sie haben einen kleinen Denkfehler in Ihrer Rechnung. Vielleicht wusste der Mörder, dass es insgesamt drei

Schatzkarten gab. Vielleicht hatte er sogar bereits den Code entschlüsselt. Bevor andere auf die gleiche Idee kamen, musste er die beiden anderen Karten vernichten, notfalls samt deren Besitzer. Möglicherweise wurde vorhin Frau Skarbu deswegen ermordet. Ob diese Elke noch lebt, sollte ebenfalls schnellstmöglich überprüft werden.«

Damit lag er leider richtig. Ich war längst der Meinung, dass es sich bei der toten Frau bei Kartoffel-Käfer um Elke handelte.

»Wohin haben Sie Pia Skarbu gebracht?« Diese Information war sicherlich nicht unwesentlich.

Erneut huschte ein klitzekleines Lächeln über ihre Mundwinkel. »Ich habe Sie nach Germersheim in Max Rapids Wohnung gebracht. Max war ledig und wohnte dort alleine und Pia hatte einen Schlüssel. Sie kannten sich sehr gut«, fügte sie an.

»Wer wusste davon?«

»Keiner«, antwortete sie. »Nur einmal kam Max' Bruder zu Besuch. Ich blieb bei Pia, da ich sie nicht alleine lassen wollte. Dabei habe ich leider vergessen, mich bei Dieter und Gabi sowie in der Schule abzumelden. Das wird einen Riesenärger geben.« Sie seufzte.

Ohne auf die langsam aufkommenden Magenschmerzen zu reagieren, trank ich mein fünftes oder sechstes Glas Cola aus. »Und wieso haben wir Frau Skarbu und Sie bei Getränke-Bruch gefunden? Das liegt von Germersheim ein ganz schönes Stück entfernt.«

»Als ich heute früh vom Einkaufen zurückkam, war Pia verschwunden, ohne mir eine Nachricht zu hinterlassen. Später rief sie auf meinem Handy an und sagte, dass sie in Oggersheim sei und ob ich zu ihr kommen könnte. Sie müsste mir etwas zeigen.«

Ich bemerkte den offensichtlichen Hinweis natürlich sofort. »Zeigen? Sind Sie sicher, dass Sie ›zeigen‹ gesagt hatte?« Das würde meine Theorie stärken, nach der der Geschäftsführer Jochen Bruch in dieser ganzen Sache tief drinstecken würde. Möglicherweise bis zum Hals.

»Sicher bin ich mir nicht«, sagte Walters. »Sie wollte mir Details zu Elke erzählen. Dazu war sie in der Wohnung von Max nicht gekommen. Doch plötzlich kam dieser schreckliche Gabelstapler.«

»Ein ganz schönes Durcheinander«, testierte ich. »Da muss ich erst mal in Ruhe die Beziehungen der einzelnen Personen überdenken.«

Ohne Vorwarnung mischte sich Jochen Bruch ein. »Das ist doch ganz einfach, Herr Palzki. Es gibt diese Elke, die eine Schatzkarte gefunden hat. Sie informiert ihre beiden Freundinnen Pia Skarbu und die Stadträtin Paula Hambacher, die sie aus dem Pilateskurs kennt. Frau Skarbu, also die Ermordete, empfiehlt, ihren Bekannten Max Rapid einzuweihen, der kurz darauf ebenfalls tot ist. Paula Hambacher weiht parallel ihre englische Bekannte Avril Walters ein. Nur die beiden Letztgenannten sind sicher am Leben. Falls diese Elke lebt, ist sie die Einzige, die eine der Schatzkarten in ihrem Besitz hat, nämlich das Original.«

Ich war baff. Mit wenigen Sätzen hatte der Geschäftsführer die Lage korrekt zusammengefasst. Hatte er dies nur gesagt, um einem potenziell aufkeimenden Verdacht gegen ihn zuvorzukommen?

Boiselle und Becker klatschten Beifall, was mich ein wenig ärgerte. »Bravo«, sagte der Student zu Bruch, »Ihre Schlussfolgerungen sind von einer präzisen Logik. Darf ich Sie in meinem nächsten Krimi wörtlich zitieren?«

Jochen Bruch strahlte über beide Ohren. »Selbstverständlich, Herr Becker. Sehen Sie, ich bin ein ziemlich guter Schachspieler und kann schon immer gut kombinieren. Als Kind wollte ich sogar mal Polizist werden.«

»Welchen Krimi?« Ich ignorierte Bruchs Antwort und wandte mich an den Studenten. »Sie wollen doch hoffentlich nicht über diese unglaubwürdige Geschichte mit der Schatzkarte und einem Goldenen Hut einen Krimi schreiben? Nehmen Sie überhaupt keine Rücksicht mehr auf Ihre schwindende Leserschaft?« Einen kleinen Nachsatz konnte ich mir nicht verkneifen. »Obwohl, machen Sie ruhig, Herr Schriftsteller. Demontieren Sie sich öffentlich, dann hat's wenigstens bald mal ein Ende mit diesen kruden Beckerschen Märchen.«

»Da gebe ich Ihnen keine Hoffnung«, antwortete der Angesprochene mit einem Lächeln. »Ich habe Ideen für Hunderte Krimis im Kopf, und die Bände der nächsten Jahre sind längst beim Verlag eingetütet.«

Ich gab darauf keine Antwort. Trotzdem, das was Bruch gesagt hatte, stimmte, zumindest was unseren Erkenntnisstand betraf. Als sicher dürfte allerdings gelten, dass weitere Personen in diese Sache eingeweiht waren oder zumindest davon erfahren haben. Und derjenige war mit hoher Wahrscheinlichkeit der Mörder der Vorarbeiterin und der Toten in Iggelheim.

Ich stand auf. »Dann gehen wir mal auf Schatzsuche«, begründete ich mein Tun.

»Sie wissen, wo der Schatz liegt?«, fragte Walters ungläubig.

»Nein, aber ich vermute, wo sich eine der ominösen Karte befindet.« Jedenfalls, wenn Pia Skarbu die Kopie bei sich hatte, als sie ermordet wurde.

Jochen Bruch spielte den Führer. Es ging zunächst durch das Vollgutlager, das ich vorhin bereits flüchtig kennenlernen durfte.

»Wer trinkt denn das ganze Zeug?«, fragte ich den Geschäftsführer unauffällig.

»Die Pfälzer haben einen guten Durst«, erklärte er mir. »Unterschätzen Sie nicht den Durchschnittsverbrauch und die Menge der Einwohner. Wir beliefern auch die Gastronomie und diverse Großveranstaltungen. Wir haben sechs eigene Lastwagen und einen Transporter.« Er zeigte auf die Dutzenden Paletten mit Vollgut. »Bei uns finden Sie 400 verschiedene alkoholfreie Getränke im Sortiment und Hunderte von Bier- und Weinsorten.«

Die halb offene Halle war vor dem Fahrstuhl großräumig abgesperrt. Ich nutzte die Gelegenheit, meine Begleiter von meinen nächsten Schritten auszusperren. »Warten Sie hier!«, befahl ich ungewohnt autoritär, und bevor Becker sich widersetzte, ergänzte ich: »Die Leiche sieht bestimmt nicht sehr schön aus. Das ist nichts für Zartbesaitete.«

Meine Warnung fruchtete. Sie blieben gemeinsam bei Jochen Bruch stehen.

Mit einem unguten Gefühl ging ich zum Aufzug, der mit einer Zeltplane verdeckt war. Als ich sie zur Seite ziehen wollte, kam einer der Spurensicherer heraus.

»Was wollen Se do?«, herrschte er mich an. Dann erkannte er mich. »A, Sie sinn jo de Palzki, hab ich recht? Der komische Vochel, wu der Krimautor Becker immer so verrickt beschreibt. Sinn Sie wirklich so dappisch im richtische Lewe?«

Ich zählte auf fünf und riss mich zusammen. »Leider kann ich Sie nicht richtig verstehen. Geht es hier zur Leiche?«, fragte ich in hochgestochenem und fast lupenreinem Hochdeutsch.

Der Spurensicherer zeigte sich unbeeindruckt. »Wenn Se neigucke wolle, machen Se des halt.« Er drückte mir einen Blecheimer mit zehn Litern Fassungsvermögen in die Hand. Zwei Sekunden und eine Handbewegung später, es war das Beiseiteziehen der Plane, war ich froh über den Eimer, auch wenn er vom Inhalt her gesehen genügend Reserven offen ließ.

Ich setzte mich geschockt auf einen leeren Sprudelkasten. Das Bild musste ich erst mal verdauen, wobei ›verdauen‹ mit Sicherheit die falsche Metapher war.

»Wie halten Sie das nur aus?«, fragte ich den Spurensicherer, der sich ein Zigarillo anzündete.

»Alles halwer so wild«, meinte er. »Ich hab mol ä Lehr in ähner Großschlachterei agfange. Des war vielleicht mol ä Sauerei! Dodegege is sowas net viel mehr wie ähn Kratzer am Unnerarm.«

Kratzer am Unterarm, dachte ich, und die Magensäure poppte mir erneut auf. Das, was ich gesehen hatte, war Schlachtfeld radikal.

»Ich suche eine Schatzkarte.« Sofort, als ich das gesagt hatte, ärgerte ich mich über meine Worte. Grundsätzlich war ich ein Mensch der überlegten Wortwahl, ganz nach dem Motto ›Spontanität will wohl überlegt sein‹, doch nun war es passiert. Der Spurensicherer lachte laut auf.

»Laaft do grad ä Schnitzeljagd ab oder was?«

Ich blieb sachlich. »Wir suchen eine Karte, die wie eine Schatzkarte aussehen soll. Details kennen wir bisher nicht.« Mit dem Plural versuchte ich mich psychologisch zu etablieren.

»Die Papiere vun dere Frau hab ich schun gfunne un

separat higelegt. Die sehn awer a aus wie Hund. Soll ich Ihne des Zeich mol raushole?« Er drehte sich in Richtung Plane.

»Nein, nein«, schrie ich halb in Panik. »So eilig ist das nicht. Bis morgen früh reicht mir der Bericht völlig. Von den Unterlagen machen Sie am besten Kopien. Schwarzweiß ist absolut okay.«

Von dem Tatort erhoffte ich mir keine neuen Erkenntnisse. Ich ging zu dem Geschäftsführer und dem Rest der Wartenden.

»Ich werde mich voraussichtlich morgen nochmals bei Ihnen melden, Herr Bruch.« Ich drehte mich zu Avril Walters. »Soll ich Sie mit nach Schifferstadt nehmen?«

»Das ist nicht nötig, Herr Palzki. Ich muss doch den Triumph zu Dieter zurückbringen.«

Dann mal viel Spaß, dachte ich und überlegte, ob ich sie mit dem nicht mehr verkehrssicheren Fahrzeug fahren lassen sollte. Eine Antwort erübrigte sich, da KPD die Bühne betrat.

»Das kann doch nicht sein!«, schrie er über den Hof. »Wer hat denn das gemacht?« Er entdeckte mich. »Palzki! Natürlich! Das hätte ich mir gleich denken können. Das Leben könnte so einfach sein, wenn Palzki kein Polizeibeamter wäre!«, sagte, nein schrie er über das Gelände. Für einen Moment überlegte ich mir, ob ich mir von Jochen Bruch zeigen lassen sollte, wie man einen Gabelstapler startet.

KPD baute sich vor mich auf. »Was haben Sie sich dabei gedacht, Palzki?« Mein Chef tat so, als hätte ich die Frau eigenhändig ermordet.

»Ich kam zu spät, Herr Diefenbach. Die Frau wurde vor meinen Augen ermordet.«

KPDs Augen blitzten. »Welche Frau?«, fragte er und sah sich um. »Von was reden Sie da, Palzki?«

Ich zeigte auf die verdeckte Aufzugstür. »Na, von Pia Skarbu, die von einem Gabelstapler ermordet wurde.«

KPD schien das überhaupt nicht zu interessieren. »Lenken Sie nicht ab, Palzki. Das war bestimmt ein Unfall. Oder hat es mit dem …« KPD brach seine Rede ab und überlegte.

»Was haben Sie sich dabei gedacht, den Triumph so übel zuzurichten?«

Jetzt war ich an der Reihe mit dem Staunen. »Was soll mit dem Wagen sein?« Ich verstand KPDs Motivation nicht.

Mein Chef begann nervös herumzuzappeln. »Zufällig habe ich in der Dienststelle mitbekommen, dass in Oggersheim der Oldtimer gesichtet wurde, von dem Sie mir berichtet hatten. Leider konnte ich nicht sofort hierher fahren, da der Kaffeemaschinenlieferant bei mir war. Aber jetzt sagen Sie endlich, was haben Sie mit dem Wagen gemacht? Der ist nur noch Schrott!«

Idioten muss man mit idiotischen Bemerkungen antworten. »Ach was, Herr Diefenbach. Das sind nur ein paar leichte Dellen. Mit ein bisschen Spachtelmasse sieht der morgen aus wie neu.«

Ich tat das einzig Vernünftige: Ich ließ meinen Chef stehen und verabschiedete mich kurz von den anderen. Jetzt galt es, den Hunger zu stillen, danach würde die Welt für mich wieder rosiger aussehen.

KAPITEL 9 –
PILATES FÜR ANFÄNGER

Dass Speyer von meinem aktuellen Standpunkt gesehen hinter Schifferstadt lag, war mir im Moment völlig egal. Ich hatte sowieso keine große Lust, den Nachmittag auf der Dienststelle zu verbringen. Die Dinge, die ich heute erlebt hatte, reichten für die ganze Woche.

Idealerweise führte die B 9 schwungvoll im Osten an Schifferstadt vorbei. Ich grüßte mit einer Handbewegung kurz den Wasserturm meiner Heimatstadt und fuhr weiter in Richtung der markanten Philippsburger Kühltürme, die man im Gegensatz zum Speyerer Dom auf der B 9 zwischen Ludwigshafen und Speyer deutlich sehen konnte.

Selbst ohne diesen markanten Richtungsweiser fand ich den Weg zu meiner geliebten Currysau blind. Und bevor es jetzt wieder unter der Leserschaft einen Aufschrei gibt: Dies war natürlich nur bildhaft gemeint, selbstverständlich habe ich beim Autofahren meine Augen geöffnet. Jedenfalls, wenn ich wach war.

Völlig unvorbereitet traf mich das Schild, das im Wintergarten meines Lieblingsimbisses hing: ›Pfälzer Grumbeere – Aktionswoche – Sämtliche Gerichte diese Woche mit leckeren Pfälzer Kartoffeln – Lasst euch überraschen!‹

Mein erster Gedanke war, dass der Inhaber Robert

oder Jürgen, sein Bruder, das Schild nur aufgehängt haben, um mich zu ärgern. Doch überall standen und saßen Kunden mit Kartoffeln auf ihren Tellern. Sogar die Schälchen mit Currywurst waren mit Kartoffeln garniert. Ich schüttelte mich.

Jürgen, der gerade bediente, begrüßte mich. »Servus, Reiner. Was schaust du so betrübt drein? Ist dir mal wieder ein Schwerverbrecher durch die Lappen gegangen oder hat KPD eine seiner spinnerten Ideen?«

»Heute ist nicht mein Tag«, antwortete ich schmallippig. »Machst du mir bitte einen Palzki-Burger und vier oder fünf Cheeseburger als Sättigungsbeilage? Aber bitte keine sonstigen Beilagen, das wird mir sonst zu viel, und meine Frau motzt über meine Taille.«

»Cola-Light dazu, wie immer?«

Ich nickte. Hier kannte man seine Kunden und deren Vorlieben noch persönlich. Minuten später brachte mir Robert ein Tablett mit meiner Bestellung. Ich atmete auf: Keine Grumbeeren.

Zuerst bezwang ich den 4.000-Kalorien-Klopper, der zu recht meinen Namen trug. Es soll Menschen geben, die nach dem Genuss dieses Burgers satt waren oder sogar übersättigt, wie mir aus glaubwürdigen Quellen bereits mehrfach bestätigt wurde. Ich selbst bevorzugte zur geschmacklichen Abrundung, und nicht zur Abrundung meiner Taille, wie Gerhard mal behauptet hatte, zusätzlich den einen oder anderen Cheeseburger, dessen geniale Soße eine Eigenkreation der beiden Brüder war und sogleich ein wohlgehütetes Geheimnis.

Irgendwie schmeckten die Cheeseburger heute anders. An der Soße lag es nicht, es war das Fleischpaddy, das einen anderen Geschmack hatte. Es schmeckte sehr herzhaft, wenn auch ungewohnt. Daran würde ich mich gewöhnen können.

»Robert, habt ihr den Metzer gewechselt?«, fragte ich und erntete eine Lachsalve. Ich kapierte. Entsetzt fragte ich mit bebenden Lippen: »Du hast mir doch hoffentlich kein Pferdefleisch aufgeschwatzt?« Ich hatte zwar keine Ahnung, wie Pferd schmeckte, meine Abneigung war eher grundsätzlich.

»Keine Angst, Reiner«, antwortete Robert, während er einer Kundin die bestellte Ware über die Theke reichte, »ich weiß doch, dass du kein Pferd magst. An was erinnert dich der Cheeseburger?«

»Keine Ahnung, irgendwie unbekannt. Schmeckt gut, aber jetzt sag endlich, was ist das für Fleisch?«

Bevor er das Geheimnis auflöste, lachte er erneut. »Überhaupt kein Fleisch, Reiner. Die Cheeseburger sind zu 100 Prozent vegetarisch. Sogar der Käse wird mit mikrobiellem Lab hergestellt.«

Mikrobieller Lab war mir dank Stefanie ein Begriff. Als eingefleischte Vegetarierin wusste sie, dass der meiste Käse mit tierischem Lab hergestellt wurde und somit keinesfalls vegetarisch war. Doch ob der Käse aus mikrobieller Herstellung kam oder nicht, war mir im Moment egal.

»Vegetarisch? Das kann doch gar nicht sein.«

Robert hielt eines der Paddies hoch, das er aus einer Schüssel nahm. Im unfrittierten Zustand sah es wirklich nicht wie Fleisch aus.

»Kartoffeln?«, riet ich schockiert.

»Volltreffer«, jubelte der Imbissbesitzer. »Nach eigenem Rezept angemacht und mit Kräutern und weiteren Zutaten verfeinert. Ich habe bis vor Kurzem selbst nicht gewusst, welche tollen und schmackhaften Sachen man mit Pfälzer Grumbeeren machen kann. Immer nur Pommes, das wird doch irgendwann mal langweilig. Jürgen und ich wollen vermehrt vegetarische Angebote aufnehmen, die Nachfrage nimmt zu.«

Kartoffeln. Ich hatte tatsächlich unwissentlich Kartoffeln gegessen und diese sogar als schmackhaft bewertet. Am liebsten würde ich vor Scham im Erdboden versinken. Hoffentlich würde dies meine Frau nie erfahren. Und meine Kinder ebenfalls nicht, sonst würden sie mich in Zukunft ächten.

»Muss ich mir jetzt einen neuen Imbiss suchen?«, fragte ich ketzerisch. »Es werden ja nicht alle auf vegetarische Angebote umstellen. Vielleicht sollte ich selbst einen eröffnen, hier, direkt vor euch auf dem St.-Guido-Stifts-Platz. Konkurrenz soll das Geschäft beleben.«

»Aber Reiner, jetzt sei doch nicht gleich beleidigt. Selbstverständlich wird es weiterhin bei uns das komplette Sortiment an Wurst- und Fleischwaren geben. Die vegetarischen Angebote sollen nur als Ergänzung unseres Angebotes dienen. Stell dir vor: In Zukunft kannst du sogar mit deiner Frau aufkreuzen. Ist das nicht eine tolle Sache: Familie Palzki kommt einmal die Woche zum familiären Abendessen zu uns.«

Wo er recht hatte, hat er recht, dachte ich und ließ mir die Sache durch den Kopf gehen. Könnte ich damit Stefanies Vorurteile gegenüber Schnellimbisse und Fast Food abbauen? Einen Versuch war es allemal wert.

Um Robert nicht zu pikieren, aß ich die restlichen Cheeseburger auf. Sie schmeckten schließlich nicht übel, ganz im Gegenteil. Nur dass ich wusste, womit sie belegt waren, ließ mich etwas schaudern.

Wohl gesättigt trat ich die Reise zur Dienststelle an. Bereits im Treppenhaus fielen mir die fetten Fliegen auf, die überall herumschwirrten und mir gelegentlich an die Wange knallten. Früher oder später hatte es ja soweit kommen müssen: Jacques' Staubfliegen hatten es geschafft, von einem Ortsende ans andere zu gelangen. Wahrscheinlich würde es bei mir im Haus bald nicht anders aussehen. Gerhard und Jutta waren dabei, mit Fliegenklatschen der Invasion Einhalt zu gebieten. In ihrem Tun bemerkten sie mich nicht sofort. So knallten mir gleichzeitig auf der einen Seite eine Killerfliege an die Wange und auf der anderen Seite Juttas Klatsche.

»Oh, sorry, Reiner«, entschuldigte sie sich hart schnaufend. »Wir sind im Moment im Krieg.«

»Das sieht man deutlich.« Mit geröteten Wangen setzte ich mich an den Besprechungstisch und versuchte, das fliegerische Treiben so gut es ging zu ignorieren.

»Habt ihr Jacques verständigt?«, fragte ich meine beiden Kollegen. »Der soll sich schnell mal was einfallen lassen. Ihm haben wir diese Invasion schließlich zu verdanken.«

Gerhard fegte mit einem Klatschenstrich Juttas Maus vom Schreibtisch. »Jacques war vorhin bei uns. Beziehungsweise bei KPD. Er sagte, dass er sich dieser Sache mit zweitoberster Priorität widmet. Leider hat er bisher kein Gegenmittel gefunden. Seine bisherigen Versuche haben die Fliegenpopulation eher noch angeheizt.«

Ich zog meinen Zeigefinger über die Tischplatte. »Wie wäre es mal mit Staubwischen? Dann wandern die Monsterviecher weiter, sobald sie nichts mehr zu fressen haben.«

Jutta brachte ein gequältes Lächeln zustande. »Wir hatten eine bessere Idee«, antwortete sie. »Wir haben die Tür zu deinem Büro geöffnet.«

»Was habt ihr?« Erregt sprang ich vom Stuhl auf.

»Du hast schon richtig gehört«, sagte Gerhard, während er ein Killervieh auf dem Jahreskalender erschlug, was einen ekligen Fleck hinterließ. »Dein Büro ist für diese Scheißfliegen wahrscheinlich das größte Paradies in der ganzen Umgebung. Jeder Mensch, der dein Büro betritt, hat nach fünf Minuten eine Staublunge, die von der Berufsgenossenschaft ohne weitere Prüfung anerkannt wird.«

Selbst wenn Gerhard meilenweit übertrieb, so war nicht zu leugnen, dass ich mein Büro in den letzten Monaten nur äußerst selten bis gar nicht nutzte. Juttas Büro dagegen hatte sich längst als Sammelbüro für unser Team etabliert. Da ich sowieso die meiste Zeit draußen im Einsatz war, vermisste ich mein Büro nicht, zumal es inzwischen nur noch ein Viertel der ursprünglichen Größe besaß. KPDs Expansionspläne bezüglich seines eigenen Thronsaals gingen immer zu Lasten der Untergebenen.

»Der Schuss ging nach hinten los«, erzählte Jutta weiter. »Das hohe Nahrungsangebot führte zu einer explosionsartigen Vermehrung der Fliegen. Ich habe den Eindruck, die vermehren sich im Halbstundenrhythmus.«

Nein, hier konnte ich nicht bleiben. Ich musste weg. Zum Heimgehen war es viel zu früh. Ich überlegte, welche Schritte ich im Zusammenhang mit den aktuellen Todesfällen unternehmen konnte.

»Weiß man inzwischen, wer die Tote aus Iggelheim ist?«

»Der Abgleich mit den bekannten Vermisstenfällen brachte bisher kein Ergebnis. Wir haben übrigens eine Nachricht aus Oggersheim reinbekommen. Per E-Mail«, ergänzte Jutta.

»Jetzt schon?«, wunderte ich mich, weil KPD vor Ort war und für Chaos sorgte.

»Ist noch nichts Konkretes. Diese Engländerin, die vermisst war, Avril Walters, die hat angegeben, dass Paula Hambacher den Nachnamen von einer gewissen Elke kennen könnte. Wer ist Elke?«

Es fiel mir schwer, mich zu konzentrieren. Die Fliegen machten mir sehr zu schaffen. »Ich vermute, dass sie unsere Tote aus Iggelheim ist. Sie soll, haltet euch fest, eine Schatzkarte gefunden haben.«

»Oh, ein Piratenschatz. Auf welcher Insel liegt der vergraben?« Gerhard machte sich lustig.

»Kannst du einmal ernst bleiben?«, herrschte ich ihn an. »Ein Piratenschatz, so was Blödes! Sei doch einmal realistisch, Gerhard. Die Schatzkarte soll den Weg zeigen, wo ein Goldener Hut aus der Keltenzeit vergraben liegt.«

Zuerst stutzten meine beiden Kollegen, dann lachte Gerhard lautstark heraus. »Red du noch einmal von ernst bleiben, Reiner. Fast wäre ich dir auf den Leim gegangen. Eine Karte, die zu einem Goldenen Hut führt, das ist wirklich ein guter Gag.«

»Warum?«, fragte ich irritiert.

»Weil die Kelten keine Schrift kannten. So was lernt man in der Schule, Kollege.«

»Blödmann«, antwortete ich. »Natürlich ist die Karte nicht von den Kelten, sondern von dem Vater dieser Elke. Vermutlich«, ergänzte ich.

»Meinst du das jetzt ernsthaft?«, hakte Jutta nach.

»Todernst«, antwortete ich. »Wahrscheinlich wurden deswegen drei Menschen ermordet.«

»Drei?« Jutta legte die Fliegenklatsche hin und setzte sich zu mir an den Besprechungstisch.

Ich zählte auf: »Diese Elke, dann Pia Skarbu vorhin beim Getränke-Bruch, wie ihr inzwischen mitbekommen habt, und eventuell ein Mann. Das muss ich erst prüfen. Aber diese Engländerin lag richtig. Ich sollte so schnell wie möglich Paula Hambacher aufsuchen. Sie sitzt übrigens im Neustadter Stadtrat. Wenns blöd läuft, erhält der Fall eine politische Dimension.«

Das war meine Möglichkeit, von dieser fliegenverseuchten Dienststelle zu fliehen.

Meine Kollegin reichte mir das ausgedruckte E-Mail. »Ich hab's inzwischen überprüft. Hambacher findest du im Moment in Lachen-Speyerdorf. Wenn du dich beeilst, kommst du rechtzeitig zum Pilateskurs.«

Ungläubig blickte ich auf das Papier. ›Pilates für Anfänger, ein Kurs für …‹, der Rest interessierte mich nicht. Gerhard überreichte mir ein weiteres Blatt mit einer Fahrtskizze. »Ich hab's dir ausgedruckt. Du stehst doch auf analoge Navis.«

Pest oder Cholera, in meinem Fall Fliegen oder Pilates. Ich entschied mich für Pilates. Was sollte mir groß passieren? Ich war ermittelnder Polizeibeamter und musste diesen modischen Schnickschnack nicht mitmachen. Es ging ausschließlich um eine Befragung. Falls der Kurs noch lief, würde ich einfach bis zum Schluss warten.

Ich stand bereits an der Tür, als mir etwas einfiel. »Was wollte Jacques bei KPD?«

»Da ging es um die neue Kaffeemaschine, die KPD

bestellen will. Der Hersteller der Maschine war anwesend und ein Architekt. Ach ja, sogar ein Statiker.«

»Ein Statiker?«

»Die Maschine wird fest mit dem Gebäude verankert. Im ehemaligen Sozialraum soll die Produktionsanlage der Pads installiert werden mit direktem Zugang in KPDs Büro. Unser Chef will eine Musteranlage aufbauen lassen. Er sieht im Geiste schon Heerscharen von Chinesen, Japaner und was weiß ich noch, die nach Schifferstadt kommen, um die Maschinen und KPD zu bestaunen.«

Gerhard machte eine Wischbewegung vor seinem Gesicht. »Lass ihn doch. Solange unser Chef mit solchen Spinnereien beschäftigt ist, haben wir Ruhe vor ihm.«

»Warum ist er vorhin in Oggersheim aufgetaucht? Er wusste nicht einmal, dass eine Person ermordet wurde.«

»Du weißt doch, sein zweiter momentaner Spleen. Er möchte Oldtimer sammeln. Da war doch der ehemalige Englischlehrer bei uns, der mit dem Bild eines Triumphs. Als die Meldung aus Oggersheim reinkam, hat er gelesen, dass der Wagen dort zu finden sei. Alles andere interessierte ihn nicht. Er hat noch kurz Jacques und dem Architekten Anweisungen gegeben, danach ist er losgefahren.«

»Und weiter?«

»KPD möchte ihn auf jeden Fall haben. Also den Triumph, nicht den Lehrer. Er möchte diesen Wagen tatsächlich in sein Büro vor seinen Schreibtisch stellen. Zur Repräsentation.«

»Der geht niemals durch die Tür«, bemerkte ich. »Außerdem hat er in Oggersheim optisch etwas gelitten.«

Jutta grinste. »Der Statiker sieht kein Problem. Da wegen der Kaffeemaschine sowieso das große Panoramafenster ersetzt werden muss, kann man mit einem Aufwasch gleich den Wagen ins Gebäude hieven.«

Jetzt war mir klar, warum KPD vorhin so seltsam reagiert hatte. Mir konnte das egal sein. Ich verabschiedete mich in Richtung Lachen-Speyerdorf.

Die Wegbeschreibung war zufriedenstellend. Früher, als noch keine Autobahn von der A 61 an Neustadt vorbeiführte, kam man auf dem Weg von Schifferstadt nach Neustadt fast unweigerlich an Lachen-Speyerdorf vorbei, nachdem man durch Iggelheim und Haßloch gefahren war.

Mit etwas flauem Gefühl in der Magengegend parkte ich vor einer kleinen Turnhalle. Ich schnaufte ein paarmal durch und betrat das Gebäude.

»Und ausatmen«, hallte ein Befehl durch die Halle, als ich sie betrat. Ungefähr 20 Personen beiderlei Geschlechts lagen bäuchlings auf bunten Matten und streckten die Arme und Beine so gut es ging nach oben, was mich als Außenstehender in der Meinung bestärkte, solchen Zirkus niemals freiwillig mitzumachen.

»Und einatmen.« Vor den Pilatesgewillten, die, wie ich zufrieden feststellte, allesamt älter als ich waren, stand ein weiblicher Feldwebel. Sagte man zu solch einer Frau eigentlich Feldwebelin, ging mir kurz durch den Kopf. Ihr lautes Organ und ihr energischer Gesichtsausdruck ließen den Kursteilnehmern keine andere Wahl.

»Und wieder ausatmen«, schallte es autoritär durch die Halle. Ein Senior ließ erschöpft seine Arme auf die Matte fallen. Sofort dröhnte es von vorne: »Aber Herr

Gallo! Sind Sie schon wieder indisponiert? Die letzten Minuten werden Sie auch noch durchhalten.«

Während ich die Mattenreihen auf der Suche nach Paula Hambacher absuchte, entdeckte mich die Kursleiterin. Sofort kam sie auf mich zu.

»Das ist aber reichlich spät«, begann sie mich zu schelten. »Sie haben Glück, dass mich Schwester Brunhilde vorher informiert hat.«

Da ich stehen blieb, kam sie näher. »Nicht so schüchtern, Herr Fatso. Sie müssen sich wegen Ihres Gewichts und Ihrer Krankheiten nicht schämen. Schwester Brunhilde hat mir Ihre Akte gezeigt. Los, ziehen Sie Ihre Schuhe aus. Da vorn ist eine Matte frei.«

Sie schnappte mich am Oberarm und führte mich wie ein kleines Kind in Richtung Matte.

»Sie verwechseln mich«, sagte ich. »Ich bin Polizeibeamter.«

Die Feldwebelin schaute kurz an mir herunter und lächelte dabei. »Ja sicher, Herr Fatso. Ganz wie Sie wünschen.«

Es klang so, als würde sie mir sagen, dass ich nachher zurück ins Heim dürfe, wo ich täglich drei warme Mahlzeiten bekäme und eine modische Jacke, die auf dem Rücken verschlossen wurde. Hilfe, ich musste hier raus.

Die Kursteilnehmer saßen inzwischen auf ihren Matten, schauten uns zu und tuschelten.

»Für heute beginnen wir mit ein paar einfachen Übungen, Herr Fatso. Sie werden sehen, es ist überhaupt nicht anstrengend. Morgen werden Sie sich wie neugeboren fühlen. Und wenn Sie den Kurs bis zum Ende mitmachen, können Sie sogar Ihre eigenen Schuhe binden, das garantiere ich Ihnen.«

Es gelang mir, meinen Dienstausweis aus der Hosentasche zu ziehen. »Hören Sie jetzt auf mit dem Quatsch. Ich bin nicht Ihr Herr Fatso.« Ich hielt ihr den Ausweis unter die Nase.

Erschrocken ließ sie mich los. »Oh, entschuldigen Sie bitte.« Sie schaute ein weiteres Mal an mir herunter. »Diese Ähnlichkeit. Schwester Brunhildes Beschreibung hat hundertprozentig gepasst.«

Sofort bemerkte sie, dass dieser Kommentar auf mich wohl wenig schmeichelhaft wirkte. Von wegen Schuhe binden, dachte ich zornig. Als ob ich deswegen solch einen blöden Pilateskurs nötig hätte. Ich schaute hinunter zu meinen Schuhen mit Klettverschlüssen.

»Ich suche Paula Hambacher«, sagte ich in forschem Ton zu der Kursleiterin, um das unsägliche Thema endlich zu beenden.

»Paula ist heute nicht da«, antwortete sie.

»Das sehe ich«, konterte ich. »Wissen Sie oder einer von Ihren Krank..., äh, Ihrer Gruppe, wo sie sein könnte?«

Eine Dame aus der zweiten Reihe meldete sich. »Sie hat kurzfristig für heute abgesagt, weil sie einen Termin bei Johannes Rehfuß in Böhl hat. Er ist Mitglied des Landtags, falls Sie das nicht wissen.«

Natürlich kannte ich Herrn Rehfuß. Wie alle hochrangigen Politiker der Umgebung wurde er regelmäßig von KPD zu einer sogenannten Führungsrunde eingeladen, bei der der überlaufende Schwarzgeldetat unserer Bußgeldbarkasse in einem gehobenen Restaurant in normale Größenordnungen gestutzt wurde.

»Das wollte ich wissen«, sagte ich. »Dann bin ich auch schon weg. Ich wünsche Ihnen baldige Genesung.«

Was mir die Feldwebelin hinterherrief, hörte ich nicht mehr. Die beiden Stufen, die ins Freie führten, nahm ich in einem Satz. Na, das ging doch. Soll noch einer sagen, ich wäre unsportlich.

KAPITEL 10 –
AUF DEM GRUMBEERENACKER

Die Fahrt nach Böhl dauerte keine Viertelstunde. Den Hof von Rehfuß kannte ich von einer früheren Ermittlungssache. Ich war sehr neugierig, warum die Neustadter Stadträtin bei Johannes Rehfuß war. Ging es um etwas Politisches? Das wäre mir egal. Oder hatte es etwas mit den Grumbeeren zu tun, denn auch dieser Hof produzierte Massen an Kartoffeln.

Ich parkte vor dem mächtigen Haus, das direkt an die Straße gebaut war. Links und rechts des Gebäudes befanden sich größere Einfahrten. Ich entschied mich für links und traf im vorderen Hof auf eine Frau, die mich erwartungsvoll anblickte.

»Guten Tag, kann ich Ihnen helfen?«

Das klang schon anders als vorhin diese komische Pilatestrainerin. »Bestimmt, mein Name ist Reiner Palzki. Ich bin Polizeibeamter und auf der Suche nach einer Paula Hambacher.«

»Sie wollen zu Paula? Da haben Sie Pech. Die ist mit meinem Mann auf dem Feld. In zwei oder drei Stunden werden sie zurück sein.«

Mist, nahm diese Schnitzeljagd denn nie ein Ende? »Ich müsste Frau Hambacher dringend sprechen. Können Sie mir den Weg zu dem Feld beschreiben?«

Frau Rehfuß überlegte. »Das ist ziemlich kompliziert.

Der Acker liegt in der Nähe von Rödersheim, ob Sie den so einfach finden?«

»Das ist kein Problem für mich. So viele Äcker gibt's hier nicht.«

Sie lachte auf. »Wenn Sie meinen. Aber ich mache Ihnen einen Vorschlag. Ich bringe Sie zu Paula. Kommen Sie mit.«

Wir durchquerten eine Scheune und kamen im Hof auf der anderen Seite heraus. Sie zeigte auf einen Traktor. »Steigen Sie auf.«

»Auf den Traktor?«, fragte ich irritiert.

»Natürlich, das geht am schnellsten. Sie können mit Ihrem Wagen nachfahren, aber bei dem Regen, den wir in den letzten Tagen hatten, werden Sie Ihr Auto anschließend nicht mehr wiedererkennen.«

Frau Rehfuß kletterte behände in das Führerhaus des Traktors. Ich tat es ihr nach und nahm auf einem kleinen Notsitz Platz, der alles andere als bequem war. Das Sitzen war das eine, das Fahren das andere. Es ging direkt nach hinten hinaus aufs freie Feld. Hier gab es keine asphaltierte Straße, sondern nur sandige Schlaglochpisten. Das Gerüttel des Traktors brachte mich an meine körperlichen Grenzen. Frau Rehfuß schien das Durcheinanderschütteln nichts auszumachen, sie genoss die rasante Fahrt. Als uns auf einem Feldweg ein anderer Traktor mit Hänger entgegenkam, fuhr sie ohne die Geschwindigkeit zu verringern einfach mit der rechten Hälfte des Traktors durch das matschige Feld, was mir die ersten Spritzer auf meiner Kleidung einbrachte.

Die Fahrt dauerte lange, und ein paarmal überquerten wir Landstraßen. Irgendwann zeigte meine Fahrerin auf ein Feld, auf dem langsam ein Traktor seine Bahnen fuhr und dabei einen Vollernter zog. »Das ist unsere Rodemaschine«, erklärte Frau Rehfuß. »Damit werden die Kartoffeln fast vollautomatisch geerntet.«

Sie hielt hinter einem Anhänger an, der alleine auf dem Weg stand. »Wir müssen warten, bis der Mulde-Bunker der Rodemaschine voll ist. Im nächsten Schritt werden die Kartoffeln vorsichtig per Laufband in den Anhänger gekippt. Drei Ladungen gehen in den Anhänger, dann wird er zu einem Abpackbetrieb gefahren.«

»Sie meinen wohl zu einem Supermarkt?«

»Das gäbe eine schöne Sauerei.« Frau Rehfuß lachte. »Bevor die Ware in den Supermarkt kommt, muss sie gewaschen und in Tüten und Säcken verpackt werden.«

Wir sahen, dass der Traktor mit dem Vollernter auf uns zukam. Aus der Nähe betrachtet sah der Ernter wie ein Monstrum aus. Während zwei Arbeiter von dem Vollernter abstiegen, stieg aus dem Traktor Paula Hambacher aus. Johannes Rehfuß bugsierte das Gespann direkt neben den Anhänger, sodass, wie seine Frau mir erklärt hatte, die Kartoffeln nun in den Hänger plumpsten.

Die Stadträtin schaute misstrauisch, als sie mich sah.

»Das ist ja mal eine angenehme Überraschung«, begrüßte sie mich in einem Tonfall, der alles andere als angenehm klang. »Suchen Sie zufällig mich oder wollen Sie Ihr Wissen über den Kartoffelanbau vertiefen?«

»Zufällig suche ich Sie. Haben Sie einen Moment Zeit?«

Sie verstand. Wir gingen ein paar Meter den Weg entlang, wobei ich mir meine Schuhe ruinierte. Stefanie würde begeistert sein, die Schuhe waren kaum vier oder fünf Jahre alt und noch top in Schuss, von den etwas schief abgelaufenen Sohlen mal abgesehen.

»Es geht um Pia, nehme ich an«, sagte sie ohne Umschweife.

Ich nickte. »Sie kennen nicht nur Herrmann Ziemniak, sondern auch Pia Skarbu«, bekräftigte ich.

»Ich kenne Pia aus dem Pilateskurs. Tut mir leid, Herr Palzki. Ich versuche, mein Verhältnis mit Herrmann nicht an die große Glocke zu hängen. Das würde mich politisch ruinieren.«

»Warum denn? Sie sind doch ledig, nehme ich an.«

»Ich schon«, fiel sie mir ins Wort. »Aber Herrmann nicht. Er spricht zwar immer von Scheidung, aber der Hof gehört seiner Frau. Das macht die Sache schwierig, verstehen Sie?«

Damit hatte ich die offizielle Bestätigung. Bevor ich sie bezüglich Elke fragte, wollte ich das Thema Pia abhaken. »Wer könnte Ihrer Meinung nach Pia Skarbu ermordet haben?«

Entsetzt blieb sie stehen. Geschockt stierte sie mich an. »Wa..., was sagen Sie da? Pia ist tot? Das kann doch nicht«, jäh brach sie ab, um gleich darauf fortzufahren. »Ist das wirklich wahr? Sie wurde ermordet?« Sie drückte sich beide Hände ins Gesicht. »Wo ist das passiert?«

Ohne auf ihre Frage einzugehen, fragte ich weiter. »Von Ihrer Verwandten Avril Walters habe ich erfahren, dass Sie der Meinung sind, dass Pia in Lebensgefahr war. Wegen der Schatzkarte.«

»Das wissen Sie auch?« Mit großen Augen schaute sie mich an.

»Die Polizei ist hervorragend ausgebildet. Haben Sie eine Kopie der Karte?«

Die Antwort kam nicht sofort, da sie zunächst vor sich hin schluchzte. »Nein, es gab nur zwei Kopien. Dieser Max Rapid hatte eine. Sie wissen, welche Rolle Max spielte?«

Ich nickte sanft, und sie fuhr fort. »Avril hat Ihnen bestimmt alles erzählt. Pia hatte die zweite Kopie. Hat man die Karte gefunden?«

Auch diese Frage beantworte ich nicht. »Frau Walters wusste viel, aber nicht alles. Von dieser Elke kennt sie nur den Vornamen und nicht einmal, wo sie wohnt.«

»Elke Müller?«, fragte Paula Hambacher zurück und brachte mich damit ein großes Stück weiter.

»Wissen Sie, wo sie wohnt?«

»Natürlich. In Rheingönheim.«

Bingo, dachte ich. Es hatte sich gelohnt, meine Kleidung einzusauen. »Ich muss Sie leider mit nach Schifferstadt nehmen, damit Sie sie identifizieren. Es könnte sein, dass Elke Müller ebenfalls tot ist.«

Schlagartig wurde sie noch weißer, als sie nach der Todesnachricht von Pia Skarbu eh schon war. »Elke auch?« Ihre Stimme zitterte. »Jetzt sind nur noch Avril und ich übrig. Ich habe Angst.« Sie zog ein buntes Päckchen Zigaretten aus ihrer Hosentasche und steckte sich eine an.

»Ich bin bei Ihnen«, sagte ich tröstend. »Angst brauchen Sie keine zu haben. Ich denke, dem Mörder ging es nur um die Karten. Stimmt die Geschichte mit dem Goldenen Hut?«

Hambacher verzog den Mund. »Das hätte Avril nicht sagen dürfen.«

»Wir sind in einer Mordermittlung, Frau Hambacher. Da darf es keine Geheimnisse geben.«

»Natürlich«, entschuldigte sie sich sofort. »Selbstverständlich müssen Sie über die Sache informiert werden.« Sie nahm einen tiefen Lungenzug. »Elkes Vater muss auf einem seiner Felder Anfang der Sechziger Jahre einen Golden Hut gefunden haben, größer als der aus Schifferstadt. Elke konnte inzwischen anhand des Datums der Karte herausfinden, dass ihre Eltern zu diesem Zeitpunkt in Scheidung lebten. Aus diesem Grund muss ihr Vater den Hut wohl wieder versteckt haben. Möglicherweise wollte er ihn bergen, wenn die Scheidung durch war. Tragischerweise ist er kurze Zeit später bei einem Unfall gestorben. Elkes Mutter war zu diesem Zeitpunkt hochschwanger. Elke hat ihren Vater nie kennengelernt.«

Die Geschichte klang für mich erst mal logisch. Das würden wir zu gegebener Zeit überprüfen. »Wissen Sie, wo Frau Müller die Karte fand?«

»Auf dem Speicher zwischen alten Sachen von ihrem Vater. Beim Ausmisten des Speichers hat sie die Karte gefunden.«

Ich dachte kurz nach und kam zu der Überzeugung, im Moment alle wesentlichen Informationen eingesammelt zu haben.

»Wie kommen wir zurück? Ich habe meinen Wagen bei Rehfuß im Hof stehen.«

Nach kurzem Überlegen sagte sie: »Warten Sie kurz, ich regle das.«

Sie ging zum Traktor, dessen angehängter Vollernter nach wie vor entladen wurde. Die Kartoffeln wurden äußerst schonend in den Anhänger verbracht.

»Wir können gleich mit Frau Rehfuß zurückfahren, sobald der Anhänger voll ist«, schrie mir Paula Hambacher entgegen. »Wird zwar etwas eng auf dem Traktor, aber irgendwie klappt das.«

Während des Entladevorgangs schaute ich mir die Rodemaschine von allen Seiten an. Auf einmal stand Johannes Rehfuß neben mir. »Na, Herr Palzki, wieder mal am Ermitteln?«

Da er nicht weiterfragte, ließ ich seine Frage im Raum stehen.

»Wollen Sie sich den Vollernter mal von oben anschauen?«

»Gern«, antwortete ich, da ich mich sowieso in der Warteschleife befand.

Zusammen mit dem Landtagsmitglied kletterte ich eine Metallleiter nach oben, die senkrecht an der Maschine angebracht war.

»Das ging aber schnell«, lobte Herr Rehfuß. »So sportlich sehen Sie gar nicht aus.«

»Alles Tarnung«, antwortete ich. »Ich habe während meiner Schulzeit an unzähligen Bundesjugendspielen teilgenommen.«

Rehfuß nickte bewundernd. »Wie viele Urkunden haben Sie abgeräumt?«

»Urkunden?«, fragte ich erstaunt. »Gab es da Urkunden?«

Ich stand nun auf der Plattform des Vollernters. Johannes Rehfuß war auf der gegenüberliegenden Seite hochgestiegen. Mit einer großzügigen Armbewegung zeigte er auf eine Vielzahl an Laufbändern und sonstigen mechanischen Teilen. So ein Vollernter schien mir ein hochkomplexes Gerät zu sein.

»Auf dieses Verleseband werden die Kartoffeln, die vom Ernteteil kommen, befördert. Da wo wir stehen, befinden sich während des Erntevorgangs zwei Personen, die Wurzeln und Steine vom Band entfernen und in Röhren fallen lassen. Die Kartoffeln purzeln auf dem Band entlang und landen am Ende im großen Mulde-Bunker, von dem sie in den Anhänger transportiert werden.«

Ich schaute mir dieses gewaltige Monster eine Weile an, bis der Umladevorgang beendet war.

»Wir können, Herr Palzki«, rief Paula Hambacher von unten.

Die Rückfahrt war eine Nuance angenehmer, da Frau Rehfuß mit dem vollen Anhänger nicht so schnell fahren konnte. Paula Hambacher saß mir gegenüber auf der anderen Seite.

Frau Rehfuß hatte Erbarmen mit uns beziehungsweise mir. Sie fuhr uns zuerst auf den Hof nach Böhl, obwohl es für sie ein größerer Umweg zum Abpackunternehmen bedeutete.

Nach der Verabschiedung von Frau Rehfuß schüttelte ich mir die Glieder durch. »Das geht ganz schön in die Knochen«, meinte ich zu Frau Hambacher, die vielsagend grinste und antwortete: »Sie sollten mal einen Pilateskurs belegen, Herr Palzki. Ernsthaft, das würde Ihnen guttun. Sie können sich nach den Übungen viel besser und freier bewegen. Ich habe Sie vorhin beobachtet, wie steif Sie auf den Vollernter geklettert sind.«

Eingeschnappt öffnete ich die Tür meines Wagens und bat sie einzusteigen. Auf dem Weg nach Schifferstadt gab ich mich wortkarg.

KPD war noch nicht zurück. Vielleicht würde er bei seinem Triumph Stag übernachten. Ich brachte Paula Hambacher zu Jutta und Gerhard, die nach wie vor mit den Fliegen kämpften und sehr erschöpft wirkten.

Nach der gegenseitigen Vorstellung bat ich Jutta, Frau Hambacher mit den Fotos der Toten aus Iggelheim zu konfrontieren. Dabei stellte sich heraus, dass wir überhaupt kein Foto der Leiche vorliegen hatten. Während Jutta telefonierte, um einen Abzug auf elektronischem Weg zu bekommen, sprach ich Gerhard an. »Du, ich mache für heute Feierabend. Du siehst ja, wie ich aussehe.«

Mein Kollege grinste. »Wie ein Ferkel. Und verschmutzt bist du auch noch.«

»Haha«, lachte ich trocken. »Bestellt ihr Frau Hambacher später bitte ein Taxi?«

»Wieso?«, fragte Gerhard. »Dietmar Becker und dieser Cartoonist aus Neustadt sind zusammen mit KPD im Anflug. Sie haben sich telefonisch angekündigt und müssten in einer Viertelstunde hier sein. Der Comiczeichner kann Frau Hambacher zurückfahren.«

Die Stadträtin fand die Idee ausgezeichnet. »Herr Boiselle nimmt mich bestimmt mit, das ist eine sehr gute Idee.«

Ich hielt die Verabschiedung kurz, um den drei anrückenden Gestalten nicht über den Weg zu laufen. Das würde mir nur den Feierabend vermiesen.

Leider vermieste mir etwas anderes den Feierabend: Frau Ackermann, unsere Nachbarin. Wenn ich meine Familie und meinen Beruf nicht so lieben würde, okay, Letzteres ist gelogen, wäre ich längst nach Nordkorea ausgewandert. Im Vergleich zu meiner Nachbarin mussten dort paradiesische Bedingungen herrschen. Frau Ackermann hatte einen Fimmel. So wie andere einen Putzfimmel, Ordnungsfimmel oder Kontrollfimmel hatten. Zwangshandlungen nannte man diese Neurosen, und meist waren sie heilbar. Den Fimmel meiner Nachbarin als Neurose zu bezeichnen, war sicherlich nicht korrekt.

Ob er heilbar war, wusste ich nicht. Leider hatte Frau Ackermanns Fimmel extrem negative Auswirkungen auf ihre Umgebung. Wenn jemand an einem Putzfimmel leidet, denkt der Partner vielleicht ›Toll, wenigstens die Wohnung ist sauber‹. Solch ein positives Denken war bei Frau Ackermann undenkbar. Sie litt an zwanghaftem Sprechen. Aber kein normales Sprechen, wie man es von einer gewöhnlichen Unterhaltung her kennt. An einen Dialog konnte man nicht einmal im Ansatz denken. Frau Ackermann redete, nein, sie schleuderte die Sätze, einzelne Wörter waren meist nicht zu verstehen, ohne Punkt, Komma und sonstige störenden Satzzeichen ihrem Gegenüber entgegen. Einmal in ihr verbales Blickfeld geraten, hatte man keine Chance zu entkommen. Konfrontiert mit ihrem Satzschwall lief einem das Blut aus den Ohren, während die eigenen Synapsen die weiße Fahne hissten.

Kaum war ich daheim aus meinem Wagen gestiegen und hatte mich über das Treiben im nachbarlichen Garten gewundert, da kam sie auch schon herbeigeeilt.

»Herr Palzki«, rief sie vom Garten her kommend. »Ich muss mich bei Ihnen für Ihre herrliche Idee bedanken.«

Üblicherweise flüchtete ich in solch einer Situation mit einer Notbemerkung wie ›Stefanie liegt in den Wehen‹ oder ›bei mir setzen gerade die Wehen ein‹ in meine eigene Wohnung. Der Sekundenbruchteil meines Zögerns reichte Frau Ackermann, um mich zu erreichen.

»Ihre Tochter Melanie hat mir bereits alles erklärt. Das ist eine super Idee von Ihnen, Herr Palzki. Eine Gartenparty ist genau das Richtige bei dem Wetter. Da kommt endlich mal ein bisschen Schwung in unser Haus. Mein

Mann liegt ja seit Jahren fast nur noch auf der Couch herum und schaut Fernsehen. Im Haushalt helfen? Vergessen Sie es. Nicht einmal die leeren Klopapierrollen tauscht er aus. Seit zwei Jahren haben wir im Schlafzimmer kein Licht mehr, weil die Glühlampe defekt ist und mein Mann zu faul ist, sie zu wechseln. Ich muss immer im Dunkeln ins Bett gehen. Und dann, das ist noch viel schlimmer: Überall lässt er seine Wäsche liegen: Socken, Unterhosen, einfach alles. Einmal habe ich zwischen seinen Video-Dingsbums-Scheiben oder wie man dazu sagt, eine gebrauchte Unterhose von ihm gefunden. Aber nur, weil es dort so gestunken hat. Ach, Herr Palzki, was ich alles angestellt habe, damit mein Mann ein bisschen Verantwortung im Haushalt übernimmt, alles vergebens. Und jetzt ist Melanie gekommen und hat die rettende Idee. Eigentlich ist es ja Ihre Idee, hat sie gesagt. Seitdem ist mein Mann wie ausgewechselt. Die Jugendlichen haben die Hauptarbeit übernommen. Oh, Herr Palzki, es gibt ja noch so viel vorzubereiten!«

Im Hintergrund sah ich, wie Melanie angeschlichen kam und ihre Finger über die Lippen legte. Ich nutzte eine Millisekunde kurze Verschnaufpause meiner Nachbarin und unterbrach sie. »Danke für die Zusammenfassung. Ich muss mich jetzt um Melanie kümmern, damit alles klappt.«

Ich ließ die vor Glück strahlende Nachbarin stehen und ging zu Melanie. Ich zog sie zur Seite, sodass wir uns unter vier Augen unterhalten konnten.

»Was soll der Mist?«, herrschte ich sie an.

»Oh Papa, sei nicht schon wieder ein Spielverderber. Nachdem du mir die große Party bei uns verboten hast ...«

»Ich habe dir die Party nicht verboten«, unterbrach ich sie wütend.

»Doch, hast du.« Sie stampfte mit ihren Füßen auf. »Jedenfalls so gut wie. Mit deinen blöden Einschränkungen hätte ich mich in der Clique nur lächerlich gemacht. Das wäre oberpeinlich geworden. Papa, es geht um meinen 13. Geburtstag!«

Das Wort ›13.‹ betonte sie so überdeutlich, als würde davon das weitere Fortbestehen des Universums abhängen.

»Und was planst du jetzt bei Frau Ackermann? Welche Idee soll angeblich von mir stammen?«

Melanie verdrehte die Augen. »Du selbst hast mich drauf gebracht, Daddy. Also ist es schon irgendwie deine Idee. So indirekt halt.«

»Ich höre!«

»Unsere Nachbarn haben doch wenig Freude in ihrem Leben. Herr Ackermann ist eine Tranfunzel, jedenfalls dann, wenn er nicht mit Paul irgendwelche kriminellen Sachen ausheckt. Und Frau Ackermann hat den ganzen Tag niemanden zum Quatschen.«

»Das ist allerdings tragisch. Ausgerechnet du setzt dich jetzt für das Wohlbefinden unserer Nachbarn ein?«

»Ja«, antwortete sie. »Eine Gartenparty mit viel Jugend tut den beiden gut. Du wirst sehen, wie sie aufleben, wenn meine ganze Clique anrückt.«

»Du feierst deinen Geburtstag bei Ackermanns?« Ich hatte das zwar inzwischen geahnt, die Bestätigung schockte mich dennoch.

»Frau Ackermann war sofort einverstanden. Ich habe zusammen mit Benny gefragt.«

»Wer ist Benny?«

»Der ist bei mir in der Schule. In der zehnten. Jedenfalls haben wir geklingelt und Frau Ackermann hat uns reingelassen und sofort Cola und Pralinen hingestellt. Und dann hat Benny es entdeckt.«

Ich schaute meine Tochter an, sagte aber nichts.

»Ackermanns haben doch voll den Urwald in ihrer Wohnung und im Garten.«

Dies war mir bekannt. Nach unbestätigten Meldungen wurden bei unseren Nachbarn schon mehrere Tarzan-Filme gedreht. Wenn der vierteljährliche Grünabfall abgeholt wurde, benötigte die Entsorgungsfirma für unsere Nachbarn einen eigenen Container.

»Und was hat dein Benny entdeckt?«

»Er ist nicht mein Benny«, wehrte sie sich. »Im Moment jedenfalls nicht. Er hat im Wohnzimmer Han, äh tolle Pflanzen entdeckt.«

»Han?«, wiederholte ich, und mein Herz begann zu rasen.

Melanie wurde rot und begann sichtlich zu schwitzen. »Äh, nein, äh, nicht falsch verstehen, Daddy. Äh, ich meinte handelsübliche Pflanzen. Da stehen wirklich schöne Blumen und so herum.«

Da ich wusste, dass meine Tochter in Botanik und Flora annähernd so wenig Bescheid wusste wie ich, erahnte ich die Wirklichkeit. Melanie plante eine Drogenparty mit wesentlich älteren Jugendlichen. Ich musste meine Tochter retten und diesen Drogensumpf trockenlegen.

»Ich muss dringend nach hinten zu den anderen«, sagte Melanie und verschwand in Ackermanns Garten.

Ignorieren ging nicht. Ich musste sofort einschreiten und ging ihr nach. Als ich um die Hausecke bog, stand Paul vor mir. In der Hand hielt er eine Schleuder.

»Hi, Papa«, begrüßte er mich. »Geil, was Melanie da aufzieht, oder? Sie hat ausdrücklich gesagt, dass ich nicht zur Party kommen darf. Aber ich habe mir schon einiges einfallen lassen, um diese Typen, die Melanie eingeladen hat, zu ärgern. Du, Papa, die sind schon voll alt, mindestens 18 oder so. Hast du die Autos auf der Straße gesehen? Einer hat die komplette Rückbank voll mit Lautsprechern stehen.«

Ich überlegte. Vielleicht sollte ich die Seiten wechseln und gemeinsame Sache mit meinem Sohn machen. Nein, das ging nicht, ich musste als Vater diese Gartenfete im Vorfeld unterbinden. Und wenn ich das Militär einschalten musste.

»Du, Paul, ich habe da mal eine Frage.« Ich tat so, als käme meine Frage so nebenbei. »Raucht Herr Ackermann?«

Paul grinste mich an. »Nur wenn seine Frau nicht in der Nähe ist. Er dreht sich seine Zigaretten selbst, weil das billiger ist, hat er mir mal gesagt. Die sehen aber gar nicht wie richtige Zigaretten aus. Und stinken tut das, bäh. Einmal habe ich einen Zug genommen, da ist mir voll schlecht und schwindlig geworden.«

Jetzt wurde mir schlecht. Ich war wenigstens fast erwachsen, als ich meinen ersten Joint probierte. Schlecht wurde mir seinerzeit auch, was mich damals vor einer Drogenkarriere rettete.

Von der Straße kamen zwei Halbwüchsige in den Garten und gingen kommentarlos an mir vorbei. »Melle«, riefen sie offensichtlich nach meiner Tochter. »Wo können wir solange die Wasserpfeifen hinstellen?«

Mir blieben nur zwei oder drei Tage, um diesem Treiben ein Ende zu setzen. Vielleicht hatte Jacques eine gute

Idee? Immerhin hatte er mir schon einige Male geholfen, Schwerverbrecher dingfest zu machen. Da müsste
doch auch was mit zukünftigen Schwerverbrechern zu
machen sein, dachte ich. Die Eltern dieser missratenen
Jugendlichen würden mir dankbar sein, wenn ich in meinen Eigenschaften als Polizeibeamter und treusorgen-
der Vater diese kriminellen Machenschaften unterbinden würde.

Aufgewühlt ging ich in unser Haus. Stefanie war mit
unseren wenigen Monate alten Zwillingen Lisa und Lars
beschäftigt. Hoffentlich blieben uns mit diesen beiden
ähnliche Erfahrungen wie mit Melanie erspart. Vielleicht
sollten wir aufs Land in ein kleines Dorf oder einen abge-
legenen Bauernhof ziehen, fernab von einer Anbindung
an den öffentlichen Personennahverkehr.

»Hattest du einen schönen Tag?«, fragte ich Stefanie,
obwohl ich anhand ihrer Mimik vom Gegenteil überzeugt war.

»Lisa hat schon den ganzen Tag Bauchschmerzen.
Solange ich sie im Arm halte, ist alles gut. Aber wehe,
wenn ich sie mal ein paar Sekunden hinlege, dann geht
sofort das Geschrei los.« Sie schaute mich erwartungsvoll an. Als ich nicht wie gewünscht reagierte, sagte sie
genervt: »Sei so gut und nimm sie mir mal eine halbe
Stunde ab. Ich muss dringend auf die Toilette, und
anschließend mache ich uns ein leckeres Abendessen.«

Ich war mal wieder auf der Verliererseite. Nachdem
ich auf der Couch Platz genommen hatte, legte sie mir
Lisa auf den Arm.

»Du, weißt du, was Melanie macht? Und Paul?«, fragte
ich vorsichtig.

Stefanie schüttelte den Kopf. »Ich bin froh, dass die

beiden den ganzen Tag draußen sind. Um die beiden hätte ich mich nicht auch noch kümmern können. Sei so gut und schau nachher mal nach, okay?«

Und schon hatte ich erneut den Schwarzen Peter. Um genau zu sein, hatte ich ihn bereits die ganze Zeit. Ich würde mir noch einen Tag gönnen, um über Melanie nachzudenken. In meiner momentanen Verfassung würde ich am liebsten ein Spezialeinsatzkommando beauftragen, um dem Treiben bei meinen Nachbarn ein Ende zu machen. Wenn ich erst einmal über die Sache schlief, würde ich alles wahrscheinlich rationaler sehen und statt einem SEK gleich die GSG 9 anfordern.

Der Abend verlief, von einer zähflüssigen Gemüsesuppe abgesehen, ohne weitere Vorkommnisse. Ich nahm mir vor, am nächsten Tag beruflich kürzer als heute zu treten und mich vor allem mit dem Aktenstudium zu beschäftigen. Insgesamt handelte es sich dieses Mal um eine mehr als verwirrende Ermittlungsangelegenheit. Von den Themen Schatzkarte und Goldener Hut ganz zu schweigen.

KAPITEL 11 –
DR. METZGERS
NEUE GESCHÄFTSIDEE

Frühmorgens kurz nach neun machte ich mich auf den Weg zur Dienststelle. Leider waren die Staubfliegen ebenfalls Frühaufsteher. Jutta hatte ein Moskitonetz über den Besprechungstisch gespannt, das sie an der Decke befestigt hatte.

»Komm unter das Netz«, begrüßte mich Gerhard. »Du kommst jeden Tag später ins Büro. KPD hat schon zweimal nach dir gefragt.«

Diese Ansage konterkarierte meinen Plan, es gemächlich angehen zu lassen. »Der wird ein drittes Mal kommen, wenn es wichtig ist«, erklärte ich lässig. »Ich kann schließlich nicht ständig meine Arbeit liegen lassen, wenn der Chef ruft. Das mag in anderen Unternehmen so sein, bei uns aber nicht.« Wütend haute ich mit der flachen Hand auf den Tisch.

»Oh, oh, unser Reiner ist geladen. Ärger mit Stefanie?«, riet Jutta.

»Warum sollte etwas mit Stefanie sein? Ich bin seit, äh, vielen Jahren glücklich mit ihr verheiratet.« Verärgert blickte ich zu meinen Kollegen. »Hat einer von euch eine Idee, wie man eine fast 15-jährige Tochter zur Vernunft bringt?«

»Sprichst du von Melanie? Die ist doch erst zwölf.«

»Sie meint aber, dass sie schon so reif wie eine 15-Jährige sei. Am Wochenende will sie ihren Geburtstag im Garten bei Ackermanns feiern, weil ich ihr verboten habe, in unserem Keller wilde Partys steigen zu lassen.«

Jutta echauffierte sich. »Was? Du hast Melanie verboten, ihren 13. Geburtstag im Keller zu feiern? Was bist du nur für ein Rabenvater!«

Verdammt, das Gespräch lief in eine völlig falsche Richtung. Ich bin doch nur ins Büro gekommen, um meine Ruhe zu haben.

»So? Wie wäre es, du lässt sie bei dir feiern, Jutta? Vielleicht sollte ich erwähnen, dass sie mehrere Nächte durchfeiern möchte, die Gäste fast ausschließlich männlich und mindestens fünf Jahre älter sind. Ein paar fahren bereits Auto und haben gestern Wasserpfeifen in Ackermanns Garten getragen. Und das Beste wisst ihr noch gar nicht: In Ackermanns Wohnzimmer gedeiht eine Hanfplantage, die diese Jugendlichen bereits entdeckt haben. In dem Alter wusste ich nicht einmal, wie das Zeug aussieht.«

»Das musst du melden!«, unterbrach mich Gerhard. »Den Hanf meine ich. Über den Rest lässt sich streiten. So ist die Jugend heutzutage halt. Früher haben wir in dem Alter heimlich Joints rumgehen lassen, jetzt sind Wasserpfeifen modern.«

»Mit 13? Spinnst du?«

»Du weißt ja nicht, ob Melanie raucht, oder? Ich habe einen ganz vernünftigen Eindruck von ihr. Und wenn sie die Wasserpfeife testet, geht davon die Welt nicht unter. Wenn du ihr es verbietest, macht sie es irgendwo heimlich. Du kannst eine 13-Jährige nicht einsperren, Reiner.«

Die sind viel reifer, als du es in dem Alter warst. Geistig meine ich, körperlich sowieso.«

Jutta legte den Arm um mich. »Hab Vertrauen zu Melanie. Rede mit ihr, ohne alles ständig zu verbieten. Zeige Verständnis für sie. Sie steckt mitten in der Pubertät. Da gehört es dazu, ständig Neues zu probieren und sich gegen die eigenen Eltern aufzulehnen.«

Meine Kollegin hatte im Prinzip recht. Aber hier ging es immerhin um meine eigene Tochter. »Dennoch, das Drogenzimmer bei Ackermanns muss ein Ende haben, und zwar, bevor die Party beginnt.«

»Jetzt klingst du wieder vernünftig«, sagte Gerhard. »Ich werde mich darum kümmern, dass die Kollegen vom Rauschgift deinen Nachbarn einen Besuch abstatten.«

»Aber bitte gleich heute!«

Unter dem Moskitozelt ließ es sich aushalten. Jutta hatte eine neue Dose Kekse auf den Tisch gestellt, die ich seit meiner Ankunft beträchtlich dezimiert hatte. Jede Sekunde könnte KPD auftauchen und einen abstrusen oder anstrengenden Arbeitsauftrag für mich haben. Ich musste weg. Doch wohin? Mein eigenes Büro war aufgrund der Fliegenplage keine Alternative. Mir fiel die Currysau ein. Natürlich! Ich würde die Akten mitnehmen und es mir im Wintergarten gemütlich machen. Mehr Fliegen konnte man mit einer Klappe gar nicht auf einmal schlagen.

»Jutta?« Ich wechselte das Thema. »Könntest du mir bitte aus deinem schlauen Computer die Akte eines gewissen Herrn Rapids raussuchen, der in der Nähe von Schwegenheim einen tödlichen Unfall hatte?«

Jutta blickte mich skeptisch an. »Alles klar bei dir, Reiner?«

Da es mir tatsächlich besser ging, schließlich hatte ich einen genialen Tagesplan, bejahte ich. »Selbstverständlich. Suchst du mir bitte die Akte und druckst sie aus? Ich möchte sie mitnehmen, ich habe einen Außentermin.«

»Rapid wurde ermordet, das steht eindeutig fest. Aber nicht in Schwegenheim, sondern in Landau.«

Hatte sich Avril Walters geirrt? Das konnte gut sein, so häufig hielt sie sich in der Vorderpfalz nicht auf. Und Schwegenheim lag immerhin auf dem Weg nach Landau. Aber hatte sie nicht gesagt, dass Rapid in Germersheim wohnte? Wenigstens stand inzwischen fest, dass es sich um einen Mord handelte.

»Okay«, antwortete ich. »Dann alles über den Unfall in Landau.«

»Unfall?«, fragte Jutta zurück. »Mord, habe ich doch eben gesagt.«

»Ja, mit seinem Auto. Er ist von der Straße abgekommen. Wurden seine Bremsen manipuliert?«

Jutta war dem Verzweifeln nahe. »Von wem redest du da? Rapid wurde in einem Supermarkt ermordet.«

Was war da los? Hatte mich die Engländerin angelogen? »Avril Walters hat zu mir gesagt, dass Max Rapid bei einem Autounfall bei Schwegenheim ums Leben kam und sie vermutet, dass es sich um einen Mord handelt.«

Das Erstaunen in Juttas und Gerhards Gesichtern war gewaltig. »Ich rede von einem Moritz Rapid«, sagte Jutta. »Er wurde heute früh in Landau in einem Supermarkt tot aufgefunden.«

Das Erstaunen war ansteckend. »Das muss der Bruder von dem Max sein. Was weißt du von der Sache in Landau?«

»Nicht viel. Ich hab's vor einer halben Stunde auf dem

internen Nachrichtenticker gelesen. Die Kollegen in Landau sind dafür zuständig. Ich habe dem gar keine Bedeutung zugemessen, bis du eben von einem Rapid sprachst.«

Mist, den geruhsamen Vormittag bei der Currysau konnte ich mir abschminken. »Drucke mir bitte die Meldung aus und die Akte von dem Unfall mit Max Rapid. Die wirst du schon finden.«

Während Jutta ihren Computer fütterte, reichte mir Gerhard eine dünne Mappe. »Die Tote aus Iggelheim ist tatsächlich Elke Müller. Frau Hambacher hat sie anhand des Fotos einwandfrei identifiziert. Auch die Adresse kennen wir inzwischen.«

»Sehr gut«, antwortete ich zappelig. In den nächsten Minuten konnte ich nichts tun, außer auf Juttas Ausdrucke zu warten und die restlichen Kekse zu futtern. Hoffentlich war ich schneller als KPD.

Ich hatte unglaubliches Glück. Nachdem mir meine Kollegin die Unterlagen in einen Sammelordner gesteckt und zusätzlich eine Anfahrtsskizze beigelegt hatte, verabschiedete ich mich schnell. Mit Herzpochen schlich ich an der geschlossenen Doppelpforte vorbei, die zu KPDs Thronsaal führte. Während ich vom Flur in das Treppenhaus abbog, sah ich aus dem Augenwinkel, wie sich die Tür öffnete. Ich hatte gewonnen, mein Chef würde warten müssen. Ich hatte zwar keinen expliziten Auftrag von ihm, nach Landau zu fahren, der Zusammenhang mit den laufenden Ermittlungen war aber offensichtlich. Außerdem legte KPD immer sehr viel Wert auf die Zusammenarbeit der Polizeidienststellen in der Kurpfalz, wobei Zusammenarbeit seiner Meinung nach darin bestand, dass wir uns in andere Dienststellen einmischten und niemals andersherum. Selbst wenn KPD mir deswegen eine Rüge erteilen oder die üblichen Beschimpfungen an den Kopf werfen würde, war mir das im Moment egal. Meinen naiven Chef konnte ich immer noch mit kleinen Bemerkungen wie ›in Landau stand auch so ein Oldtimer, nur ohne Dellen‹ beruhigen. Überhaupt war das eine glänzende Idee.

Während der Fahrt beruhigte ich mich schnell. Ich bog an der Ausfahrt Landau Zentrum ab und fuhr kurz vor dem Media Markt links in die Johannes-Kopp-Straße. Wenige Meter später entdeckte ich auf der rechten Seite den SBK-Markt.

Der Parkplatz war fast leer, was an der weiträumigen Absperrung lag. Für die Kunden dürfte der Markt im Moment geschlossen sein. Auf der Straße stand ein Polizeibeamter, der mich nicht auf den kleinen, nicht abgesperrten Teil des Parkplatzes abbiegen lassen wollte. Mein Dienstausweis änderte seine Meinung.

Ich hatte mir eine kleine Geschichte ausgedacht, um den Landauer Kollegen nicht zu viel zu verraten, aber dennoch meine Anwesenheit logisch erklärte. Alles andere wäre im Moment wenig zielführend. Wenn ich von Schatzkarten und Goldenen Hüten erzählen würde, wäre die Reaktion für mich fatal.

Doch soweit war es noch nicht. Zunächst stand ich vor ganz anderen Schwierigkeiten. Direkt neben meinem Parkplatz parkte ein Reisemobil, das ich erst nach dem Aussteigen wahrnahm.

»Hohohoho!«, tönte es mir in einem gruseligen Geschrei entgegen. »Palzki mal wieder in Landau!«

Dieser Notnotarzt hatte mir zu meinem Glück noch gefehlt. Ständig lief mir Dr. Metzger in den letzten Monaten, oder waren es schon Jahre, über den Weg.

Seit er sich als freier medizinischer Berater selbstständig gemacht hatte, wechselte er seine Geschäftsideen so häufig wie andere ihre Socken oder Lehrer ihre pädagogischen Konzepte. Mutmaßlich verstieß er gegen sämtliche Gesetze, die irgendetwas mit Gesundheit oder dem Gesundheitswesen zu tun hatten. Dennoch gelang es ihm immer, irgendwelche windigen Schlupflöcher zu finden, um seine abartigen Heilmethoden an den Kunden, wie er seine Patienten nannte, zu bringen. Spätestens seit er eine vererbbare Rabattkarte im Angebot hatte, rannten ihm die armen Opfer, wie ich seine Patienten nannte, in Heerscharen nach. Auf der einen Seite konnte man sie verstehen: Für viele war das Gesundheitssystem inzwischen unbezahlbar geworden. Da kamen solche Nischenanbieter wie Dr. Metzger gerade recht, auch wenn seine Letalitätsquote mutmaßlich höher war als die Meisterschaftsquote des 1. FC Bayern München in den letzten zehn Jahren. Aber was billig war, verkaufte sich gut. Das erinnerte mich ein wenig an die Möbelhäuser, die seit Jahren in ihren Anzeigen keine Möbel anpriesen, sondern ausschließlich Rabatte. Dass aufgrund einer 40%-Rabatt-Anzeige ohne jede Produktabbildung Tausende Menschen teils einen langen Anfahrtsweg in Kauf nahmen, war wenig rational erklärbar. Manche Leute kauften, weil sie etwas benötigten, andere, wahrscheinlich die große Mehrzahl, kauften heutzutage fast ausschließlich Rabatte.

Daher war es wenig sonderbar, dass das Reisemobil über und über mit knallroten Rabattaufklebern tapeziert war. ›Nur heute 30% auf jede Meniskusoperation‹, las ich auf einem bereits angegilbten Schild. ›Zusätzlich 10% zu den gesparten 19% Mehrwertsteuer bei Schwarzzahlung‹ lautete ein anderes Schild. Ein weiterer Hinweis verschlug mir die Sprache: ›Dr. Metzgers Spezial-Schönheitswasser – nur echt mit dem ausgedrückten Pickel-Symbol‹.

»Sie sind in letzter Zeit verdächtig oft in Landau«, schrie Metzger weiter. »Erst bei der Landesgartenschau, dann im Geilweilerhof und jetzt erneut. Hat Ihr Chef Sie mal wieder zum Teufel geschickt?«

»Genau deswegen bin ich da.« Ich freute mich über die passende Antwort, die Metzger leider nicht verstand oder auf sich bezog.

Der Notarzt zeigte auf den Verbrauchermarkt. »Da drin hat's einen erwischt. Das ist absolut geschäftsschädigend!«

»Was solls, Ihnen gehört der Laden doch gar nicht.«

»Ich meine nicht den Markt«, verbesserte Metzger. »Es geht um meine wirtschaftliche Existenz! Endlich habe ich mal einen Parkplatz vor einem Supermarkt gefunden, von dem mich der Marktleiter nicht sofort wegschickt, aber dafür kommt die Polizei und lässt die Kunden nicht zu mir durch. Palzki, könnten Sie bei Ihren Kollegen ein gutes Wort für mich einlegen? Den Bullen gebe ich sogar zehn Prozent Extrarabatt und einen Gutschein für eine ambulante Kniespiegelung.«

Metzger drehte sich um und ging in sein Reisemobil. Für einen Moment dachte ich, er hätte das Interesse an mir verloren und ich könnte endlich zum Markt gehen. Doch vergebens, er kam mit einem Glas zurück, das aussah wie die Bonbongläser, die es zumindest früher am Kiosk gab.

»Na, was sagen Sie dazu?«, schrie Metzger, obwohl er nur einen Meter vor mir stand. »Mein neues Geschäftsmodell. Damit werde ich reicher als steinreich und kann mich demnächst zur Ruhe setzen.«

Das war mal eine vernünftige Ansage. »Ich drücke Ihnen ganz fest die Daumen, Herr Dr. Metzger. Wo wollen Sie Ihren Lebensabend verbringen? Nehmen Sie Ihren neuen Freund Dietmar Becker auch mit?«

»Wovon quatschen Sie da, Palzki? Ich werde nirgendwo hingehen, sondern in meiner geliebten Kurpfalz bleiben. Ich träume schon länger von einer eigenen Wellness-Klinik. Ein Direktorposten würde mir gut stehen.«

»Ich wünsche Ihnen viel Erfolg mit Ihrem Bonbonglas.« Ich versuchte, mich an ihm vorbeizudrängeln.

»He, mal langsam, wollen Sie nicht wissen, was ich da habe?«

»Nein.«

Metzger ließ sich dadurch nicht beeindrucken. Er hob das Glas hoch und schüttelte es. »Globuli, Marktwert nicht unter einer dreiviertel Million Euro. In meinem Lager habe ich einen ganzen Zentner von dem Zeug. Wenn ich das verkaufe, müssen die Druckmaschinen der Notenbank Sonderschichten einlegen.«

»Globuli?« Metzger ist es tatsächlich gelungen, mich neugierig zu machen. »Das ist doch alles faule Zauberei und reiner Zucker.«

»Saccharose, um genau zu sein«, erläuterte der Pseudoarzt. »Aber Haushaltszucker ist laienhaft ausgedrückt auch korrekt.«

»Und dieses Zeug soll was wert sein?«

»Das liegt alles im Auge des Kunden, Palzki.« Er zeigte auf das Glas, das prall gefüllt mit winzigen weißen Kügelchen war. »Globuli werden vor allem in homöopathischen Arzneimitteln, in der Bach-Blütentherapie und den Schüßler-Salzen eingesetzt, wie Sie bestimmt nicht wissen. Der ganze andere Kram mit dem Potenzieren und was weiß ich noch alles, ist natürlich alles ausgemachter Quatsch. Das sind nur Scheinmedikamente. Aber mir kann's recht sein. Was der Kunde will, bekommt er. Da der Kunde bereit ist, für die Zuckerkügelchen viel Geld, also Scheine, auszugeben, ist mein baldiger Reichtum besiegelt. Ich verkaufe die Globuli einzeln, stellen Sie sich das mal vor, Palzki. Einzeln! Die haben kaum einen Millimeter Durchmesser, grob geschätzt. Je nach gesundheitlichem Anliegen verlange ich zwischen zwei und fünf Euro je Kügelchen. Wenn mir der Kunde sympathisch ist, leg ich ein paar Extra-Zuckerstückchen obendrauf. Ich habe ja einen ganzen Zentner als Sackware direkt aus China importiert. War saubillig.«

Metzger schraubte den Deckel des Glases ab und zog mit einer Pinzette ein Kügelchen heraus. Mit seinen Wurstfingern hätte das niemals funktioniert.

»Da, probieren Sie mal, Palzki. Könnte bei Ihnen gegen berufliche Erfolglosigkeit helfen, Sie müssen nur fest daran glauben.«

Angewidert schüttelte ich den Kopf, was weniger an den Globuli als an der rostigen Pinzette lag. »Sie verkaufen reinen Zucker zu einem horrenden Preis? Das ist doch Wucher!«

Der Notarzt lachte wie Frankensteins Monster. »Nach Ihrer Meinung wäre alles Globuli auf dieser Welt Wucher. Erzählen Sie das mal den pseudoheilenden Berufen, die ihre Patienten mit dem Zeug versorgen. Das geht nur auf Privatrezept. Die Krankenkassen wissen genau, warum sie diesen Mist nicht bezahlen.

Außerdem habe ich meine Globuli nach einem Spezialrezept angereichert, äh, potenziert.«

Da ich nichts sagte, fuhr Metzger fort. »Zu Beginn stand ich vor der Aufgabe, irgendeinen Geschmack oder zumindest Geruch in das Zeug zu bringen. Die normalen Globuli, die man bei Heilpraktikern und Co. bekommt, sind geruchs- und geschmackslos, von der Zuckersüße mal abgesehen, die man wegen der kleinen Portion sowieso nicht schmeckt. Mit meinen Spezialglobuli hebe ich mich gleichzeitig von den Wettbewerbern ab. Abgesehen davon, dass ich wie immer saubillig bin.«

Metzger ließ sich tatsächlich das Globulus in den Rachen fallen. »Satt wird man davon nicht, das ist aber auch keine Anforderung an mein Allheilmittel.« Er blinzelte mich listig an. »Weil Sie es sind, Palzki, verrate ich Ihnen mein Erfolgsrezept. Sie müssen mir aber versprechen, es nicht nachzumachen.«

Ohne auf mein Versprechen zu warten, ging er in sein Reisemobil und kam sogleich wieder heraus. In der Hand hielt er einen Socken, dessen Farbe ich mit Schwarz-Grau-Dreck bezeichnen würde. Die Socke war mit irgendetwas ausgestopft.

»Da staunen Sie, was?« Er hielt mir den Socken vor die Nase, und mir verschlug es den Atem. So etwas Ekelhaftes hatte ich schon lange nicht mehr gerochen.

»Ich komme ja nirgendwohin, wo es schmutzig ist«, erklärte der Notarzt. »Da ich so ein reinliches Kerlchen bin, brauche ich meine Socken nur einmal die Woche zu wechseln. Im Winter sogar nur alle zwei Wochen. Das zarte Aroma, das sich in dieser Zeit entwickelt, nutze ich als Trägermaterial für die Globuli.« Er zeigte mir das offene Ende des Kleidungsstücks, und ich sah, dass es randvoll mit Zuckerkügelchen befüllt war.

»Eine Woche in diesem Klima – und die Globuli sind verkaufsfertig. Ich habe schon sehr viele wohlwollende Kommentare meiner Kunden zu hören bekommen.«

»Haben Sie das Zeug schon mal der Landauer Kripo angeboten? Gehen Sie ruhig rein zum Tatort. So wie Ihr Globuli stinkt, könnte es den Toten aufwecken.«

Dr. Metzger dachte tatsächlich darüber nach. »Ich weiß nicht, Palzki. Wenn es blöd läuft, wollen die einen Gewerbeschein sehen. Damit wäre ich aufgeschmissen. Vielleicht kriegt das sogar das Finanzamt mit, und ich muss Steuern zahlen! Nein, das kann ich meinen Kunden nicht antun. Ich müsste den Preis glatt verdoppeln.«

Er kruschelte in seinen ausgebeulten Hosentaschen und zog ein kleines Glasfläschchen hervor. »Ihre Idee muss aber belohnt werden. Im Ansatz ist sie gar nicht so blöd.« Er füllte das Glasfläschchen mit seinen Stinke-kugeln und verschloss es. »Da nehmen Sie, Palzki. Ein Geschenk des Hauses. Teilen Sie sich die Globuli aber gut ein.« Er drängte es mir regelrecht auf, und mir blieb nichts anderes übrig, als es in meine Tasche zu stecken. Bei nächster Gelegenheit würde ich es entsorgen.

»Könnten Sie mir einen Gefallen tun, Palzki?«, fragte der Notarzt.

Aha, dachte ich. Keine Leistung ohne eine Gegen-leistung.

»Wenn Sie da jetzt reingehen, würden Sie für mich mal eruieren, ob der Totenschein schon ausgefüllt ist? Das bringt zwar kaum Knete, aber irgendwie muss ich meinen heutigen Umsatzeinbruch ausgleichen. Vielleicht gibt es Personal oder Kunden, die unter Schock stehen.

Mit meinen Globuli kann ich die schnell wieder auf die Beine bringen.«

Davon war ich überzeugt. Wer das Zeug roch, nahm seine Beine unter die Arme. Oder war das mit dem Sprichwort andersrum?

»Mal sehen, was ich für Sie machen kann. Jetzt muss ich aber zum Supermarkt.« Ich zeigte zum SBK-Markt.

»Bis nachher«, verabschiedete mich Metzger. Leider stimmte dies, da mein Wagen neben seinem Reisemobil stand.

KAPITEL 12 –
MORDS-GRUMBEERE

Ich hatte keine Schwierigkeiten, den Polizeiposten, der am Eingang stand, davon zu überzeugen, mich durchzulassen. Er begann zu lachen, als er mich sah: »Ah, der Herr Palzki ist wieder mal bei uns zu Besuch. Kommen Sie rein. Frau Dr. Dammheim wird sich freuen.« Er ließ seine Pupillen rollen.

Frauke Dammheim, ausgerechnet. Die Landauer Kripochefin hatte mir wie eben der Notarzt gerade noch gefehlt. Im letzten Jahr bei den Ermittlungen auf dem Gelände der Landesgartenschau musste ich ihre Bekanntschaft machen. Was schlimmer war: Sie war mit KPD befreundet. Es handelte sich zwar um keine allzu tiefe Freundschaft, eher um einen internen Wettbewerb, wer der beste Dienststellenleiter weltweit ist. Wobei beide, meiner Meinung nach, zumindest die verrücktesten Dienststellenleiter weltweit waren.

Irgendetwas war anders in diesem Supermarkt. Es lag nicht an der schieren Größe oder den optisch gut abgegrenzten Abteilungen. Der Unterschied lag in der Beleuchtung, wie ich nach kurzem Überlegen feststellte. Diese bestand nicht aus den üblichen Leuchtstoffröhren, sondern aus schmalen LED-Strängen. Das LED-Licht ließ den Markt und die Produkte irgendwie freundlicher und angenehmer erscheinen. Die leise vor sich hin rieselnde Musik tat ihr Übriges. Aus Pietätsgründen hätte ich diese zwar längst abgeschaltet, aber unter Umständen gab es im Moment Wichtigeres zu tun oder es hat schlichtweg keiner daran gedacht, Paul McCartney und sein ›Live and let die‹ abzuschalten.

Mein Weg führte mich zu einer Abteilung, die gegenüber dem Eingang lag. Auf dem Weg dorthin kam ich durch die Obst-und-Gemüse-Abteilung und wunderte mich, dass dort mehrere Tüten mit Kartoffeln aufgeschlitzt waren und die Grumbeeren auf dem Boden lagen. Für mich war das ein erstes Indiz, dass die Tat etwas mit meinen bisherigen Ermittlungen und den Mordfällen in Iggelheim und Oggersheim zu tun hatte.

Der hiesige Tatort befand sich in der Kosmetikabteilung. Diese setzte sich nicht nur baulich vom Rest des Marktes ab, selbst die Beleuchtung war eine andere. Große, quadratische Hängeleuchten sorgten für ein wesentlich helleres Licht als im Rest des Marktes. Stefanie hatte mir mal in einem anderen Supermarkt den Grund erklärt. Das Licht in der Kosmetikabteilung entsprach in seiner Zusammensetzung dem Tageslicht, sodass die Kundinnen, die sich beispielsweise für einen bestimmten Lippenstift entschieden, draußen im Freien den exakt gleichen Farbton zu sehen bekamen. Damals hatte ich mit Erstaunen festgestellt, dass es wesentlich mehr als zwei verschiedene Rottöne gab.

Die Leiche befand sich bereits in einer verschlossenen Zinkwanne. Mitten in der Abteilung lag eine leere Europalette auf dem Boden, an der kurze Seilstücke befestigt waren. Über der Palette hing eine der Hängeleuchten, die, wie auch immer, im Vergleich zu den anderen sehr viel tiefer angebracht war. In diesem Fall einen halben

Meter über dem Boden. Im näheren Umfeld lagen, sorgfältig mit Ziffernschilder markiert, diverse leere Weinflaschen und ein Trichter.

Die Beamten und die Spurensicherer hätten wahrscheinlich meine Anwesenheit nicht bemerkt, wenn nicht zufällig die Chefin in meine Richtung geschaut hätte. Sie unterbrach ihre Unterhaltung mit einem Krawattenträger, den ich für den Marktleiter hielt.

»Herr Palzki«, rief sie überrascht. »Hat Sie Klaus geschickt? Dass Sie zum Einkaufen hier sind, halte ich für ausgeschlossen.«

Mit Klaus meinte sie KPD, meinen Vorgesetzten. »Ich und Herr Diefenbach«, bewusst nannte ich mich als Erstes, streng nach Wichtigkeit sortiert, »haben da eine komplexe Ermittlungssache an der Backe. Leider halten sich die Gauner nicht an die Grenzen polizeilicher Zuständigkeitsgebiete.« Ich zeigte auf den Zinksarg. »Der jedenfalls gehört zu uns«, behauptete ich frech. »Seinen Bruder hat es ebenfalls erwischt.«

Frauke Dammheims Stirn kräuselte sich. »Dass der Bruder von Moritz Rapid vor ein paar Tagen verstorben ist, wissen wir längst, Herr Palzki. Nach unseren Unterlagen starb er bei einem Autounfall, weil er zu schnell fuhr. Es gibt keinen Anhaltspunkt für einen beteiligten Dritten oder gar einem Kapitalverbrechen.«

Dies konnte ich natürlich nicht auf mir sitzen lassen. »Da sehen Sie mal, wie raffiniert heutzutage die Gauner sind. KP, äh, Herr Diefenbach hat mich deshalb zu Ihnen geschickt, damit ich Sie bei dieser schwierigen Arbeit unterstütze und Sie nicht auf eine falsche Fährte reinfallen.«

Dammheim brauste auf. »Das muss ich mir nicht bieten lassen! Was fällt dem Klaus nur ein! Dem werde ich die Leviten lesen.« Jedes Mal, wenn sich die Landauer Kripochefin aufregte, fuchtelte sie großflächig mit den Armen und tänzelte mit den Beinen. Ihr ganzer Körper war in Bewegung. Und da passierte es: Ein ungeplanter Schritt nach hinten und sie knallte rücklings über den Zinksarg. Sofort sprangen zwei ihrer Spezies herbei und halfen ihr hoch.

»Lassen Sie das«, wehrte sie ab. »Ich werde wohl alleine aufstehen können.«

Ihr krebsrotes Gesicht verhieß nichts Gutes. Hoffentlich war ich nicht zu weit gegangen. Ein Anruf bei KPD – und ich hatte mehr als ein kleines Problem.

»Wissen Sie was, Herr Palzki? Klaus hat eine finale Lektion verdient. Sie bleiben bei mir und ich zeige Ihnen, wie man eine effektive und effiziente Morduntersuchung durchführt. Damit haben Sie den Vergleich und können beurteilen, ob Klaus wirklich besser ist als ich. Obwohl ich das Resultat längst kenne«, ergänzte sie.

Wunderbar, dachte ich. Das war genau das, was ich wollte. Manchmal, wenn auch sehr selten, streifte mich das Glück.

Ich setzte ein möglichst authentisches Lächeln auf. »Sehr gerne, Frau Dr. Dammheim. Ich bin schließlich, wie Sie wissen, ein sehr wissbegieriger Polizeibeamter und Mensch. Wenn ich unter Ihrer Leitung die Gelegenheit habe, über den Tellerrand zu blicken, dann mache ich das mit Freude. Womit fangen wir an?« Ich wollte zusätzlich schleimen und ihr Kostüm loben, das sie trug, auch wenn es mit einem hässlichen Blumenmuster bedruckt war, doch ich wusste nicht, ob dieses komische Etwas, was sie anhatte, tatsächlich ein Kostüm war oder eher ein Hosenanzug oder eine Art Kleid. Daher verzichtete ich auf weitere verlogene Höflichkeiten.

Die Kripochefin glaubte mir mein Gesagtes. »Am besten stelle ich Ihnen als Erstes den Marktleiter vor, Herrn Andreas Ehrismann.« Sie deutete auf den Krawattenträger im blauen Hemd. Auf der Brust entdeckte ich das SBK-Logo.

Der Chef des Ladens trat vor und gab mir die Hand. »Hoffentlich finden Sie den Mörder. Diese Tat in unserem SBK-Markt ist kein gutes Aushängeschild für uns.«

Ich versuchte, ihn zu beruhigen. »Täuschen Sie sich da mal nicht. Sobald Ihr Laden geöffnet hat, werden doppelt so viele Kunden wie vorher kommen. Neugier ist durchaus menschlich. Und diese zusätzlichen Kunden werden fast alle bei Ihnen einkaufen.«

»So habe ich das noch gar nicht gesehen«, sagte Ehrismann und fügte nachdenklich hinzu: »Trotzdem, das geht doch nicht. Einfach einen Mitarbeiter in unserem Markt ermorden und dann so grausam.«

»Einen Mitarbeiter?« Ich schaute ungläubig. Warum hatte mir das bisher niemand gesagt?

»Wir haben ihn doch längst identifiziert«, bekräftigte Ehrismann vorwurfsvoll. »Moritz Rapid war unser Abteilungsleiter Obst und Gemüse. Ein sehr fähiger Mann. Im letzten Jahr hat er die Landauer Salatwoche ins Leben gerufen.«

Und erneut gab es eine Querverbindung zu den Grumbeeren und den anderen Kapitalverbrechen. Doch das war noch nicht alles. Dem Toten hatte ich eine extrem peinliche Situation zu verdanken. Bei meinen Ermittlungen beim Neuhofener Salathersteller Nafa und der Landesgartenschau geriet ich während einer Verfolgungsjagd in einen Landauer Supermarkt, der wohl zu dieser Kette gehörte. Die Landauer Salatwoche bestand darin, dass jeder 400. Kunde in Salat aufgewogen und die Lebensmittel an Landauer Schulen und Kindergärten als Spende verteilt wurden. Ich hatte das Pech, einer dieser Jubiläumskunden zu sein. In der Abteilung hatte der Supermarktleiter eine alte und morsche Balkenwaage aufstellen lassen, die während des Beladens mit einem mächtigen Radau auseinanderbrach. Seitdem war ich nicht mehr in der Nähe dieses Supermarktes gewesen.

Der Marktleiter riss mich aus den Gedanken: »Selbst wenn Sie richtig vermuten und deswegen mehr Kunden kommen, so ist die Tat sicherlich kein Aushängeschild für unsere Unternehmensgruppe.«

»Bieten Sie doch Führungen an. Vorbei an den Tatorten in der Obst- und Gemüseabteilung bis zum Höhepunkt in der Kosmetikabteilung.«

»Von welchem Tatort sprechen Sie?«, unterbrach mich die Kripochefin. »Was meinen Sie mit der Obst- und Gemüseabteilung?«

Ich grinste in mich hinein. Von wegen eine Speerspitze der Kriminalinspektionen. Die Landauer waren genauso eine Gurkentruppe wie andere auch. Von uns Schifferstadter natürlich abgesehen.

»Ach«, begann ich möglichst leger. »Sie haben das noch gar nicht entdeckt? In der Obst- und Gemüseabteilung gab es einen Kampf. Dort hat die Tragödie wahrscheinlich begonnen.«

Ich ging zu einem Regal, auf dem es von Faltschachteln mit irgendwelchen mir unbekannten kosmetischen Substanzen wimmelte, und bückte mich. Zwischen dem unterstem Regalbrett und dem Fliesenboden hatte sich eine riesige Kartoffel verklemmt, keinen Meter von der Europalette entfernt.

»Sehr gründlich waren Ihre Spurensicherer nicht, Frau Dr. Dammheim. Sie haben diese Mords-Grumbeere übersehen.«

Die Kripochefin lief rot an. Sie drehte sich um und machte ein paar ihrer Untergebenen regelrecht zur Sau. Mit eingezogenem Kopf rannten zwei Beamte zur Obst- und Gemüseabteilung, während ein dritter die Kartoffel eintütete und ein weiteres Ziffernschild aufstellte.

Sie versuchte sich in einer Entschuldigung. »Wir sind noch nicht lange am Tatort und konnten uns bisher nur einen ersten Überblick verschaffen. Hinzu kommt, dass das Geschäft sehr groß ist, und da dauert es seine Zeit, bis wir alles gesichtet haben.«

»Passt«, entgegnete ich. »Herr Diefenbach übersieht auch manchmal wichtige Dinge. In letzter Zeit passiert ihm das immer häufiger. Aber sagen Sie ihm das bitte nicht. Sie wissen ja, wie er immer reagiert.«

Dammheim, die froh war, diese unschöne Szene überspielt zu haben, tat mitleidig. »Ich kann Sie nur bemitleiden, Herr Palzki. Klaus hat absolut kein Händchen für gute Mitarbeiterführung. Und dass er auch nur mit Wasser kocht, hat er hinlänglich mehrfach bewiesen.«

»Er kocht sogar nur mit lauwarmen Wasser«, ergänzte ich, um weiteres Öl auf das Feuer zu schütten.

»Frau Dr. Dammheim.« Der Marktleiter war im Gesicht weiß geworden. »Mir ist da etwas aufgefallen.« Er zeigte auf die Tüte, in der die von mir gefundene Mords-Grumbeere lag. »Diese Sorte, die haben wir zurzeit überhaupt nicht im Verkauf. Die muss der Täter mitgebracht haben.«

»Oder das Opfer«, sagte ich. »Es kannte sich mit dem Zeug schließlich aus.«

»Oder sie liegt bereits länger unter dem Regal und hat mit dem Tod von Moritz Rapid nichts zu tun«, sagte die Kripochefin.

»Das wird immer unerklärlicher«, sagte Andreas Ehrismann. »Fast wie in einem Krimi.«

»Was heißt fast? Ich habe gute Kontakte zu einem mehr oder weniger durchschnittlichen Kriminalschriftsteller. Der macht Ihnen aus diesen paar Spuren eine dermaßen reißerische Story, da erkennen Sie anschließend Ihren Markt nicht wieder.« Ich wusste selbst nicht, warum ich eben Becker erwähnte, wahrscheinlich geschah es im Reflex. Überhaupt wunderte mich, dass er noch nicht aufgetaucht war. Wahrscheinlicher war, dass er den, wegen ihrer Größe, von mir eben kreierten Ausdruck Mords-Grumbeere als eigene Idee aufnahm, und in seinem nächsten Krimi literarisch bis zum Exzess ausschlachten würde.

»Kommen wir zurück zu unserer Aufgabe«, versachlichte Dammheim unsere Gespräche. »Ich will doch mal sehen, wie Sie den Tatort beurteilen, Herr Palzki. Mit Ihrer Entdeckung haben Sie in der Kür den ersten Teilpunkt errungen. Doch jetzt kommt die Pflicht. Was ist hier geschehen?« Für einen winzigen Moment zog Bosheit durch ihre Mimik.

Da die Leiche inzwischen versorgt war, musste ich mich auf die vorhandenen Spuren verlassen.

»So schwierig ist das nicht, Frau Dr. Dammheim. Weiß man inzwischen, wie Opfer und Täter in den Markt kamen?«

Ein kurzes Kopfschütteln gab mir die Antwort. Nicht

einmal die Zugangsmöglichkeiten wurden bisher untersucht. Ich speicherte mir diese Unterlassung im Gedächtnis ab.

»Ist im Moment nicht so wichtig«, begann ich mit der Rekonstruierung der Tat und hoffte dabei ein weiteres Mal auf ein Quäntchen Glück.

»Täter und Opfer betraten zusammen oder kurz nacheinander den Markt.«

»Woher wollen Sie das wissen?«, unterbrach mich die Kripochefin sofort.

»Intuition«, erklärte ich ihr. In Wirklichkeit hatte ich mir diese These soeben ausgedacht.

»In der Obst- und Gemüseabteilung kam es zum Streit. Details erspare ich Ihnen, denn dort kam es nicht zum Mord.«

Dammheim hatte beide Hände in die Hüfte gesteckt und wartete neugierig ab. Selbst der Marktleiter hörte interessiert zu.

»Danach sind die beiden, wahrscheinlicher waren es drei oder vier, ins Lager gegangen.«

»Das können Sie niemals wissen«, unterbrach mich Dammheim erneut. »Sie waren bisher nicht im Lager.«

»Ich nicht.« Ich blieb seelenruhig. »Aber die Palette stammt aus dem Lager. Sehen Sie die leichten Schleifspuren?«

Die Kripochefin wurde für einen Moment weiß im Gesicht und danach zornig. Erneut schrie sie ein paar Beamte an, die das Pech hatten, in der Nähe zu stehen, und befahl ihnen, das Lager zu untersuchen.

Hoffentlich stimmten meine Thesen einigermaßen, doch die Spuren sprachen dafür. Heute war mein Tag. Heute war ich Sherlock Holmes.

»Moritz Rapid wurde im Lager überwältigt, aber nicht getötet. Seine Peiniger haben ihn auf dieser Palette mit den Stricken, deren Reste vorhanden sind, fixiert. Vorher wurde eine der Hängeleuchten herabgelassen.«

Ich zeigte auf eine Haushaltsleiter, die zwei Regale weiter in einem Durchgang stand. »Der Täter oder einer der Täter kletterte hoch und lockerte die Aufhängung. Bei den anderen Leuchten, die sich auf ihrer Originalhöhe befinden, ist deutlich zu erkennen, dass man anhand einer Kette die Höhe der Leuchten verstellen kann.«

Jetzt kam meine nächste Gemeinheit. »Frau Dr. Dammheim, haben Ihre Mitarbeiter die Leiter nach Fingerabdrücken und DNA abgesucht?«

Und wieder machte sie ein paar ihrer Untergebenen rund. So langsam gingen ihr die Beamten aus. Beim nächsten Mal musste sie Verstärkung anfordern.

»Wissen Sie, warum die Lampe so tief gehängt wurde?« Die Kripochefin versuchte abzulenken.

»Es heißt Leuchte, Frau Dr. Dammheim. Lampen nennt man die Leuchtmittel, also Glühlampen, LED oder Leuchtstoffröhren. Kann man aber leicht verwechseln.«

Dammheim wollte eine Bemerkung, wahrscheinlich eine bissige, loswerden, beherrschte sich aber.

»Um zu Ihrer Frage zurückzukommen. Ja, ich weiß, warum die Leuchte so tief hängt. Man hat Rapid damit gefoltert. Das Opfer lag direkt darunter, da wurde es anständig heiß, und die hohe Lumenzahl der LED-Lampen sorgte für weitere Pein.«

»Lumenzahl?«

»Na ja, die Helligkeit halt. So ungefähr jedenfalls. Klar ist, dass man Moritz Rapid zum Reden bringen wollte.

Als das Licht nicht reichte, hat man begonnen, ihm Pfälzer Wein einzuflößen. Deswegen der Trichter.«

»Alle Achtung«, testierte Dammheim meine These. »Auf die gleiche Idee bin ich ebenfalls gekommen. Was meinen Sie, hat er geredet?«

»Hellseher bin ich leider nicht. Aber nach vier leeren Weinflaschen könnte er ganz profan an einer Alkoholvergiftung gestorben sein.«

»Das ist kein normaler Wein«, mischte sich der Marktleiter ein. »Das ist unser Pfälzer Energy-Drink.«

Als niemand von uns beiden antwortete, da wir nicht wussten, was er uns damit sagen wollte, klärte uns Ehrismann auf. »Wir wollen in unserem SBK-Markt für alle Altersgruppen da sein. Dazu lassen wir uns Aktionen einfallen, die nicht allzu bierernst zu verstehen sind.«

»Bier?«, stammelte Dammheim.

»Nein«, entschuldigte sich der Marktleiter. »Ich meinte das im übertragenen Sinn. Sie kennen doch die Energy-Drinks, die meist in Dosen angeboten werden. Red Bull und wie sie alle heißen. Im gleichen Regal bewerben wir neben diesen Dosen unsere Pfälzer Energydrinks. In diesem Fall Riesling-Wein. Das wird bei den Kunden gut angenommen und sorgt für so manchen Lacher.«

»Das Regal ist mir aufgefallen, als ich reinkam«, log ich ohne mit der Wimper zu zucken und wandte mich an meine geliehene temporäre Vorgesetzte. »Die Weinflaschen beziehungsweise die leeren Pfälzer Energy-Drinks stammen unzweifelhaft von diesem Werberegal. Haben Ihre Leute das bereits untersucht?« Ich verkniff mir ein boshaftes Grinsen.

Dr. Dammheim war im Begriff, zum was weiß ich wievielten Mal zu explodieren, als sie bemerkte, dass alle ihre Untergebenen beschäftigt waren.

»Eins nach dem anderen, Herr Palzki. Wir nehmen einen Tatort immer nach dem Prioritätsprinzip auf. Das Weinregal kommt erst später dran, wird aber selbstverständlich nicht vergessen.«

»Energy-Drink-Regal«, meldete sich Ehrismann leise, doch niemand hörte ihm zu.

»Was ist passiert, Herr Ehrismann? Ist Herr Rapid wirklich in unserem SBK-Markt getötet worden?«

KAPITEL 13 –
EIN VORSTAND MISCHT SICH EIN

Ein weiterer Mann mit Krawatte war zu uns getreten. Er war nicht sehr groß, altersmäßig schätzte ich ihn auf Ende 50.

Dammheim kannte den Mann. »Guten Tag, Herr Braun, leider muss ich den Tod Ihres Mitarbeiters bestätigen. Ich habe mich bereits gewundert, wo Sie bleiben.«

Er lächelte. »Heute Abend haben wir eine Benefiz-veranstaltung in der Jugendstil-Festhalle. Da musste das Programm abgesprochen werden. Ab jetzt bin ich ja hier.«

Er drückte der Kripochefin und dem Marktleiter die Hand und als Letztes mir. »Helmut Braun ist mein Name. Ich bin der Vorstand der Dieter-Kissel-Stiftung.«

Nachdem ich meinen Namen gesagt hatte, übernahm Dammheim das Wort. »Ihnen in Schifferstadt dürfte die Stiftung nur wenig sagen, Herr Palzki. Die Dieter-Kissel-Stiftung ist der alleinige Gesellschafter der SBK-Märkte. Zu der Gruppe gehören unter anderem die C&C-Groß-märkte wie gegenüber auf der anderen Seite des Park-platzes.«

»Nicht zu vergessen das Unternehmen ›Pfälzer Spe-zialitäten‹«, ergänzte Braun stolz. »Und eine Reihe klei-nerer Supermärkte und Getränkehandlungen.«

Das ist also der große Boss, begann ich mit einem neuen Gedankengang, der aber von Dammheim unterbrochen wurde. »Das Einzigartige an der Stiftung muss ich Ihnen erzählen, Herr Palzki. Der Stiftungszweck soll unter anderem die Kunst und Kultur in Landau und der Südpfalz fördern. Das heißt, ein großer Teil des Gewinns fließt zurück in die Region und hilft dabei, unsere Südpfalz noch lebenswerter zu machen.«

Lebenswert, dachte ich mit einem Blick auf den Zinksarg, der mangels Personal immer noch auf dem Boden stand. Das mag alles stimmen, bei der Lösung dieses Falles half dies nicht weiter. Außerdem wäre es das erste Unternehmen, in dem nicht die Jacht und der Ferrari bei den Vorständen, Aufsichtsräten und Geschäftsführern an erster und zweiter Stelle stehen würden.

Ich sprach den Marktleiter Andreas Ehrismann an. »Sie haben vermutlich Videoüberwachung an der Außenseite des Gebäudes, oder?«

»Nein!«, schnellte Braun zeitgleich mit der entgegengesetzt lautenden Antwort des Marktleiters vor. »Selbstverständlich«, meldete Ehrismann.

»Ach so, ja, klar«, verteidigte sich der Stiftungsvorstand. »Sie sehen, dass alles neu ist. Im letzten Jahr haben wir während des Betriebs komplett umgebaut und renoviert.« Er zeigte in Richtung Fleischabteilung. »Hinter dem Markt haben wir sogar ein neues Verwaltungsgebäude hingestellt. Soll ich es Ihnen zeigen? Wir feiern dieses Jahr 90-jähriges Jubiläum. Im letzten Jahr hatten wir mit unserer Landauer Salatwoche einen ersten Meilenstein gesetzt.«

Ich durchschaute ihn sofort. Obwohl ich nur Gast war und laut Kripochefin nur zuschauen und lernen sollte, mischte ich mich mit einer Aufforderung weiter ein. »Herr Ehrismann, können Sie uns die Videoaufzeichnungen zeigen?«

Mit einem ängstlichen Blick in Richtung seines Chefs, der nicht einmal mit der Wimper zuckte, gab er das Okay. »Kommen Sie mit.«

Hinter den Kassen befand sich der Verwaltungsbereich. Wir gingen durch ein größeres Büro mit mehreren Schreibtischen und landeten nach einer weiteren Tür im Büro des Marktleiters.

»Es ist leider etwas beengt für vier Personen«, entschuldigte er sich. »Sie können gerne aus dem Nebenraum Stühle holen.«

Es dauerte ein paar Minuten, bis er seinen Computer hochgefahren und das Videoprogramm gestartet hatte. »Wir haben insgesamt zwei Kameras«, erklärte er, und ich erinnerte mich an die Szene bei Getränke-Bruch. Hoffentlich gab es keine Tauben.

»Die erste Kamera ist so installiert, dass sie den Haupteingang und den Personaleingang aufzeichnet. Aus Datenschutzgründen darf sie nur nach Geschäftsschluss aktiviert werden, wenn keine Kunden und Mitarbeiter mehr anwesend sind.«

Er drückte ein paar Tasten und stellte eine Rückfrage. »Ich gehe davon aus, dass nur die letzte Nacht relevant ist.«

Was für eine überflüssige Frage, dachte ich, und schneller als mein Gehirn gab ich eine passende Antwort. »Außer der Abteilungsleiter lag gestern bereits in der Kosmetikabteilung.«

Ich erntete einen zornigen Blick von Dammheim. Ein Lächeln würde ihr gut stehen, aber solche emotionalen Regungen kannte sie nicht.

Das Bild war anfangs nicht schlecht. Doch mit abnehmender Helligkeit wurde es arg grieselig.

Ehrismann stellte auf mittlere Vorspulgeschwindigkeit, und es dauerte nicht sehr lange, bis wir die entscheidende Stelle gefunden hatten. Leider spielte sich die Szene nicht im Vordergrund, also am Kundeneingang ab, sondern einige Meter dahinter vor dem Personaleingang. Drei oder vier menschliche Gestalten, man konnte nicht einmal das Geschlecht feststellen, standen vor der Tür. Die vorderste Person machte sich am Eingang zu schaffen. Kurz darauf ging die Tür auf, und die Gruppe trat ein.

»Vier Personen«, zählte ich.

»Ich bin der Meinung, es sind nur drei«, entgegnete Dammheim.

»Jedenfalls hatte einer von denen einen Schlüssel, vermutlich Rapid. So schnell kann man das Schloss nicht aufbrechen. Haben Sie die Tür bereits von der Spurensicherung untersuchen lassen?«

Ein weiteres Mal war mir ein kleiner Seitenhieb gegen die Landauer Chefin gelungen.

»Selbstverständlich«, antwortete sie, und wir beide wussten, dass es gelogen war. »Moritz Rapid hatte den Schlüssel des Marktes in seiner Hosentasche, das ist folglich längst geklärt.«

»Viel hilft uns das nicht weiter«, sagte Helmut Braun. »Ich denke, wir können die Sache an dieser Stelle abbrechen. Herr Ehrismann, würden Sie Frau Dr. Dammheim bitte eine Kopie dieser Szene erstellen? Vielleicht kann man im Labor Details erkennen.«

Ich hatte längst Lunte gerochen. Für wie naiv hielt mich dieser Braun? Mit seiner Taktik konnte er vielleicht Dammheim beeindrucken, aber nicht mich.

»Ich denke, wir sollten die Aufnahme zu Ende schauen.«

Er gab sich seufzend ohne Gegenwehr geschlagen. »Lassen Sie das Video weiterlaufen, Herr Ehrismann.«

Hoch konzentriert schauten wir auf den Monitor, dessen Bild meist einem Standbild ähnelte. Etwa eine Stunde, nachdem die Gruppe den Markt betreten hatte, verließ sie ihn wieder durch den Personaleingang.

»Jetzt sind es nur noch zwei«, sagte Braun. »Das ist eindeutig zu erkennen.«

Da die beiden in einem kurzen Abstand aus der Tür traten und zunächst schauten, ob die Luft rein war, war die Zählung sehr einfach. Der Vorstand verzichtete darauf, das Video zu stoppen, und so sahen wir, wie die ersten Mitarbeiter gemeinsam mit der Reinigungstruppe den Markt betraten.

»Herr Ehrismann, Sie können die Aufnahme nun abschalten. Bitte übermitteln Sie Frau Dr. Dammheim auch die Szene, wo die Mörder unseren Markt verließen.«

Ohne eine Pause sprach er nun alle an. »Lassen Sie uns nebenan einen Kaffee trinken und die nächsten Schritte besprechen. Wann können wir voraussichtlich den Markt öffnen, Frau Dr. Dammheim?«

Das war schon penetrant, wie er alles gab, um von den Videoaufzeichnungen abzulenken.

»Einen kleinen Moment bitte«, rief ich der Gesellschaft nach, die dem Vorstand anscheinend willenlos und durch den Kaffee geködert in den Nebenraum folgte. »Wir haben die zweite Kamera vergessen.«

Die Kripochefin, die offensichtlich ein Koffeindefizit hatte, herrschte mich an. »Was soll da anderes drauf sein? Wir haben doch die Szenen, die uns interessieren!«

Sie rollte mit den Augen. »Okay, Herr Ehrismann, bitte schicken Sie uns auch die Videoaufzeichnung der zweiten Kamera.« Sie drehte sich wieder um.

»Mein Chef ist in dieser Hinsicht gründlicher, Frau Dr. Dammheim. Stellen Sie sich einmal vor, wenn Ihnen durch diese Unterlassung der Mörder durch die Lappen geht. Ihr Kollege Diefenbach wird sich ins Fäustchen lachen. Und Sie wissen doch, wie hämisch er sein kann, und oft genug setzt er wilde Gerüchte in die Welt.«

Dammheim zog eine Schnute. »Sie haben gewonnen, Herr Palzki. Aber merken Sie es sich ein für allemal: Klaus ist nicht mein Kollege! Wir arbeiten nur zufällig in der gleichen Branche.«

Eingeschnappt sprach sie den Marktleiter an. »Vielleicht können wir den Kaffee bei Ihnen im Büro trinken, während wir uns die Aufzeichnung der zweiten Kamera anschauen müssen.«

Helmut Braun war sehr schweigsam geworden. Nachdem, mit Ausnahme von mir, jeder einen Kaffee in der Hand hielt, ich bekam eine Cola, startete Ehrismann die Aufnahme. »Die Kamera hängt auf der Querseite des Gebäudes neben dem Verwaltungseingang. Das hat mit dem SBK-Markt nichts zu tun.«

Die Aufnahme war deutlicher als die vor dem Markt. Als die Zeitangabe zwei Uhr früh anzeigte, versuchte Braun erneut sein Glück. »Sie sehen, dass vor der Verwaltung alles ruhig ist. Müssen wir damit unsere wertvolle Zeit vergeuden?«

»Ja«, antwortete ich reflexartig, bevor es sich die anderen anders überlegten und die Suggestivfrage in seinem Sinn beantworteten.

Mein Starrsinn wurde belohnt. Als hochpsychologisch

geschulter Polizeibeamter wusste ich durch jahrelange Erfahrung, wenn jemand Dreck am Stecken hatte. Und dass dieser Stiftungsvorstand etwas zu verheimlichen hatte, war mir von der ersten Sekunde an klar.

Auf der Videoaufzeichnung, es war kurz nach drei Uhr, kam plötzlich ein Fahrradfahrer ins Bild. Das Fahrrad war ein älteres Baujahr, quasi ein Oldtimer unter den Zweirädern. Alles andere als stilecht trug der Fahrer einen modernen Sturzhelm. Direkt neben dem Verwaltungseingang, genau im Fokus der Kamera, stellte der Radfahrer seinen Drahtesel ab und nahm den Helm ab. Er schloss die Tür auf und verschwand in der Verwaltung.

»Jetzt bin ich auf die Begründung gespannt«, sagte ich und schaute Braun an. Die Kripochefin und Ehrismann staunten.

»Das, äh, ja, das, ich, äh, ich kann alles erklären«, stammelte Helmut Braun und begann zu schwitzen. Nervös wischte er sich mit einem Taschentuch über die Stirn, um Zeit zum Überlegen herauszuschinden.

»Ich habe nur ein Fotoalbum geholt, das ich in meinem Büro habe liegen lassen«, platzte es schließlich aus ihm heraus.

»Ein Fotoalbum? Mitten in der Nacht? Nicht sehr glaubhaft, oder?«

Die Kripoleiterin setzte ebenfalls zu einem Redebeitrag an, doch abrupt stoppte sie nach der ersten Silbe. Sicherlich hatte sie eingesehen, dass meiner genialen Fragetechnik nichts hinzuzufügen war.

»Aber wenn ich es Ihnen doch sage«, sagte Braun kleinlaut. »Ich lebe noch in der analogen Welt und habe mit der neuen Technik nicht viel am Hut. Klar habe ich ein Smartphone, aber Fotografieren tu ich immer noch mit meiner Yashica-Spiegelreflexkamera von 1977. Der magnetische Auslöser ist das Beste, was es je gab. Da können Sie selbst die modernsten Geräte dagegen vergessen.«

Die technischen Details interessierten mich, und hoffentlich die anderen ebenfalls, nicht die Bohne, obwohl ich früher selbst solch eine Kamera besaß. »Ich will Ihnen nicht in Abrede stellen, dass Sie ein Fotoalbum besitzen, Herr Braun. Viel wichtiger ist die Frage, warum Sie das Album mitten in der Nacht benötigten.«

»Genau, das Gleiche wollte ich auch gerade fragen.« Dammheim versuchte, meine Vorherrschaft in der Befragung zu unterlaufen. Ich musste aufpassen, da ich nur Gast war.

Braun hatte sich längst eine Ausrede parat gelegt. »Ich habe die Bilder heute früh für die Vorbesprechung der Benefizveranstaltung benötigt. Und da bin ich schnell mit dem Rad hierhergefahren.«

»Hatte das nicht Zeit, äh«, ich brach ab und verbesserte mich: »Frau Dr. Dammheim und ich würden gerne wissen, warum das nicht Zeit bis heute früh hatte?« Mit dieser rhetorischen Finesse hatte ich KPDs Konkurrentin nicht übergangen.

»Ich bin ein Nachtmensch«, begründete Braun sein Tun. »Ich gehe abends, wenn ich keinen Termin habe, sehr früh zu Bett und stehe manchmal mitten in der Nacht auf. Vor so wichtigen Veranstaltungen wie heute kann es passieren, dass ich um zwei Uhr aufstehe.«

»Frau Dr. Dammheim würde es interessieren, ob der Verwaltungstrakt einen Zugang zum Markt hat.« Dieses indirekte Geschwurbel war für mich anstrengend, aber zielführend. Sie nickte.

Helmut Braun bekam große Augen. »Sie denken doch

hoffentlich nicht, dass ich meinen Abteilungsleiter umgebracht habe? Ich schwöre Ihnen, ich war in der letzten Nacht nicht im Markt. Natürlich wusste ich nicht, was da drüben passierte. Sonst hätte ich selbstverständlich sofort die Polizei gerufen.«

»Es gibt also einen Zugang«, stellte ich aufgrund seiner Abwehrhaltung fest. Ein fast unmerkliches Nicken bestätigte die Feststellung.

»Frau Dr. Dammheim, Sie wollten doch bestimmt vorschlagen, das Video zu Ende zu schauen?«

»Bitte glauben Sie mir doch«, unterbrach Braun. »Ich war höchstens eine halbe Stunde in meinem Büro, weil ich das Album nicht gleich gefunden habe. Als ich es endlich zwischen anderen persönlichen Unterlagen entdeckt hatte, kam mir eine bessere Idee für die Veranstaltung heute Abend. Aus diesem Grund habe ich das Album im Büro liegen lassen.«

Dr. Dammheim schaute auf den Monitor, und Ehrismann startete das gestoppte Video. Tatsächlich kam eine gute halbe Stunde später Braun ohne irgendwelche Tasche oder Gepäck aus dem Gebäude, setzte seinen Helm auf und fuhr davon.

»Ich würde gerne Ihr Büro sehen!« Dieses Mal war die Landauerin schneller als ich. Da ich den gleichen Vorschlag machen wollte, passte das ganz gut.

Damit wir uns einen Gesamteindruck von der Außenseite machen konnten, nahmen wir nicht den bisher unbekannten Durchgang im Gebäude. Wir gingen zunächst raus zum Parkplatz und Richtung Cash & Carry Großmarkt, der sich gleich nebenan im rechten Winkel zum SBK-Markt befand und, wie Braun erklärt hatte, ebenfalls zur Firmengruppe gehörte.

Zwischen den beiden Märkten verlief eine breite Zufahrt, und kurz darauf standen wir vor dem Eingang des Verwaltungsgebäudes. Helmut Braun ging voraus und hielt uns die Tür auf. Dabei blickte er stumm zu Boden.

»Treppe oder Lift?«, fragte er und zeigte auf die beiden Alternativen im Treppenhaus. »Mein Büro ist ganz oben.«

»Fahrstuhl.« Meine Antwortgeschwindigkeit konnte keiner toppen. Ausgerechnet die neugierige Dammheim musste mir einen Strich durch die Rechnung machen.

»Wie sind Sie in der Nacht zu Ihrem Büro gelangt, Herr Braun?«

»Ich nehme immer die Treppe, um fit zu bleiben«, beantwortete er die Frage.

»Na dann«, sagte Dammheim und fixierte mich mit einem hämischen Grinsen. »Ein bisschen Bewegung schadet nie.«

Ich ignorierte diese Bosheit. »Ich nehme den Aufzug. Meine Kniezerrung ist noch nicht richtig ausgeheilt.« Ohne zu wissen, ob man sich das Knie tatsächlich verzerren konnte, drückte ich auf den Fahrstuhlknopf.

Als ich oben aus der Tür trat, warteten die anderen bereits auf mich. »Na, haben Sie etwas Wichtiges gefunden?«, fragte die Kripochefin sarkastisch.

Da ich auf so eine Frage vorbereitet war, antwortete ich dreist: »Selbstverständlich. Haben Ihre Beamten den Aufzug schon unter die Lupe genommen? In diesem Fall haben sie nicht sorgfältig gearbeitet.«

»Wieso?«, gaffte sie mich an.

»Das kann ich Ihnen im Moment nicht sagen, es könnte Täterwissen sein.« Ich war stolz auf meine Antwort. Bildlich stellte ich mir vor, wie nachher eine halbe Armada an Beamten erfolglos den Lift inspizieren würde. Hätte ich diese Szene vorher gekannt, hätte ich eine Kartoffel im Aufzug versteckt. Jedenfalls, wenn ich einer habhaft geworden wäre, am liebsten so ein gewichtiges Exemplar wie die Mords-Grumbeere im Markt.

Helmut Braun versuchte ein weiteres Mal abzulenken, in dem er uns eine neu hinzugekommene Person vorstellte. »Dies ist Uwe Gebhardt, der Geschäftsführer der Unternehmensgruppe.«

Gebhardt zuckte zusammen, als er erfuhr, dass es sich bei uns um Polizeibeamte handelte.

»Ist etwas passiert?«, fragte er Helmut Braun zögerlich.

»Haben Sie das noch nicht mitbekommen, Herr Gebhardt? IM SBK-Markt wurde eine Leiche gefunden.«

Der Geschäftsführer erschrak sichtlich. »Jemand von den Mitarbeitern? Nein, ich wusste davon nichts. Ich bin erst vor fünf Minuten ins Büro gekommen.«

Braun nickte ihm zu ohne eine Antwort zu geben und führte uns in einen Saal.

»Dieser große Raum mit den Panoramascheiben ist für die Mitarbeiter«, erzählte er stolz. »Neben der Funktion als Pausenraum können hier Mitarbeiterversammlungen stattfinden und Kundenpräsentationen. Wir haben darauf geachtet, alles multifunktional zu gestalten.«

Über eine breite Tür ging er auf eine Flachterrasse. Der Blick über die Dächer Landaus bis hin zur Rheinebene und auf der Westseite zu den ersten Bergen des Pfälzerwaldes war atemberaubend.

»Bei geeignetem Wetter wollen wir hier oben Veranstaltungen organisieren, Dichterlesungen zum Beispiel«, erläuterte Uwe Gebhardt die Pläne.

»Aber bitte keine Krimis«, murmelte ich in mich hinein.

Dr. Dammheim war hin- und hergerissen von der Aussicht. Braun erklärte seinem Mitarbeiter Gebhardt die Hintergründe der Tat und wurde dabei zusehends lockerer. Jedenfalls, bis ich seine Illusion zerstörte.

»Ich würde nun, äh, Frau Dr. Dammheim würde jetzt gerne Ihr Büro sehen, Herr Braun.«

»Kommen Sie halt mit«, entgegnete er die fünf Silben sehr einsilbig.

Das Büro, das ganz normal aussah, jedenfalls nicht so überbordend luxuriös wie andere Firmenchefbüros, brachte eine neue Überraschung.

Auf einem Beistelltisch lagen mehrere Netzpackungen mit Kartoffeln, wie man sie in jedem Supermarkt kaufen konnte. Das fehlende Etikett fiel mir ebenso auf wie die Größe der Kartoffeln. Der Marktleiter Ehrismann bestätigte sofort meine Vermutung.

»Das ist genau die Sorte wie die einzelne Kartoffel, die Herr Palzki neben der Palette gefunden hat«, platzte er heraus und erhielt dafür von seinem Chef einen vernichtenden Blick.

Mit krebsrotem Kopf nahm der Stiftungsvorstand eines der Säckchen in die Hand. »Ich weiß selbst nicht, wie das Stück in den Markt gekommen ist. Das müssen Sie mir glauben. Schauen Sie mal: Alle Säcke sind verschlossen und vollständig. Von hier kann die Kartoffel nicht stammen.«

»Vielleicht fehlt ein ganzer Sack«, schoss ich quer. »Wo haben Sie das Zeug überhaupt her, wenn es nicht verkauft wird?«

Ich fand, dass ›Zeug‹ ein taugliches Synonym für Kartoffel war.

Uwe Gebhardt zog die Schultern ein. »Die habe ich vor ein paar Minuten in das Büro von Herrn Braun gebracht. So wie wir es gestern verabredet hatten.«

Braun ergänzte die Ausführung des Geschäftsführers. »Wir sind gerade dabei, mit den Pfälzer Grumbeeren e.V., Sie kennen doch diese Organisation?« Er schaute uns kurz an und sprach dann weiter, ohne eine Antwort bekommen zu haben. »Wir wollen eine neue Marke etablieren mit besonders großen Kartoffeln. Uns fehlt nur noch ein prägnanter Name für das Produkt.«

»Nennen Sie das Zeug doch Mords-Grumbeere«, entgegnete ich. »Jeder Pfälzer wird das verstehen.«

Braun blickte zu Ehrismann und Gebhardt, die beide langsam nickten. »Das könnte gut passen, Herr Braun«, sagte der Marktleiter.

Der Vorstand ging zu seinem Schreibtisch und notierte sich meinen Vorschlag. »Wenn wir den Namen annehmen, Herr Palzki, werden wir Sie in Kartoffeln aufwiegen. Ihre Familie wird sich über einen Jahresvorrat an Mords-Grumbeeren garantiert freuen.«

Man kann nicht immer Glück haben, dachte ich resigniert. Wenn das rauskam, konnte ich meine Koffer packen. Meine Kinder würden ihren Vater für immer verleugnen.

Dammheim stand da und überlegte. »Würden Sie mir bitte das Fotoalbum zeigen, Herr Braun?«

Gute Frage, fand ich. Hätte ich in den nächsten Sekunden ebenfalls gestellt.

Mit mittelschweren Parkinsonsyndromen öffnete er einen der beiden Aktenschränke und wühlte ziellos in diesen herum. Schließlich drehte er sich nervös und schwitzend zur Kripochefin herum. »Ich weiß auf die Schnelle nicht mehr, wo ich es heute Nacht nach meinem Blitzeinfall hingesteckt habe. Kann ich es Ihnen heute Mittag auf die Dienststelle bringen?«

Nein, dachte ich. So naiv würde Dammheim hoffentlich nicht sein. Sie war es auch nicht.

»Tut mir leid, Herr Braun. Alles spricht gegen Sie. Ihr Auftauchen heute Nacht, die Kartoffeln in Ihrem Büro und das nicht auffindbare Fotoalbum. Es führt kein Weg daran vorbei: Ich muss Sie vorläufig festnehmen, Herr Braun. Kommen Sie bitte mit.«

Bitte, geht doch, dachte ich zufrieden. Selbst die meisten Firmenchefs haben sich an die Gesetze zu halten. Bei Dr. Dammheim galt noch das Gesetz. Bei KPD wäre das anders gewesen. Bei ihm hätte es gereicht, wenn Braun im gleichen Golfklub wie KPD gewesen wäre oder, bei weniger übereinstimmenden Merkmalen, Braun zumindest im gleichen Bundesland wie KPD aufgewachsen wäre.

»Das geht nicht, Frau Dr. Dammheim«, sagte Helmut Braun, als könnte sich ein Verdächtiger frei entscheiden, ob er festgenommen wird oder nicht.

»Und warum nicht?« Die Kripochefin blieb stehen.

»In ein paar Stunden findet die Benefizveranstaltung statt.«

Dammheims Stirn kräuselte sich. »Na und? Die wird auch ohne Sie stattfinden.«

»Eben nicht«, beharrte Braun. »Außer mir weiß niemand Bescheid. Heute Abend sollen mehrere Wohltätigkeitsorganisatoren und Landauer Vereine bedacht werden. Sogar zwei Minister haben sich angesagt. Das wird ein Eklat geben, glauben Sie mir!«

Dammheim wägte ab. »Die Gelder kann Ihr Stellvertreter übergeben. Niemand ist unersetzlich.«

Wenn das mal KPD gehört hätte, dachte ich bissig.

»Das klappt niemals.« Fast schrie Braun. »In der kurzen Zeit kann ich keinem anderen mehr den ganzen Ablauf erläutern. Alles ist bis ins Detail geplant. Wenn Sie mich mitnehmen, platzt der ganze Abend, Frau Dr. Dammheim.«

»Und es kommen wirklich zwei Minister?«, fragte diese zurück, als würde alles von den beiden abhängen.

Der Vorstand nickte. »Und viele andere Prominenz. Sind Sie nicht eingeladen?«

Dammheim schüttelte den Kopf. »Ich habe von dem Termin erst vorhin durch Sie erfahren.«

Braun zog eine Schreibtischschublade auf und entnahm ihr zwei Karten.

»Hier, die sind für Sie, zweite Reihe. Da haben sie mich gut unter Beobachtung. Ich gebe Ihnen mein Ehrenwort, dass ich nicht flüchten werde. Morgen früh melde ich mich gleich bei Ihnen auf der Dienststelle.« Er überreichte ihr die Karten. »Das Catering ist inbegriffen.«

Mit dem Schlusssatz hatte er endgültig gewonnen. Immerhin stand zu erwarten, dass das Catering nicht aus Kartoffeln bestand.

»Also gut«, sagte sie nach kürzester Überlegung. »Ich nehme Sie beim Wort, Herr Braun. Morgen früh Punkt neun Uhr in meinem Büro. Und bringen Sie das Fotoalbum mit.«

Ich musste meine Gedankengänge von vorhin zurücknehmen. Dammheim war kein Deut besser als KPD, auch wenn dies nur schwer vorstellbar war.

Helmut Braun drückte mir mit einem zufriedenen

Gesichtsausdruck ein Säckchen der mörderisch großen Kartoffeln in die Hand. »Ein erstes kleines Dankeschön«, sagte er.

Ich nahm als Einziger den Aufzug. Schnell riss ich das Säckchen mit den Grumbeeren auf und legte eines der Exemplare in die Aufzugsecke. So viel Gemeinheit musste sein. Als ich unten ankam, waren die anderen bereits in alle Winde verstreut. Meine Motivation, in den Markt zurückzugehen, hielt sich stark in Grenzen. Unter irgendeinem Vorwand würde ich morgen bei Dammheim anrufen und eine Kopie der Akte anfordern.

Die Szene neben meinem Auto war surreal. Der Notnotarzt kehrte den Parkplatz vor seinem Reisemobil. Bisher war ich der Meinung, dass Hygiene und Sauberkeit in seinem Wortschatz und seinem Berufsbild nicht existierten. Ich war ebenfalls der Meinung, dass Metzger weder über Putzmittel noch die dazu benötigten Gerätschaften verfügte. Ein Besen war das Letzte, was ich mir in seinem Umfeld vorstellen konnte.

»Was machen Sie da?«, fragte ich Metzger. Unerkannt konnte ich sowieso nicht an ihm vorbeikommen.

»Da sind Sie ja wieder, Palzki! Schauen Sie sich diese Sauerei mal an! Überall diese toten Fliegen. So viel auf einmal hatte ich bisher nie außerhalb meiner Mobilklinik. Die müssen sich irgendwo vermehrt haben.«

»Solche Kleinigkeiten haben Sie doch noch nie gestört.«

»Haben Sie eine Ahnung. Diese Fliegen sind rabiat. Laufend knallt mir eine an die Backe. Und schauen Sie mal, wie fett die alle sind. Aber jetzt sind die meisten tot. Der Parkplatz rund um meine Klinik sieht mit den vielen Leichen dermaßen übel aus, da habe ich mir von den Bullen einen Besen geliehen. In einer Stunde macht der Markt auf, und bis dahin muss bei mir alles blitzblank sauber sein.«

»Sauber?« Beinahe musste ich mich übergeben, als ich an das Innere seines Reisemobils dachte.

»Ja, ja«, blökte er mich an. »Sauber, nicht hygienisch und virenfrei, wie man es der gewöhnlichen Hausfrau in der Werbung weismachen will. Hygiene ist eine Erfindung der Neuzeit. Mit einer relativen Sauberkeit ist die Menschheit schließlich bisher nicht ausgestorben. Denken Sie nur an die Verhältnisse im Mittelalter.«

Wie in deinem Reisemobil, dachte ich.

»Ich fahre am besten nach Hause, bevor bei Ihnen der Bär steppt und die ganze Welt Ihre Zuckerkügelchen kaufen will.«

Metzger winkte grobmotorisch mit einer Hand, während er mit der anderen den Besen schob. »Ah, da fällt mir noch was ein, Palzki.« Er ließ den Besen fallen und kam auf mich zu. »Die haben eine große Eingangshalle in dem Markt, oder?«

Bevor ich antworten konnte, sprach er weiter. »Sie haben doch jetzt Beziehungen. Meinen Sie, Sie können die überreden, dass ich mit meinem Reisemobil in den Vorraum des Marktes darf? Platz haben die genug. Dann müssten meine Kunden nicht im Regen stehen, wenn ich sie berate. Schauen Sie mal nach oben, da ist ein Gewitter im Anmarsch.«

»Opfer, nicht Kunden«, murmelte ich zu laut.

»Was meinen Sie, hä?«

»Nichts, ich habe nur laut gedacht. Ich werde sehen, was sich machen lässt. Übrigens, die Schwester des Marktleiters ist Direktorin beim Landauer Finanzamt.«

Mit offenem Mund glotzte mich Metzger an und sah dabei debiler aus als sonst. Zufrieden mit meinem spontanen Einfall fuhr ich nach Schifferstadt.

Als ich von dem Parkplatz auf die Straße abbog, fuhr gleichzeitig ein PKW auf den Parkplatz. Ich traute meinen Augen nicht, als ich darin Dietmar Becker und Avril Walters sah, die mir zuwinkten. Der Student musste von Jutta und Gerhard erfahren haben, was in Landau los war. Wo er die englische Lehrerin aufgegabelt hatte, wusste ich nicht. Ein Oldtimer war es jedenfalls nicht, zumal Becker fuhr.

KAPITEL 14 –
DAS ÜBLICHE STÖRFEUER
DURCH KPD

Ich strich diese Begegnung aus meinem Gedächtnis und fuhr heim. Das heißt, direkt nach Schifferstadt fuhr ich natürlich nicht. Immerhin stand ich kalorienmäßig längst auf Reserve. Ich rechnete damit, dass demnächst meine Vitalfunktionen den Geist und den Körper aufgeben würden. Das Netz Kartoffeln war in dieser Situation wenig hilfreich, egal ob roh oder gekocht.

Nachdem ich Robert meine Bestellung aufgezählt hatte, reichte ich ihm das von Helmut Braun erhaltene Kartoffelpräsent über die Theke. »Da, für dich. Sonst geht deinem Vegetarierimbiss das Material aus.«

»Boah, was sind das für Wescher von Grumbeere!«, rief der Herr der Würste, wie Robert genannt wurde, aus. »Das sind ja Mordsapparate. Damit können wir sogar einen vegetarischen Palzki-Burger machen, wenn du willst.«

Mist, eindeutig ein Eigentor. »Mach dir wegen mir keine Umstände. Ich steh eindeutiger auf den Salami-Fleischgeschmack oder wie das Zeug heißt.«

»Salami?« Robert überlegte, dann lachte er los. »Du meinst Umami. Wenn ich die Kartoffelscheiben anständig würze und frittiere, merkst du keinen Unterschied mehr. Das hast du bei den Cheeseburgern selbst bemerkt.«

Zum Glück hatte ich einen Grund, diese unliebsame Diskussion abzubrechen, da sich hinter mir die Warteschlange stetig vergrößerte.

Ich genoss, von der dreifachen Portion Pommes abgesehen, meine höchst wahrscheinlich kartoffelfreie Mahlzeit. Nachdem sich meine Körperfunktionen regeneriert hatten, nahm ich die letzte Etappe in den Schifferstadter Waldspitzweg.

Meine Kollegen saßen nach wie vor unter einem Moskitonetz. Die Fliegenplage war noch nicht beendet.

»Na, hast du viel erlebt, Reiner?«, fragte mich Gerhard mit einem provozierenden Blick auf die Uhr. »Du lässt es dir in Landau gut gehen, während deine Kollegen von Godzilla-Fliegen angegriffen werden.«

Ich hatte eine Idee. Stolz zog ich das Globuli-Gläschen aus der Tasche und hielt es in die Luft. »Damit sind eure Probleme gelöst. Feinstes hoch dosiertes Globuli von unserem Freund Dr. Metzger. Zugegeben, die Zuckerkügelchen riechen etwas streng, sollen laut Metzger aber gegen alles helfen. Vielleicht sogar gegen mehr. Wer will eine der kostbaren Perlen?«

»Hör auf mit dem Scheiß«, schrie mich Gerhard genervt an und machte eine abwehrende Bewegung mit seinem Arm. Vor Schreck ließ ich das Gläschen fallen. Auf dem Boden lagen nun ein paar Scherben und die Kügelchen, die sich auf dem gesamten Büroboden verteilten.

Jutta war nicht amüsiert. »Schau, wie du das sauber kriegst«, herrschte sie mich an.

»Das war doch Gerhard«, verteidigte ich mich. »Hätte

der nicht so grob reagiert, hätte ich das Glas nicht fallen lassen.«

»Mir egal«, beschied Jutta. »Das ist mein Büro.«

Die letzten beiden Worte hatte sie in einem Tonfall gesagt, den ich von Stefanie zur Genüge kannte. Es handelte sich um die absolut allerallerletzten Worte einer Diskussion mit beteiligter Frau. Jeder weitere verbale Beitrag, selbst eine unbeherrschte Geste oder Mimik, führte unweigerlich zum Eklat.

Mit den Schuhsohlen schob ich ein paar der Kügelchen so gut es ging zur Seite. Jutta holte schmollend eine Kehrschaufel und entsorgte die von mir angehäuften Kügelchen in ihrem Papierkorb. Die meisten Globuli lagen aber nach wie vor verstreut im ganzen Büro herum. »Das tritt sich fest«, flüsterte ich Gerhard zu, der teilnahmslos unter dem Moskitonetz saß und uns zuschaute.

»Was ist denn da los?«, tönte auf einmal eine unwohlbekannte Stimme. KPD kam mit einem Besucher in das Büro.

»So langsam wird es nervig«, meinte unser Chef. »Diese Fliegenplage ist verrückt. In meinem Büro sind im Schichtdienst neun Bereitschaftsbeamte tätig, die nichts anderes machen, als mit einer Klatsche diese Viecher zu erledigen. Schließlich muss ich mich als guter Chef auf meine Arbeit konzentrieren können.«

Hinter KPD trat Herr Marschall in Juttas Büro, der Besitzer des ehemaligen Triumphs. Wie erwartet sah er alles andere als lebenslustig aus.

»Wir müssen reden«, sagte KPD und kroch mit dem pensionierten Englischlehrer unter das Moskitonetz. »Es geht um die Sache bei dem Unternehmen Getränke-Bruch.«

»Der Mini, mit dem der Täter geflüchtet ist, wurde bisher nicht gefunden«, erklärte Jutta. »Einer der zufällig anwesenden Kunden hatte sich das Kennzeichen gemerkt. Er wurde am Vortag in Dudenhofen am Waldspielplatz gestohlen.«

Gerhard ergänzte: »Ein Täterprofil liegt ebenfalls nicht vor. Der Staplerfahrer vermutet, dass der Täter männlich ist, sicher ist er sich aber nicht.«

Jetzt war ich an der Reihe. »Keine Angst, Herr KP, äh, Diefenbach. Wir kriegen den Mörder. Bisher haben wir alle gefasst. Ihre Statistik wird in Zukunft keine Delle bekommen. Übrigens soll ich Ihnen einen schönen Gruß von Ihrer Kollegin Frau Dr. Dammheim ausrichten. Ich habe in Landau ein wenig bei einem Kapitalverbrechen ausgeholfen.«

»Von was reden Sie da?« KPD blickte sich fassungslos um. »Was hat das alles mit dem Wagen von Herrn Marschall zu tun?«

Oh nein, das hätten wir erahnen können. KPD interessierte sich nicht die Bohne für die momentane Großmordlage in unserem Zuständigkeitsgebiet. Wie immer hatten seine persönlichen Interessen Vorrang.

»Der Triumph hat ein paar Dellen abgekriegt«, spielte ich den Schaden herunter. »Das habe ich Ihnen aber bereits in Oggersheim gesagt.«

»Ein paar Dellen?« Der Exlehrer spritzte erregt aus seinem Stuhl hoch. »Die komplette Karosserie muss neu aufgebaut werden, von der Statik der tragenden Teile ganz zu schweigen. Ich werde Jahre benötigen, um das zu richten.«

KPD blickte mich triumphierend an. »Na, was sagen Sie jetzt, Palzki?«

Da mir nichts einfiel, sagte ich nichts. Dafür sprach Herr Marschall weiter. Er zog ein paar Papiere aus der Tasche. »Es geht ja nicht nur um den rein materiellen Schaden. Schauen Sie, Herr Palzki.« Er reichte mir ein Dokument in englischer Sprache, das mit ein bisschen Fantasie dem deutschen Fahrzeugbrief entsprechen könnte.

»Ah, ja«, sagte ich, weil ich nicht die blasseste Ahnung hatte, was er mir damit sagen wollte.

»Haben Sie es gesehen? Trevor Rees-Jones war einer der Vorbesitzer. Was sagen Sie nun?«

»*Der* Trevor Rees-Jones?«, bluffte ich, denn den Namen hatte ich noch nie gehört. Ich blinzelte zu meinen beiden Kollegen, doch die zuckten nur, für die beiden anderen unmerklich, die Schultern. »Das gibt's doch nicht«, ergänzte ich in der Hoffnung, ihn damit aus der Reserve zu locken.

»Ganz recht«, sagte Marschall und fiel damit auf meinen Trick herein. »Der Bodyguard von Princess Diana. Trevor war der einzige Überlebende, als Princess Diana mit ihrem Dodo Al-Fayed und dem Fahrer am 31.08.1997 in Paris tödlich verunglückte.«

»Das ist natürlich tragisch«, antwortete ich. Meine Kenntnisse der diversen Monarchien musste man als sehr rudimentär bezeichnen. Dennoch wusste ich, dass Diana irgendwie zum englischen Königshaus gehörte. Wenn ich mich richtig erinnerte, war sie die Tochter oder Schwiegertochter der momentanen Königin, die Elisabeth oder so ähnlich hieß.

»Selbstverständlich«, bekräftigte KPD das Thema. »In dem Oldtimer hatte schon Prinzessin Diana gesessen.«

»Höchstwahrscheinlich«, bestätigte Marschall. »Sie sehen, Herr Palzki, hier geht es um viel mehr. Der Wagen ist ein historischer Zeitzeuge.«

Ich blieb praktisch. »Die Sitze sind doch heil geblieben. Dem Popo-Kontakt zwischen Oldtimer und Prinzessin haben die paar Dellen nicht geschadet. Wo liegt das Problem? Der Wagen wurde im Polizeieinsatz beschädigt. Für die Kosten kommt der Staat auf. Da müssen wir nicht einmal Herrn Diefenbachs Schwarzgeldetat bemühen.«

Anscheinend hatte ich genau das Richtige gesagt, beide Gesichter hellten sich auf.

»Sie haben ja recht«, sagte Marschall.

»Na klar«, sagte KPD. »Der Wagen wurde zwar von keinem Beamten gefahren, aber irgendwie war es eine offizielle Verfolgung. Sie haben doch Frau Walters den Auftrag gegeben, den Mörder zu verfolgen, Herr Palzki?«

Die Jagd in Neustadt außer Acht gelassen, antwortete ich: »Genauso war es, Herr Diefenbach. Da ich mich mit dem Rechtslenker nicht so gut auskannte, bat ich Frau Walters, an meiner Statt die Verfolgung aufzunehmen. Fast hätte es geklappt, wenn dieser Dietmar Becker nicht wieder so saublöd falsch reagiert hätte.«

»Damit wäre dieser Punkt geregelt«, meinte KPD mit Blick zu dem Exlehrer. »Wir lassen Ihren Wagen in einer Profiwerkstatt luxuriös restaurieren, natürlich auf Staatskosten. Und im Anschluss unterhalten wir uns über einen angemessenen Kaufpreis. Immerhin ist der Oldtimer gebraucht, hat mehrere Vorbesitzer und einen Unfallschaden.«

Kleinlaut antwortete Herr Marschall. »Das mit dem Verkaufen muss ich mir noch überlegen, Herr Diefenbach. Ich bin aber froh, dass wir zu einer gütlichen Einigung gekommen sind. Das wird Avril Walters freuen, die hat nämlich ein ziemlich schlechtes Gewissen.«

»Die habe ich vorhin in Landau getroffen«, quatschte ich zwischenrein und bereute es sofort.

Irritiert wandte sich KPD an mich. »Was haben Sie denn dauernd mit Landau? Und überhaupt, merken Sie es sich ein für allemal: Frau Dr. Dammheim ist keine Kollegin von mir. Nur rein zufällig ist sie Dienststellenleiterin in Landau geworden, wobei ich das natürlich unmöglich und absurd finde. Nun sagen Sie aber, was war da los in Landau?«

»Nur eine kleine Mordsache«, wiegelte ich ab. »Man hat eine männliche Leiche in der Kosmetikabteilung eines Supermarkts gefunden. Einer von den Chefs hat sich verdächtig gemacht. Auf den Überwachungsvideos sah man, wie er in der Nacht mit einem furchtbar alten Gefährt vor den Markt gefahren und reingegangen ist. Und eine Kaffeemaschine haben die dort, sagenhaft!« Den letzten Satz sagte ich nur, um KPDs Gedanken in die für mich richtige Spur zu lenken.

»Ein altes Gefährt? Der Verdächtige fährt einen Oldtimer? Und die haben dort eine neue Kaffeemaschine? Doch nicht das brandneue Nachfolgemodell meiner Maschine? Der Hersteller hat mir doch schriftlich versichert, dass ich die erste Maschine bekommen werde!«

KPD war in seinem Element. Es lohnte sich nicht, ihn darüber aufzuklären, dass es sich bei dem Oldtimer um ein Fahrrad handelte.

KPD zappelte nervös herum. »Lassen Sie mal gut sein, Herr Palzki. Ich werde mich mit Frau Dr. Dammheim direkt in Verbindung setzen. Ich denke, ich muss heute unbedingt nach Landau.« Er stand auf. »Wir sind auch durch, Herr Marschall? Bringen Sie in den nächsten Tagen Ihren Stag vorbei. Am besten, Sie stellen ihn bei uns in den Hof. Alles Weitere werden ich und meine Untergebenen veranlassen.«

»Und was machen wir so mit dem angebrochenen Tag?«, fragte ich meine beiden Kollegen, als wir unter uns waren. »Hast du zufällig ein paar Kekse vor den Mücken verstecken können, Jutta?«

»Fliegen, das sind Fliegen, Reiner«, entgegnete die sichtlich erregte Jutta, weil ihr gerade ein fetter Brummer an die Augenbrauen gedonnert war. »Du hast den kompletten Vorrat leergefuttert. Ich bekomme erst nächsten Monat neue Kekse. Die Kollegen aus der Verwaltung haben sich übrigens beschwert, weil wir den höchsten Verbrauch für Gästebewirtungen in allen Dienststellen von Rheinland-Pfalz haben. Wir können von Glück reden, dass Polizeidienststellen nicht direkt vom Finanzamt geprüft werden. Bei einem normalen Wirtschaftsunternehmen wäre der Geschäftsführer längst in den Knast gewandert.«

Ich horchte auf. War KPD nicht im übertragenen Sinn ein Geschäftsführer? Verantwortete er nicht mindestens ein halbes Dutzend schwarzer Kassen? Und das waren nur die, die ich vom Namen her kannte. Wie unbedeutend waren dagegen die zwei oder drei Kekse, die ich im Monat auf Staatskosten aß? Ich reservierte in meinem Langzeitgedächtnis eine großzügige Parzelle und notierte mir die Stichpunkte Steuerprüfung, Zuständigkeit, Polizei, KPD und Knast. Irgendwie würde es mir gelingen, meinen Vorgesetzten anzuschwärzen. Wieder einmal hatte ich eine Erfolg versprechende Idee, um KPD auf Dauer loszuwerden. Mir ging es richtig gut. Zur Feier des Tages würde ich mir jetzt erneut eine kleine Dienstreise zum Speyerer St.-Guido-Stifts-Platz gönnen.

Während ich aufstand, sagte ich zu Jutta: »Ich muss dringend nach Speyer zu meinem Informanten. Haltet ihr bitte solange die Stellung.«

»Kommt überhaupt nicht in die Tüte«, wehrte Gerhard meinen Versuch ab. »Zur Currysau kannst du nach Dienstschluss fahren. Das ist für dich. Du wirst bereits erwartet.«

Er überreichte mir ein paar Zettel. Ich las die Adresse von Elke Müller in Rheingönheim und ein paar weitere Informationen. »Muss das jetzt sein?« Ich hatte keine große Lust, auf Schatzkartensuche zu gehen.

»Der Schlüsseldienst dürfte inzwischen fertig sein«, sagte Jutta. »Die Schutzpolizei wartet vor Ort auf deine Ankunft. Wir stecken große Hoffnungen in dich, Mr. Sherlock Holmes!«

Jetzt stand ich auch noch unter Erfolgsdruck. Dabei konnte ich mir Besseres vorstellen, als einen alten und baufälligen Bauernhof nach einer Karte abzusuchen. Wenigstens dürfte sich die Fliegenplage noch nicht bis Rheingönheim ausgedehnt haben.

»Wie ihr meint«, antwortete ich eigensinnig. »Ich mache mich auf den Weg.«

KAPITEL 15 –
VIELE NACHBARN
IN RHEINGÖNHEIM

Die Adresse in der Hauptstraße von Rheingönheim war leicht zu finden. Während ich parkte, sah ich in 100 Meter Entfernung die ehemalige Weizenbierbrauerei. In der Hauptstraße gab es nicht mehr sehr viele alte Häuser, obwohl der Ortsteil vor wenigen Jahrzehnten sehr ländlich orientiert war.

Zielstrebig überquerte ich die Straße und ging auf das Hoftor zu, sah aber im Augenwinkel, wie eine Person, die ein paar Meter entfernt auf dem Gehweg lief, plötzlich hinter einem parkenden Auto verschwand.

Als Polizeibeamter war ich auf solche seltsamen Verhaltensweisen natürlich geeicht. Ich ließ von dem Hoftor ab und ging auf den PKW zu.

»Hallo, Herr Bruch«, begrüßte ich den Geschäftsführer.

Der Angesprochene, der hinter dem Wagen kniete, bekam einen roten Kopf. Er tat so, als würde er sich seinen Schuh binden.

»Ah, hallo, äh, Herr Palzki«, stotterte er herum, während er aufstand. »Ich habe Sie gar nicht gesehen. Mir ist eben der Schnürsenkel aufgegangen. Wie geht es Ihnen? Haben Sie den Mörder inzwischen fangen können?«

Jochen Bruch lief der Schweiß in den Kragen, dennoch hatte er sich schnell wieder unter Kontrolle. Warum wollte er vermeiden, dass ich ihn sehe? Wollte er in das Anwesen von Elke Müller? Hatte er vielleicht sogar einen Schlüssel?

»Lassen Sie mir noch einen oder zwei Tage Zeit, Herr Bruch. Was machen Sie in Rheingönheim? Haben Sie Urlaub?«

»Ach was, als Chef kann ich meinen Tagesablauf teilweise frei planen. Ich bin auf dem Weg zu meinem Elternhaus. Und wo wollen Sie hin, Herr Palzki?«

»Sagen Sie bloß, das ist das Haus Ihrer Eltern?« Ich zeigte auf das Anwesen von Müller.

Jochen Bruch wischte sich mit einem Taschentuch den Schweiß von der Stirn. »Nein, ich muss ein Haus weiter. Müllers waren unsere Nachbarn.«

Und erneut zeigte sich, wie eine zufällige Begegnung zu interessanten Informationen führen konnte. Wenn ich Bruch nicht zufällig gesehen hätte, wäre ich wahrscheinlich nie auf die Idee gekommen, das Umfeld des Anfang der 60er Jahre aufgegebenen Bauernhofes von Elke Müller unter die Lupe zu nehmen. Mit dieser Feststellung rutschte Jochen Bruch auf meiner Täterprioritätsliste ein paar Stufen empor.

»Dann will ich Sie mal nicht länger aufhalten«, sagte ich und blieb wie angewurzelt stehen. Jochen Bruch wusste für einen Moment nicht, wie er reagieren sollte, doch schließlich verabschiedete er sich.

»Ich wünsche Ihnen einen schönen Tag, Herr Palzki. Wenn ich Ihnen irgendwie helfen kann, ich bin nachher im Markt in Oggersheim erreichbar.«

Er hatte sich bereits von mir abgewandt, als mir eine wichtige Frage einfiel. »Welchen Wagen fahren Sie eigentlich, Herr Bruch? Sie sind bestimmt nicht mit dem Fahrrad von Oggersheim hierhergefahren.«

Stutzig blieb er stehen und drehte sich um. »Nein, natürlich nicht. Ich parke in einer Seitenstraße. Auf der Hauptstraße findet man nur mit Glück einen Parkplatz.«

»Und welchen Wagen fahren Sie?«

»Einen Audi. Ist das wichtig?«

»Keinesfalls, einen schönen Tag noch. Grüßen Sie mir Ihre Frau Doris.«

Dass er selbst einen Mini fahren würde, glaubte ich nicht. Vielleicht hatte aber seine Frau einen? Das war leicht festzustellen. Ich beobachtete, wie Bruch an dem Anwesen Müller vorbeiging und ein Hoftor weiter unschlüssig stehen blieb. Verlegen schaute er zu mir und schien zu überlegen. Schließlich drückte er die Klingel. Ich wartete ab. Nach einer knappen Minute drückte er ein zweites Mal auf die Klingel. Wieder passierte nichts. Schulterzuckend kam er zu mir zurück.

»Seltsam, es ist keiner da. Da muss ich ein anderes Mal wiederkommen.« Und schon war er verschwunden. Ich sah ihm nach, bis er in einer Seitenstraße verschwand. Ich hätte ihm nachgehen können, doch dies hätte er bemerkt. Dennoch hätte mich interessiert, was er in seinem Elternhaus wollte. Wohnten immer noch Verwandte darin oder war es vermietet oder verkauft? Mir kam ein ganz anderer Gedanke. War Bruch schlauer als ich dachte? Jedenfalls nicht schlau genug für mich. Mit wenigen Schritten stand ich vor dem Hoftor seines Elternhauses und drückte ebenfalls die Klingel. Sekunden später hörte ich schlurfende Schritte. Quietschend wurde das Hoftor geöffnet, und eine grauhaarige Seniorin in Hausschuhen stand vor mir.

»Ja? Was wollen Sie, junger Mann?« Ihre Brillengläserstärke konnte man in Kilodioptrin angeben, die zentimeterdicken Glasscheiben erweiterten ihre Augen zu der Größe eines Koboldmakis. Die Anrede ›junger Mann‹ schmeichelte mir dennoch sehr.

»Entschuldigen Sie bitte, guten Tag, erst mal. Ich suche das Anwesen der Familie Müller. Bin ich bei Ihnen richtig? Sind Sie Elke Müller?«

Natürlich wusste ich, dass Elke Müller viel jünger und vor allem tot war. Der Trick mit dieser Frage sollte vor allem meine Glaubwürdigkeit steigern. Ich musste auf jeden Fall wissen, was Jochen Bruch von dieser Frau wollte. Dass er absichtlich neben den Klingelknopf gedrückt hatte, war mir längst klar.

»Da sind Sie falsch. Fräulein Elke wohnt nebenan. Ein sehr potentes Mädel, sage ich Ihnen. Sie war zwar mal verheiratet, aber ihr Mann taugte nichts. Für mich ist es immer noch das Fräulein Elke. Sind Sie mit ihr bekannt? Ich habe Sie bisher nie gesehen.« Sie trat einen Meter näher, um aus etwas 30 Zentimeter Entfernung mein Gesicht zu erforschen. »Nein, ich habe Sie noch nie gesehen.«

»Haben Sie vielen Dank, verehrte Frau. Kennen Sie zufällig Herrn Jochen Bruch?«

Ein seliges Lächeln flutete ihr Gesicht. »Klar kenn ich den Jochen und seine beiden Brüder. Die sind doch im Nachbarhaus aufgewachsen.«

»Was? Bei Müllers?«

»Nein, auf der anderen Seite.« Sie zeigte in die entsprechende Richtung. Dieser Gauner hatte mich gleich mehrfach versucht auszutricksen.

»Ja, ja, der Jochen«, erzählte sie weiter. »Als kleiner Bub war der so ruhig. Erst als er älter wurde, wurde er ein richtiger Lausebengel. Mein Vater war Lehrer und hat den Jochen unterrichtet. Da musste öfters sein Vater in die Schule kommen, weil er ständig üble Streiche gespielt hatte.«

Die Seniorin sprach weiter und wechselte nun allgemein zur guten alten Zeit. Rein von der Wortmenge konnte sie durchaus mit meiner Nachbarin konkurrieren, alleine die fehlende Geschwindigkeit machte den Unterschied.

Zu gerne hätte ich weitere Details zu den beiden Nachbarhäusern erfragt, doch das wäre sehr zeitraubend gewesen. Bei Bedarf konnte man das sicherlich nachholen. Jutta und Gerhard würden sich freuen, mal raus aus dem Büro zu kommen.

»Ich muss nun zu Frau Müller«, unterbrach ich sie während der Feststellung, dass sie der Straßenbahn, die vor ein paar Jahrzehnten durch die Rheingönheimer Hauptstraße fuhr, nachtrauerte, auch wenn sie ziemlich laut gewesen war.

»Das Fräulein Elke ist nicht da«, wechselte sie mitten im Satz das Thema. »Seit Tagen habe ich sie nicht mehr gesehen.«

»Ich versuche trotzdem mein Glück, auf Wiedersehen.«

Neugierig trat sie aus ihrem Hof hervor auf den Gehweg und beobachtete mich, wie ich vorhin Jochen Bruch beobachtet hatte. Das Hoftor des Müllerschen Anwesens war nur angelehnt. Ich sah noch mal zur Nachbarin, dann betrat ich den Hof. Jetzt wusste ich, warum das Hoftor offen war. Gerhard hatte mir zwar den Schlüsseldienst und die Schutzpolizisten angekündigt. Dass es das ungleiche Paar war, mit denen ich es in Oggersheim zu tun hatte, war mir vorher unbekannt. Wie bei einem Déjà-vu blickte die große und sportliche Beamtin provozierend auf die Armbanduhr, während der kleine Part zu meckern begann. »Seit über einer Stunde warten wir schon auf Sie, Herr Palzki. Glauben Sie, wir haben nichts anderes zu tun?«

Seine Kollegin legte eine Schippe drauf. »Vielleicht sollten wir Ihnen die Wartezeit berechnen wie bei einem Taxi. Das nächste Mal wird das Konsequenzen haben.«

Die beiden Beamten schickten sich an zu gehen.

»Sind Sie alleine?«, fragte sie plötzlich und drehte sich zu mir um. »Ich denke, das Haus und die Ställe sollen durchsucht werden. Kommen Ihre Kollegen später nach?«

Ich stellte mich provozierend breitbeinig in Positur, so wie ich es unzählige Male bei KPD beobachtet hatte. »Ich weiß ja nicht, wie viel Personal Sie in Ludwigshafen benötigen, um solch ein kleines Anwesen zu durchsuchen. Bei uns effizienten Schifferstadtern reicht jedenfalls eine geschulte Person allemal. Eine Leiche wird so schwer ja nicht zu finden sein.«

»Eine Leiche?«

»Keine Ahnung«, entgegnete ich schulterzuckend. »Irgendetwas Spannendes werde ich bestimmt finden. Sie dürfen mich gerne alleine lassen.«

Die beiden Beamten gingen zur Straße, und zeitgleich kamen Dietmar Becker und Avril Walters in den Hof.

»Hallo, Herr Palzki«, begrüßte mich die Engländerin freundlich. »Ihr Chef hat uns gesagt, wo wir Sie finden.«

KPD, überlegte ich, niemals. Wahrscheinlich hatte er Becker zu Gerhard und Jutta geschickt, und die beiden hatten mich verraten.

Der Student klärte das Mysterium auf. »Diefenbach tat so, als hätte er Sie seit Monaten nicht mehr gesehen. Keine Ahnung, wo er sich rumtreibt, hat er uns gesagt. Solange Sie nicht an der Dienststelle wären, könnten Sie dort keinen Schaden anrichten, meinte er noch. Haben Sie es mal mit einer Mediation versucht, Herr Palzki? Manchmal hilft das, aus einer vertrackten Situation herauszukommen.«

Natürlich wusste ich, was eine Mediation war. Mit Sicherheit war diese kein Mittel der Wahl, um mein Verhältnis zu KPD zu verbessern. Einer von uns beiden war zu viel im Waldspitzweg, und ich war es nicht.

»Meditation, Yoga und andere Entspannungsübungen wie Pilates, das habe ich längst hinter mir, Herr Becker.«

Er bekam große Augen. »Sagen Sie bloß, Sie wissen nicht, was Mediation ist? Und Pilates ist ganz sicher keine Entspannungsübung. Ich mache das schon längere Zeit.«

Avril Walters stand daneben und verstand nur Bahnhof.

»Jetzt lassen Sie mich doch endlich mit dem Thema KPD in Ruhe«, schrie ich zornig. »Woher wusste er überhaupt, wo ich bin?«

»Gar nicht.« Becker lachte. »Jacques und Ihr Kollege Gerhard Steinbeißer kamen zufällig in Diefenbachs Büro, um ihn über eine großartige Neuigkeit zu unterrichten. Herr Steinbeißer hat mir die Adresse verraten.«

Endlich war dies geklärt. Um welche Neuigkeit es sich handelte, war mir im Moment egal. Wahrscheinlich haben die beiden eine noch größere Kaffeemaschine gefunden.

Frau Walters grinste mich an. »Dieter ist mir nicht mehr böse, Herr Palzki. Sein Oldtimer wird komplett restauriert, und er darf dabei sein. Er hat mir im Ver-

trauen gesagt, dass der Triumph vorher kleinere Rost-
schäden hatte, die nun gleich mitbeseitigt werden.«

»Sehen Sie, hat sich doch alles in Wohlgefallen aufge-
löst. Aber Sie haben sich in große Gefahr begeben. Solch
eine Verfolgungsjagd sollten Sie nie mehr wiederholen.«

»Aber wieso?«, fragte sie. »Das hat doch sehr viel Spaß
gemacht. Ich konnte zeigen, wie gut meine Kondition
ist und wie gut ich Auto fahren kann.«

Das mit der Kondition konnte ich bestätigen, das mit
dem Autofahren nicht. Außerdem stand Herrn Marschalls Aussage im Raum, dass sie in England der Schre-
cken der Landstraße war.

»Und was machen Sie hier?«

Erstaunt blickte sie auf. »Ihnen helfen, Herr Palzki.
Ich habe alle Krimis von Herrn Becker gelesen und weiß,
wie sehr Sie auf Unterstützung angewiesen sind. Ich bin
nur noch wenige Tage in Deutschland, bis dahin müssen
wir den Mörder verhaften.«

»Festnehmen«, entgegnete ich resigniert. »Das aber
nur nebenbei. Wie wollen Sie mich unterstützen?«

Walters blickte zu Becker, der den Ball aufnahm.

»Wir werden diese verdammte Schatzkarte nicht
nur suchen, sondern auch finden. Ich habe da so meine
Tricks. Ach, übrigens, Herr Palzki: Als wir einen Parkplatz suchten, fuhr gerade Jochen Bruch davon. Er muss
in der Nähe gewesen sein.«

»Ich weiß«, antwortete ich. »Irgendetwas stimmt mit
dem nicht.«

Der Student nickte eifrig. »Steffen Boiselle recherchiert im Moment in Sachen Bruch. Es muss eine Verbindung zu den Morden geben. Sobald wir das Geheimnis aufgedeckt haben, melden wir uns, versprochen.«

Ich ließ seinen letzten Satz unkommentiert. »Wo wollen Sie anfangen?«, fragte ich, um mir einen möglichst weit entfernten Ort für meine eigene Suche herauszusuchen. Verbieten konnte ich Ihnen das Einmischen in die polizeilichen Angelegenheiten nicht. Garantiert hatte KPD sein Einverständnis dazu gegeben, ohne zu wissen, was er damit anrichten konnte.

»In der Scheune, das ist doch klar«, meinte Becker. »Frau Müller wird nicht so blöd gewesen sein, die Karte im Haus zu verstecken, wo sie jeder finden kann.«

Seine Logik verschloss sich mir. Zum einen war mir das egal, zum anderen musste ich mich um einen weiteren Besucher kümmern, der soeben den Hof betrat. So langsam kam ich mir vor wie bei einem Tag der offenen Tür.

»Was machen Sie hier?«, fragte der männliche Besucher überrascht. Becker und Walters, die bereits auf dem Weg zur Scheune waren, kamen zurück.

»Dürfte ich erst einmal wissen, wer Sie sind?«, fragte ich zurück und zog der Einfachheit halber meinen Dienstausweis aus der Tasche.

»Oh, Polizei.« Er zuckte zusammen. »Ist Frau Müller etwas passiert?«

»Ihren Namen wüsste ich gerne.« Ich blieb eisern.

»Natürlich«, beeilte er sich zu sagen. »Mein Name ist Christian Dietz.« Er zog eine Visitenkarte aus seinem Geldbeutel und überreichte sie mir. Kartoffel-Kuhn, Frankenthal las ich. Da hatte ich doch etwas in der Zeitung gelesen. »Sie arbeiten in dem neuen Unternehmen zwischen Oggersheim und Maxdorf?«

Er lachte. »Neu ist das Unternehmen nicht. Wir sind aus Platzgründen Anfang dieses Jahres von Mannheim in die Pfalz gezogen. Nun hat unser Kartoffelabpackunternehmen richtig viel Platz. Und über die allerneuste Technologie verfügen wir auch.«

Ja, klar, dachte ich. Technologie für das Verpacken von Kartoffeln. Was sollte man da groß benötigen? Ein Laufband und Tüten oder Säcke, in die die Grumbeere reinfallen. Technologie funktionierte im 21. Jahrhundert anders.

»Das ist ja alles in Ordnung. Aber was machen Sie hier?«

Dietz ließ nicht locker. »Das Gleiche könnte ich Sie fragen.«

»Ich war aber Erster«, entgegnete ich, obwohl das nicht stimmte.

Er gab sich geschlagen. »Ich habe einen Brief von einer gewissen Elke Müller bekommen. Ziemlich rätselhaft das Ganze. Ich würde an dieser Adresse lebenswichtige Informationen bekommen. Dabei kenne ich Frau Müller überhaupt nicht. Ist sie denn daheim?«

»Können Sie mir bitte den Brief zeigen?« Die Sache stank zum Himmel.

»Tut mir leid, ich habe den Brief bereits entsorgt. Es war nur eine Karte. Es stand drauf, dass ich hierher fahren soll, nicht einmal eine Uhrzeit.«

»Waren Sie früher schon einmal an diesem Ort?«

Dietz schüttelte den Kopf. »Ich war seit Jahren nicht mehr in Rheingönheim. Ich kenne keine Elke Müller, das habe ich ihnen bereits gesagt. Aber jetzt sagen Sie doch endlich, was wird hier gespielt?« Er blickte zu Becker und Walters in der Hoffnung, von dort Informationen zu erhalten.

»Ich muss Sie leider bitten, das Grundstück zu verlassen, Herr Dietz. An diesem Ort findet eine polizeiliche Ermittlung statt, mehr darf ich Ihnen dazu leider nicht verraten. Spätestens morgen werde ich mich mit Ihnen in Verbindung setzen. Überlegen Sie bis dahin, ob Ihnen zu dem mysteriösen Brief nicht doch noch etwas einfällt.«

Er nickte und verließ ohne einen weiteren Kommentar das Grundstück. Im Hintergrund sah und hörte ich, wie Dietmar Becker seinem Buddy Steffen Boiselle Name und Unternehmen des Besuchers telefonisch durchgab und ihn bat, diese Person umgehend zu durchleuchten.

Schon wieder ging das Hoftor auf. Die grauhaarige Seniorin mit den Hausschuhen aus dem Nachbarhaus schlurfte herein.

»Haben Sie das Fräulein Elke gefunden? Ich mein ja nur, weil der Mann, der eben bei Ihnen war, bereits letzte Nacht hier herumgeschlichen ist.«

Es wurde immer verrückter. War das Müllersche Anwesen ein Kirmesplatz, auf dem sich zu allen Uhrzeiten Dutzende Menschen trafen? War die Aussage der Frau überhaupt ernst zu nehmen? Mit ihren Glasbausteinen konnte sie keinen Unterschied zwischen einem Elefanten und einer Maus ausmachen.

»Sind Sie sich da sicher? Was haben Sie genau gesehen?«

Sie zeigte zu ihrem Haus, das den gleichen erbärmlichen Zustand wie das Haus von Müller hatte. »Sehen Sie das große Fenster im ersten Stock? Das ist mein Fernsehzimmer, seit mein Georg von mir gegangen ist. Von dort habe ich eine sehr gute Aussicht in den Hof von Fräulein Elke. Daher weiß ich, dass dieser Mann, der eben bei Ihnen stand, sich in der letzten Nacht um kurz nach Mitternacht hier aufhielt. Mit einer Taschenlampe ist er zunächst in der Scheune verschwunden. Eine halbe Stunde später kam er heraus und ging in das Haus. Ob er einen Schlüssel oder Dietriche hatte, konnte ich nicht erkennen.«

»Sind Sie sich da wirklich ganz sicher?«, fragte ich sie eindringlich. »Als ich vorhin bei Ihnen war, mussten Sie ganz nah an mein Gesicht, um mich zu erkennen.«

»Natürlich, junger Mann«, sagte sie. Becker, der Depp, grinste wegen ihrer Bemerkung. »Ich bin weitsichtig. In der Ferne sehe ich wie ein Adler, vorausgesetzt, ich setze meine Brille ab. Nur für die Nähe brauche ich diese dicke Brille. Ich bin mir absolut sicher, dass es derselbe Mann war. Ich habe ihn vorher aber nie gesehen.«

So langsam arteten die Ermittlungen in Stress aus. Ich nahm mir vor, Gerhard und Jutta stärker einzubinden, um die vielen Außentermine in vernünftiger Zeit abzuarbeiten. Überhaupt entwickelte sich dieser Fall dieses Mal als sehr undurchsichtig. Ich vermutete längst, dass sich zwei verschiedene Handlungsebenen überkreuzten. Dass beide hochgradig kriminell waren, stand für mich außer Frage. Noch etwas war mir aufgefallen: Normalerweise trachtete mir bisher stets ein oder gleich mehrere Bösewichte nach dem Leben, sobald ich ihnen auf der Spur war. Von der Verfolgungsjagd abgesehen, die ja kein Anschlag auf mich bedeutete, wurde ich bisher körperlich wenig in Anspruch genommen, wenn man mal das mörderische Treppenhaus von Steffen Boiselle außen vor ließ.

Ich bedankte mich bei der Seniorin für die wertvolle Hilfe und bat sie, in den nächsten Tagen mal ein Blick auf das Anwesen von Fräulein Elke zu werfen.

»Falls sich eine andere Person als wir drei«, ich zeigte auf Becker und Walters, »auf diesem Gelände herumtreibt, rufen Sie bitte sofort die Polizei an.« Ich gab ihr meine Karte, auf der ich ein weiteres Mal die Durchwahlnummer änderte. Vielleicht wäre es hilfreich, in Zukunft gleich Juttas Visitenkarten auszuteilen, selbst wenn es dumme Sprüche hageln würde, wie ›die Hormonbehandlung ist wohl im vollen Gang‹.

»Soll ich auch anrufen, wenn Fräulein Elke auftaucht?«

Ich hielt es für keinen geschickten Zeitpunkt, ihr die Wahrheit über Elke Müller zu offenbaren.

»Das gilt auch für Fräulein Elke«, bestätigte ich sie. »Wir müssen jetzt leider mit unserer Arbeit weitermachen. Kommen Sie alleine zurück oder soll ich meinen Praktikanten bitten, Sie zu Ihrem Haus zu begleiten?« Ich warf einen gemeinen Blick in Richtung Becker.

»Na, lassen Sie mal, junger Mann. Ich bin noch ganz gut zu Fuß unterwegs. Als mein Georg noch war, sind wir jedes Jahr zweimal ins Ötztal zum Wandern gefahren.«

KAPITEL 16 –
DIE SCHATZKARTE

Nachdem sie gegangen war, blieb ich eisern im Hof stehen.

»Wollten Sie nicht ins Haus gehen, Herr Palzki?« Der Student stutzte.

»Ich warte auf den nächsten Besucher«, antwortete ich trocken. Doch es kam niemand mehr.

»Alla Hopp, dann wollen wir mal«, gab ich schließlich das Startkommando, wartete aber, bis die beiden in der Scheune verschwunden waren.

Das Haus war sehr ambivalent eingerichtet. Man merkte sofort, welche Räume von dieser Elke bewohnt beziehungsweise genutzt wurden und welche seit Jahrzehnten leer standen.

Auf dem Zettel, den mir meine Kollegen mitgegeben hatten, standen neben der Adresse ein paar wenige biografische Daten der Toten. Geboren als Elke Butzenhauer Anfang der 60er Jahre als Halbwaise. Kurz nach der Geburt hatte ihre Mutter alle Äcker verkauft und den Bauernhof stillgelegt. Nur das Wohnhaus wurde noch bewirtschaftet. Elke hatte 1985 einen Bernd geheiratet. Nach neun Jahren Scheidung, seitdem wohnte sie alleine in dem Anwesen. Ihre Mutter verstarb 1990 in einem Pflegeheim, Elke Müller war kinderlos geblieben.

Für eine Frau Mitte 50 war sie sehr altmodisch und konservativ eingerichtet. Es hing zwar kein röhrender Hirsch-Teppich an der Wand, wie vor Jahrzehnten bei meiner eigenen Uroma, ein Nierentisch und Schallplattenspieler im Wohnzimmer waren aber nur unwesentlich moderner. Der klobige Röhrenfernseher ging in Ordnung, warum sollte man solch ein Gerät gegen ein modernes austauschen, solange es funktionierte. Ich kannte eine Familie, die besaß bereits ihren dritten Flachbildfernseher, während sie den ersten und zweiten noch abbezahlten. Da soll jemand behaupten, dass Werbung nicht messbar sei.

Zu meinem Pech war die Wohnung vollgestopft mit Nippes. Figürchen, Vasen, Urlaubsandenken, Schneekugeln, Porzellanpuppen, Dosen in allen Varianten, Bastel- und Häkelarbeiten in allen Ecken. Dennoch: Kein Staubkorn. In dieser Wohnung würde Jacques' Staubfliegenzüchtung keine Stunde überleben können. Wenn man sonst nichts zu tun hatte.

»Herr Palzki!«, rief es von draußen. Da ich mich in der Nähe der Diele aufhielt, lugte ich aus der Tür. »Was gibt's, Herr Becker? Haben Sie den Hut gefunden?«

»Nicht einmal die Karte. Haben Sie Erfolg?«

»Ich bin immer sehr erfolgreich, Herr Becker. Das dürften Sie doch wissen!«, schrie ich über den Hof.

»Was? Sie haben die Karte?«

»Das nicht, wir sprachen von meinem Erfolg. Ich muss jetzt weitermachen, viel Glück, Herr Praktikant.«

Mit diesem mündlichen Dolchstoß ging ich zurück in das Haus. Bisher hatte ich nicht einen einzigen Gegenstand in die Hand genommen. Eine vorherige Bestandsaufnahme war in meinen Augen effizienter als eine willkürliche Durchsuchung, die in den meisten Fällen nicht oder erst sehr spät zum Erfolg führte.

Das Eiche-rustikal-Schlafzimmer erschlug förmlich den kleinen Raum. Ich würde in solch einem Zimmer Alpträume bekommen. Ich nahm die knarzende Stiege nach oben. Neben einer kleinen Toilette gab es nur zwei kleine Räume, einer davon stand leer. Eine schmälere Stiege führte in den Speicher. Dort soll nach Angaben der Engländerin Elke Müller die Karte ihres Vaters gefunden haben. Sehr unwahrscheinlich, dass sie das gleiche Versteck benutzt hatte.

Ich ging in das einzige möblierte Zimmer und landete in einem Kinderzimmer. Schnell war mir klar, dass in diesem Raum seit Jahrzehnten kein Kind mehr geschlafen hatte. Zahlreiche an der Wand hängende Bilder, teilweise in Schwarz-Weiß, zeugten von der damaligen Bewohnerin und größer werdenden Elke. ›Einschulung 1967‹ war eines davon. Ich grinste über die damalige Kindermode und verglich sie mit der heutigen. Ohne zerrissene Jeans, die selbstverständlich so gekauft wurde, ging heutzutage fast kein Kind oder Jugendlicher mehr aus dem Haus.

Elkes Kinderzimmer war im Originalzustand. In diesem Zimmer spiegelte sich die Zeit zwischen Kind und Heranwachsende. Irgendwann zog sie ins Erdgeschoss. Gleichwohl wurde das Kinderzimmer regelmäßig entstaubt. Ich war mir sicher, dass man vom Boden essen konnte.

Ich spürte, dass ich richtig war. Hier lagen hunderte Erinnerungen, die nur dieser Elke etwas sagten. Ich konnte mir gut vorstellen, dass sie manchmal, vielleicht wenn es ihr schlecht ging, auf ihrem alten Jugendbett lag und von den früheren Zeiten träumte. Nur Elke wusste, was ihr Liebstes war, leider konnte ich sie nicht mehr fragen. Welches von den vielen Schmusetieren war es, die endlos aufgereiht auf der Bettkante, auf dem Tisch und einem Regal standen?

Wenn ich mit meiner These richtig lag, und davon war ich überzeugt, war ich nur einen winzigen Schritt vom Ziel entfernt. Und dieser winzige Schritt war alles andere als schwierig.

Ich entschied mich für die graue Maus. Nicht weil sie symptomatisch zu ihrem Leben passte, sondern aus dem Grund, weil die graue Maus ursprünglich weiß gewesen sein musste. Das Fell war speckig, der Stoff abgeschabt und teils rissig. Dieses Stofftier hatte Elkes Leben jahrelang begleitet, ein Irrtum war absolut ausgeschlossen. Das Geheimnis der grauen Maus war schnell gelöst. Die Naht eines Fußes war aufgerissen und zeigte das Innere der Maus: Sägespäne, wie sie zu der Zeit, als Elke Kind war, für die Füllung der meisten Stofftiere benutzt wurde. Da die Besitzerin nicht mehr lebte, öffnete ich das Schmusetier ziemlich rabiat. Den zusammengefalteten Zettel fand ich auf Anhieb.

Mit zittrigen Fingern faltete ich vorsichtig das vergilbte Papier auseinander. Wurde deswegen gemordet?

Es handelte sich nur um ein einzelnes Blatt, das ungefähr die Größe DIN A5 besaß. Der lesbare Text bestätigte die Aussage von Avril Walters. Tatsächlich schien Elkes Vater einen Goldenen Hut gefunden zu haben. Selbst das Motiv, die kurz bevorstehende Scheidung, erwähnte er in einem Nebensatz. Dass er kurz nach dem Anfertigen der Karte verstarb, konnte er nicht wissen. Der Weg zu dem Schatz war dagegen vollkommen unklar. War das wirklich eine Geheimschrift? Es sah eher aus wie das sinnlose Hingeschmiere von ein paar Zahlengruppen, die mit ein paar Buchstaben durchsetzt waren. Zweimal tauchte ein ›r‹ auf, war das die Abkürzung von rechts? Aber von wo? Es half nichts, auf die Schnelle konnte ich das Geheimnis nicht lösen. Unter Umständen war ich sowieso längst zu spät, falls der Mörder eine der Kopien besaß und das Rätsel lösen konnte. Ging es wirklich nur um diesen Goldenen Hut?

Ich faltete das Papier und steckte es zur Schonung in ein Hanni und Nanni-Buch von Enid Blyton, das ich auf einem Regal entdeckte.

Zufrieden ging ich die Stiege nach unten und sah, wie der Student mit der Engländerin ins Haus kam.

»In der Scheune ist sie nicht«, meckerte Becker. »Dabei war ich mir so sicher. Wie sieht's bei Ihnen aus, Herr Palzki?« Im gleichen Atemzug entdeckte er das Buch. »Ist das die Schatzkarte?«

Ich zeigte ihm den Vogel. »So sieht ein Buch aus, Herr Becker, falls Sie noch nie eines gesehen haben, den Unterschied zu einer Karte sollten Sie in Ihrem Alter kennen.«

»Was wollen Sie mit dem Buch?« Er ließ nicht locker.

»Das will ich Melanie zum 13. Geburtstag schenken«, antwortete ich sarkastisch. »Die Besitzerin braucht es schließlich nicht mehr.«

»Da wird sich Melanie aber ganz toll darüber freuen.« Becker verzog das Gesicht.

»Natürlich ist das kein Geburtstagsgeschenk. Ich will meiner Tochter zeigen, was man früher an spannender Literatur gelesen hat.«

»Ob das Melanie interessiert? Warum nicht gleich Karl May? Aber egal, das ist schließlich Ihre Tochter. Sie haben nichts gefunden?«

»Nicht den kleinsten Hinweis«, log ich.

»Das sieht aber sehr aufgeräumt aus«, sagte Avril Walters. »Haben Sie in den Vasen auf dem Regal geschaut? Die rote Vase steht etwas aus der Reihe, so, als wäre sie kürzlich erst bewegt worden.«

Die Engländerin ging auf das Regal zu, das ich bisher nicht einmal bemerkt hatte. Doch meine untrüglichen Adleräuglein entdeckten etwas anders.

»Nein, nicht anfassen!«, schrie ich sie an. Doch es war zu spät, zumindest relativ. Sie ließ die Vase, die sie kaum berührt hatte, los, die daraufhin im Zeitlupentempo ins Kippeln kam. Ich riss Walters am Oberarm zurück, und wir stolperten über den Wohnzimmertisch in Richtung Couch.

»Was soll das?«, rief Becker stutzig, der im Türrahmen stand.

»In Deckung«, schrie ich gerade noch rechtzeitig, denn in dieser Sekunde fiel die Vase endgültig um und explodierte. Neben dem höllischen Explosionsgeräusch verpuffte eine schwarze Wolke, aus der eine Stichflamme nach oben stieg und die Zimmerdecke verkohlte.

Eingeklemmt zwischen Couch und Tisch warteten wir, bis sich unsere Atmung beruhigt hatte.

»Was war das?«, riefen Becker und Walters geschockt und fast gleichzeitig.

Mein Antwortversuch endete in einem Hustenanfall. Der Student öffnete das Fenster. Nachdem sich die Wolke einigermaßen verteilt hatte, sahen wir die Misere: Das Regal mitsamt der Vase und dem übrigen Nippes lag zerbrochen am Boden, der daneben stehende Schrank war stark angesengt.

Ich zeigte auf das Kabel. »Da hat sich jemand einen

ziemlich miesen Spaß erlaubt«, erklärte ich den beiden. »In der Vase lag wohl eine kleine Bombe oder so etwas in der Richtung, die per Bewegungssensor ausgelöst wurde. Wir können uns glücklich schätzen, dass sie nicht richtig funktioniert hat.«

»Deswegen die Verpuffung und die Stichflamme?«, fragte der sichtlich bleiche Student.

»Stellen Sie sich vor, diese Energie wäre nicht nach oben zur Decke abgeleitet worden, sondern gleichmäßig im Raum. Und stellen Sie sich vor, Sie hätten die Vase in der Hand gehalten. Da wäre nicht mehr viel von Ihnen übrig geblieben.«

Jetzt zeigte Avril Walters erste emotionale Regungen. »Da…, das heißt, äh, heißt, dass Sie mir das Leben gerettet haben, Herr Palzki.«

»Kann schon sein«, sagte ich. »Das gehört aber zum Berufsbild eines Polizisten dazu. Ich hatte Ihnen bereits gesagt, dass es gefährlich ist, auf eigene Faust Detektiv zu spielen. Sie sehen, wie das hätte ausgehen können. Wer weiß, ob das die Versicherung bezahlt hätte.«

»Die Versicherung?«, fragte sie ungläubig. »Ich wäre doch tot gewesen.«

»Oder schwer verletzt«, entgegnete ich. »Wer will denn immer gleich mit dem Schlimmsten rechnen. Stellen Sie sich mal vor, Sie könnten kein Auto mehr fahren.«

»Das wäre für mich das Schlimmste«, sagte Avril Walters eiskalt. »Auf jeden Fall will ich den Mörder schnappen. Jetzt erst recht.« Sie stampfte mit dem Fuß auf.

Lässig zog ich mein Handy aus der Tasche und brachte sofort eine Verbindung zur Zentrale nach Schifferstadt zustande. Streng genommen hätte ich die Kollegen aus Ludwigshafen informieren müssen, doch seit KPD an der Macht war, galten zumindest für uns Schifferstadter die Zuständigkeitsgrenzen nicht mehr. KPD würde das schon irgendwie argumentieren.

Während wir auf die Spurensicherung warteten, ging mir der heutige Tag, der noch gar nicht so alt war, durch den Kopf. Immer verwirrender wurde der Fall. Und nun war mit dem Attentat ein Wendepunkt erreicht. Sollte der Anschlag mir persönlich gelten, weil ich nahe dran war, den Mörder zu entlarven oder war es bloß eine tödliche Warnung, nicht auf die Suche nach der Schatzkarte zu gehen? Welche Rolle spielte Christian Dietz von Kartoffel-Kuhn? Hatte er in der letzten Nacht die Bombe installiert? Auf jeden Fall wartete viel Arbeit auf mich.

Nachdem ich, unter neugierigen Blicken von Becker und Walters, die Kollegen der Kriminalinspektion über die Sache aufgeklärt hatte, fuhr ich nach Schifferstadt. Mein Hunger war zwar inzwischen immens, für einen kleinen Umweg über Speyer wollte ich mir im Moment keine Zeit nehmen. Die Ermittlungen nahm ich jetzt persönlich.

KAPITEL 17 –
LÜGE ODER WAHRHEIT?

»Warum bist du so schwarz im Gesicht?«, war der erste
Satz von Jutta, als ich ihr Büro betrat. Neben Gerhard
war auch Jacques Bosco anwesend. Was mich noch mehr
verblüffte. Das Moskitonetz war weg – und keine einzige Fliege flog im Raum herum.

»Na, alter Haudegen, hast du endlich ein Mittel gegen
die Fliegenplage gefunden?« Ich schaute kurz in den Spie-
gel neben dem Wandkalender und erschrak. »Scheiße,
warum hat mir das keiner gesagt?«

»Ich hab's dir doch gerade gesagt. Hast du den Kopie-
rer repariert oder im Toner gebadet?«

Jacques mischte sich ein.

»Du bist mir mal einer.« Er stellte sich vor mich und
schüttelte den Kopf.

»Da kann ich doch nichts dafür«, wehrte ich mich.
»Da ist was explodiert, und ich bin knapp mit dem Leben
davongekommen. Ich gehe gleich auf die Toilette und
wische mir den Ruß ab.«

»Was für eine Explosion?«, fragte Jutta.

»Das meine ich doch gar nicht«, sagte Jacques gleichzeitig.

Ich ließ meinen Blick zwischen beiden hin und her
schwenken. »Was wollt ihr denn? Ich verstehe nur Bahnhof!«

»Ich will wissen, was da explodiert ist«, beharrte Jutta.

»Ich meine die Fliegenplage«, sagte Jacques.

Da Jacques direkt vor mir stand, wollte ich zuerst sein Anliegen lösen. »Was hast du mit deinen Fliegen? Das hat dieses Mal lange gedauert, bis du eine Lösung gefunden hattest.«

Der Erfinder seufzte tief. »Das habe ich überhaupt nicht. Dir haben wir die Lösung zu verdanken.«

»Mir?« Was war da jetzt wieder los?

»Ja, dir«, wiederholte Jacques und deutete auf den Besprechungstisch, auf dem außer einiger Krümel nichts lag. Als ich näher kam, sah ich, dass es ein paar Globuli von Dr. Metzger waren.

»Zucker?« Dies war bereits meine zweite Einwortfrage. »Zucker vertreibt die Fliegen?«

»So einfach ist es nicht, Reiner. Die Zuckerperlen sind mit irgendeinem abartig stinkenden Geruchsstoff kontaminiert, der die Fliegen zum sofortigen Exodus bringt.«

Ich schlug mir mit der flachen Hand an die Stirn, eine Geste, die ich nur äußerst selten durchführte, und lachte schallend. »Dr. Metzgers Fußgeruch, ich glaub's nicht.«

»Welcher Fußgeruch?«, fragte Jacques zurück, und ich erklärte ihm, wie Dr. Metzger seine Globuli aufbereitete.

Gerhard, der ein paar der Kügelchen in der Hand hielt, ließ sie vor Ekel auf den Boden fallen. »Igitt, warum hast du uns das nicht gleich gesagt?«

Ich grinste ihn an. »Hauptsache, es wirkt, oder? Erstunken ist bisher keiner.«

Der Erfinder verabschiedete sich. »Ich fahre gleich zu Dr. Metzger. Sagt ihr bitte Herrn Diefenbach Bescheid, dass ich mich heute noch wegen der Kaffeekapseln melde? Ich bin mit der Technik einen Riesenschritt weitergekommen. Sie sind nicht mehr ganz so gefährlich wie die erste Serie.«

Im Türrahmen drehte er sich um. »Reiner, wo finde ich Metzger im Moment überhaupt?«

»In Landau, auf dem Parkplatz vor dem SBK-Markt. Ich habe leider keine Zeit, dich hinzufahren.«

»Macht nichts«, antwortete Jacques. »Ich habe meinen Oldtimer flottmachen lassen, der jahrzehntelang in meiner Garage stand. Als vor einem guten Jahr mein Labor hinter der Garage explodierte, hat er zum Glück außer einer dicken Staubschicht nichts abbekommen.«

Er kramte in seiner Tasche herum und förderte drei Kaffeepads zutage, die er mir in die Hand drückte. »Gib die bitte Herrn Diefenbach. Er soll sie aber nur öffnen, wenn ich dabei bin. So ganz sicher bin ich mir mit der Technik nach wie vor nicht.«

»Schon wieder ein Oldtimer«, stöhnte ich, als mein Freund gegangen war. Ich steckte die Pads widerwillig in meine Hosentasche.

Jutta und Gerhard saßen am Besprechungstisch. »Jetzt erzähl endlich mal, was es mit der Explosion in Rheingönheim und deinem rußigen Gesicht auf sich hat.« Sie bestach mich mit einer neuen Dose Kekse, die sie auf den Tisch stellte. »Habe ich im Lager gefunden.«

Nicht, dass mir Bestechlichkeit vorgeworfen wird, aber jeder hatte da so seine individuellen Grenzen. Bei den meisten war es Geld, bei mir waren es, zumindest im Moment, schmackhafte Kalorien. Ich setzte mich vor die Dose und erzählte mit übervollem Mund. Selbst die Überraschungsgäste Jochen Bruch, Christian Dietz und die Nachbarin erwähnte ich.

»Und du hast wirklich die Karte gefunden?«, fragte Gerhard nach, nachdem ich meinen Bericht beendet hatte.

Grinsend holte ich das Buch aus meiner Tasche. »Enid Blyton ist immer für ein Geheimnis gut.« Vorsichtig zog ich das Papier heraus und faltete es auseinander. Zu dritt beugten wir uns über die Nachricht.

»Scheint mir authentisch«, meinte schließlich Jutta. »Nur der Code macht mir Sorgen. Ich mache erst mal ein paar Kopien von der Karte, bevor sie auseinanderfällt.«

Als Jutta kurze Zeit später zurück war, steckte sie das Original wieder in das Kinderbuch und legte dieses bei ihr auf den Schreibtisch.

»Mir gehen da ein paar Gedanken durch den Kopf«, sagte ich in die Runde.

»Echt?«, fragte Gerhard.

»Idiot. Ich meine es ernst. Elkes Vater, das ist der, der den Goldenen Hut gefunden und die Karte angefertigt hat, war ein einfacher Bauer, ein Tagelöhner. Entsprechend niedrig dürfte seine Schulbildung gewesen sein. Da ist es doch sehr ungewöhnlich, dass er sich mit Chiffrierung von Nachrichten auskannte, oder? Meiner Meinung nach steckt da kein intelligenter Code dahinter, sondern nur Abkürzungen von irgendwelchen Dingen, die nur ihm etwas sagten.«

Jutta nickte anerkennend. »Das könnte stimmen, Reiner. Auf jeden Fall ist es plausibel. Doch weiter kommen wir damit nicht.«

»Wir müssen uns mit dem Leben von Elkes Vater beschäftigen«, meinte Gerhard. »Dann stoßen wir vielleicht auf Hinweise, die auf diese Zahlen und Buchstaben passen.«

Ich sah ein zweites Mal erfolgreich auf die Zeichenreihe. Leider tat ich das so vertieft, dass ich nicht bemerkte, wie Dietmar Becker, Avril Walters und Steffen Boiselle ins Büro kamen. Jacques musste vergessen haben, die Tür zu schließen.

»Ist das die Karte?«, fragte Becker, der die Situation sofort richtig verstand. »Haben Sie sie doch gefunden?« Er setzte sich neben mich.

Boiselle war höflicher und stellte zunächst meinen Kollegen Avril Walters vor. Dann sprach mich die Engländerin an. »Sie sind ganz rußig im Gesicht, Herr Palzki. Bei Herrn Becker und mir ist das ganz leicht weggegangen.«

Jetzt reichte es mir. Wütend verließ ich das Büro, um mich auf der Toilette zu säubern. Als ich zurückkam, saßen die Neuankömmlinge um die Karte herum und rätselten.

»Das Papier ist niemals Jahrzehnte alt«, ärgerte ich sie.

Becker sah kurz auf. »Frau Wagner hat uns längst verraten, dass dies eine Kopie ist.«

Mangels Platz am Besprechungstisch setzte ich mich an Juttas Schreibtisch und gab den potenziellen Codeknackern und letztendlich auch mir ein paar Minuten zum Nachdenken.

»Na, haben Sie das Geheimnis gelöst?«, fragte ich in die Runde, als es mir langweilig wurde.

»Das werden wir bald haben«, antwortete der Student zuversichtlich. »Frau Wagner, könnten wir bitte eine Kopie haben? Wir melden uns sofort, wenn wir auf die Lösung stoßen.«

Jutta schaute mich an, und ich nickte leicht. Erfreut war ich nicht. Doch heute musste ich über meinen Schatten springen. Zu viele Rätsel galt es zu knacken, da konnte ein klein wenig Unterstützung nicht schaden.

»Wir sind übrigens zu Ihnen gekommen, weil wir ebenfalls eine wichtige Entdeckung gemacht haben«, sagte Steffen Boiselle.

»Stimmt ja«, fiel ihm sein Freund ins Wort. »Erzähl du, Steffen.«

»Ich habe ein wenig in der Vergangenheit von Jochen Bruch geschnüffelt. Vorstrafen und Ähnliches konnte ich nicht finden, aber das wissen Sie selbst.«

Ich nickte eifrig, auch wenn es nicht stimmte. Grundsätzlich wurden von uns alle Betroffenen, egal ob es sich um Verdächtige oder Zeugen handelte, einer standardmäßigen Überprüfung unterzogen. Der dafür zuständige Beamte, unser Jungkollege Jürgen, war allerdings vor einigen Wochen nach Ludwigshafen versetzt worden. Es hieß zwar, er würde in ein paar Monaten zu uns nach Schifferstadt zurück dürfen, doch Genaues wusste niemand. Jürgen war eine Koryphäe der Internetrecherche. Was er nicht fand, das gab es nicht. Es würde mich nicht wundern, wenn ihn eines Tages die NSA abwerben würde. Klar, Personen im polizeiinternen Computersystem aufzufinden, war nicht wirklich schwierig. Gerhard und Jutta waren dafür ebenfalls befähigt. Nur das momentane Zeitlimit hatte eine Überprüfung bisher verhindert. Sobald unsere Besucher weg waren, würde ich Jutta den Auftrag geben, alle bisher namentlich bekannten Personen zumindest in unserem internen System abzuchecken.

»Selbstverständlich habe ich Herrn Bruch polizeiintern längst überprüft«, entgegnete Jutta.

Ich bekam große Augen. Super, Jutta hatte mitgedacht. Ich war froh, zwei so tolle Kollegen im Team zu haben. Ein anderer Vorgesetzter würde in so einem Fall natürlich behaupten, dass seine Mitarbeiterin arbeitsmäßig nicht ausgelastet sei, wenn sie Sachen macht, für die sie nicht beauftragt wurde. Mir käme solch ein Gedanke aber niemals in den Sinn, zumindest bei Jutta und Gerhard nicht.

»Es ist ganz einfach«, erklärte Boiselle. »Jochen Bruch ist der Cousin der beiden ermordeten Rapid-Brüder.«

Diese Offenbarung schlug wie eine Bombe ein. Endlich gab es eine relevante Querverbindung zu dem rätselhaften Getränkehändler. Ich war wirklich sehr gespannt, womit die beiden Brüder ihr Geld verdienten, der Getränkehandel konnte meiner Meinung nach nur ein Deckmantel sein.

Gespannt schauten wir auf den Cartoonist, der dadurch unsicher wurde. »Was ist? Mehr weiß ich leider nicht. Jetzt sind Sie an der Reihe.«

Ohne ein Klopfen wurde die Tür geöffnet. KPD trat ein. Über den Menschenauflauf wunderte er sich keine Sekunde. »Ich habe vor unserem Gebäude einen Oldtimer wegfahren sehen. Wissen Sie, wem der gehört? War der Besitzer vielleicht bei Ihnen? Keiner meiner Untergebenen im Haus weiß etwas, es ist zum Verrücktwerden.«

Ich persönlich hätte meinen Chef weiter verrückt werden lassen, doch Gerhard musste querschießen. »Der Wagen gehört Jacques Bosco. Er war eben bei uns. Übrigens, einen schönen Gruß von ihm, er wird sich heute noch bei Ihnen melden. Seine Kaffeepads-Erfindung hat er weiter verbessern können.«

KPD interessierte sich im Moment nur für den Oldtimer, ein Indiz für seine geistige Eindimensionalität. »Wie kommt er zu solch einem Wagen?«, fragte er erstaunt.

»Wahrscheinlich hat er ihn irgendwann einmal gekauft«, antwortete ich kurzerhand.

KPD schaute mich an, als wäre ich ein kleines Kind. Es fehlte noch, dass er mir väterlich übers Haar strich. »Herr Palzki, solch einen Wagen kann man nicht einfach kaufen. Herr Bosco fährt einen Mercedes 540K Spezial Roadster aus dem Jahr 1936. Exakt die seltene Karosserievariante mit langem Heck und hochliegender Türlinie. Vor wenigen Jahren wurde der gleiche Wagen für neun Millionen Euro versteigert.«

KPD überlegte. »Das bringt mich unerwartet in Schwierigkeiten. Selbst wenn ich alle dienstinternen Schwarzkassen kumuliere, reicht das nicht. Da hilft nur eins: Wir müssen sparen.« Sein Blick traf zufällig die fast geplünderte Keksdose. »Die Gästebewirtung entfällt ab sofort. Das ist zwar nur ein kleiner Baustein meiner Sparmaßnahmen, doch steter Tropfen höhlt den Stein. Vielleicht könnte ich das Telefonieren während der Arbeitszeit einschränken. Fasse dich kurz, das war vor ein paar Jahrzehnten ein genialer Slogan.«

KPD holte Luft, während wir uns wie in einem anderen Film vorkamen.

»Das könnte funktionieren. Ab sofort werden in unserem Zuständigkeitsgebiet vom Verwarnungsgeld bis zum Bußgeld die Preise verdoppelt, äh, noch besser, verdreifacht. Für Barzahlung gibt es wie bisher zehn Prozent Rabatt. Damit füllen wir meine Kassen auf.«

Er schnaufte noch mal durch. »Es wäre doch gelacht, wenn Herr Bosco mir sein Prunkstück nicht verkauft.«

Einen Augenblick später war der Spuk vorbei.

»Was war das?«, fragte Avril Walters und schüttelte sich.

»Ein gelungenes Beispiel für Inklusion«, antwortete ich in Richtung Engländerin.

Gerhard bekam fast eine Maulsperre. »Der Hammer! Du kennst ja Fremdwörter, Reiner.«

»Herr Steinbeißer übrigens auch«, ergänzte ich als Retourkutsche, da sich mein letzter Satz auf die Inklusion bezog.

»Jetzt hört auf, euch zu streiten«, ging Jutta dazwischen. »Wie wollen wir weiter vorgehen?«

»KPDs Gesülze ignorieren.«

»Das ist klar, Reiner. Ich meinte, auf unsere Ermittlungen bezogen.«

»Ich werde jetzt nach Oggersheim fahren und mir diesen Bruch vorknöpfen. Der muss jetzt mit der Wahrheit rausrücken, ob er will oder nicht.« Während meiner Ansage hatte ich mir von Juttas Schreibtisch die inzwischen überflüssige Fliegenklatsche geschnappt und damit in der Luft herumgefochten.

»Und was machen wir in der Zwischenzeit?«

»Ihr vereinbart mir einen Termin bei diesem Christian Dietz für den späten Nachmittag.« Ich gab Jutta seine Visitenkarte. »Und danach sortiert ihr bitte mal die bereits vorliegenden Ergebnisse aus Iggelheim, Oggersheim und Landau. Wir müssen weitere Querverbindungen finden. Es wäre gut, wenn ihr herausfinden könntet, wer im Nachbarhaus von Elke Müller wohnt beziehungsweise früher gewohnt hat. Am besten die Nachbarn auf beiden Seiten. Zwei Häuser weiter soll das Elternhaus von Jochen Bruch stehen. Da könnt ihr mal recherchieren. Damit können wir überprüfen, ob er mir nachher die Wahrheit sagt.«

»Das mit Rheingönheim übernehmen wir«, mischte sich der Student frech ein. Ich war mir ausnahmsweise unsicher, wie ich darauf reagieren sollte. Ein lautes Rumpeln erlöste mich von einer Antwort.

»Was war das?«, rief Jutta. »Das kam aus unserem Hof.«

Hinter dem Gebäude der Polizeidienststelle befand sich ein größerer Parkplatz für die Einsatzfahrzeuge sowie die der Mitarbeiter. Wir drängelten uns an das Bürofenster und wurden Zeuge eines skurrilen Schauspiels. Ein Kipplader lud eine Fuhre Kartoffeln mitten in unserem Hof ab.

»Reiner, hast du das beauftragt?«

Das war mir klar. Jutta dachte sofort an mich, wenn irgendetwas Ungewöhnliches vorfiel. »Bist du verrückt? Was soll ich mit Grumbeeren?«

Das Telefon läutete, meine Kollegin nahm ab. Während sie sprach, beobachteten wir den Kipplader, wie er den Hof verließ und einen Berg Kartoffeln hinterließ.

Boiselle öffnete das Fenster und schaute ganz genau hin. »Mann oh Mann, sind das aber mal Mords-Grumbeeren!«

»He, das war meine Idee«, sprudelte es aus mir heraus, obwohl ich die Klappe halten wollte und sollte. Ich hatte inzwischen so meine Vermutung, wem wir diese Aktion zu verdanken hatten. Meine Kollegin bestätigte mich umgehend nach Beendigung ihres Telefonats.

»Das war Herr Braun aus Landau«, sagte sie nachdenklich. »Er hätte Herrn Palzkis Idee überprüft und für gut befunden. Zum Dank überlässt er uns als Zeichen seines Dankes 20 Doppelzentner Kartoffeln zur ersten Verkostung. Die Hälfte davon wäre für Herrn Palzki, hat er gesagt. Leider wurde ihm die Privatadresse von ihm nicht mitgeteilt. Daher hat er sich erlaubt, die komplette Menge zu unserer Dienststelle zu bringen.«

Jutta schaute mich skeptisch an. »Um welche Idee geht es eigentlich? Ich dachte, Helmut Braun ist einer der Hauptverdächtigen?«

Ich druckste herum. »Das ist irgendwie blöd gelaufen. Aber ich kann nichts dazu! In seinem Büro lagen ein paar Tüten mit richtig großen Kaventsmännern von Kartoffeln. Als ich die Dinger sah, sagte ich nur das, was eben Herr Boiselle gesagt hatte: was für Mords-Grumbeeren. Zufälligerweise hatte Braun gerade einen Namen für seine neue Sorte, oder was immer das ist, gesucht. Jetzt will er das Zeug wohl so nennen – und ich stehe als Depp da.«

Gerhard grinste. »Endlich siehst du das mal ein. Aber Spaß beiseite. Freue dich doch über die Spende. Wenn du jeden Arbeitstagtag nur ein Kilogramm mit nach Hause nimmst, kann sich Stefanie fast fünf Jahre lang über Kartoffeln freuen.«

Während mein Magen begann, sich in meinen Eingeweiden herumzudrehen, sinnierte Jutta: »Und was machen wir mit der anderen Tonne? Überhaupt muss das Zeug vom Parkplatz weg. Wenn das KPD entdeckt.«

Bevor meine beiden Kollegen auf die Idee mit dem Kohlen- beziehungsweise Kartoffelschippen kamen, verabschiedete ich mich schnell.

»Sorry, ihr beiden. Ich muss jetzt sofort nach Oggersheim, sonst wird das alles zu spät. Kümmert ihr euch bitte um den Rest.« Ich zeigte auf Becker, Boiselle und Walters. »Unser Besuch hat uns schließlich aktive Mithilfe angeboten.«

Um keinen allzu großen Zeitverlust zu verursachen, füllte ich meinen Bedarf an lebenswichtigem Eigenumsatz in Form von diversen Keksriegeln im benachbarten Discounter auf. Was mich aufregte, waren die drei oder vier Staubfliegen, die es irgendwie in meinen Wagen geschafft hatten. Gleich wenn ich zurückkam, musste ich in Juttas Büro ein paar Globuli einsammeln.

Der Abholmarkt in Oggersheim war längst freigegeben. Jochen Bruch stand beschäftigt an der Kasse, und so musste ich kurz warten, bis er Zeit für mich hatte. Nach dem letzten Kunden rief er irgendwo an, und kaum eine Minute später kam eine Frau angelaufen, die die Kasse übernahm.

»Herr Palzki, dass ich Sie so schnell wiedersehe, damit habe ich nicht gerechnet«, begrüßte er mich mit einem strahlenden Lächeln. Ich musste zugeben, er war ein guter Schauspieler.

»Wirklich nicht?«, antwortete ich.

Seine Miene verfinsterte sich. Vorsichtig fragte er: »Sie haben es herausgefunden?«

Jetzt hatte ich ihn. Nun war mein psychologisches Gespür mal wieder gefordert. Die Taktik ›um den heißen Brei reden‹ war eine meiner Spezialitäten.

»Ich bitte Sie, Herr Bruch. Als hochgeschulter Polizeibeamter wittere ich Verbrecher auf zehn Kilometer gegen den Wind.«

»Verbrecher? Meinen Sie damit mich?« Bruch ging in Abwehrhaltung, was ich im Moment gar nicht brauchen konnte.

»Natürlich nur sinnbildlich«, beruhigte ich ihn. »Ich wollte damit nur sagen, dass ich Ihr Geheimnis kenne.«

Jochen Bruch schaute sich um, ob jemand in der Nähe stand. Anscheinend waren ihm zu viele Kunden im Abholmarkt: »Lassen Sie uns ins Büro gehen. Meine Frau Doris ist auch da. Sie weiß über alles Bescheid.«

Nachdem wir die Rampe bestiegen hatten, um zu den Büros zu kommen, mussten wir unweigerlich durch die Vollguthalle. Mehr zu mir selbst sagte ich »Tolle Tarnung, das mit der Getränkehandlung.«

Der Geschäftsführer musste gute Ohren haben. »Was meinen Sie?«

Ich tat so, als hätte ich nichts gesagt oder gehört.

Jochen Bruch stellte mir seine Frau vor, die in seinem Büro am Computer saß.

»Oh, tut mir leid, Herr Palzki. Wenn ich gewusst hätte, dass Sie kommen, hätte ich einen kleinen Imbiss vorbereitet.«

Ihr Mann lächelte. »Doris ist wie ich ein Fan von Dietmar Beckers Krimis. Herr Becker beschreibt Sie, Herr Palzki, in seinen Romanen wirklich äußerst treffend und detailliert. Jetzt, wo ich Sie persönlich kenne, wirken die Krimis auf mich viel authentischer.«

»Kommen wir zum Thema«, sagte ich verärgert und setzte mich ohne Aufforderung. Ebenfalls ohne Aufforderung stellte mir der Geschäftsführer eine eiskalte Cola hin, die ich nicht als Bestechungsversuch bewertete, zumal die vielen Keksriegel ohne Flüssigkeit doch etwas trocken waren.

»Nur zu«, sagte Bruch, als ich das kleine Halbliterfläschchen auf ex leer trank. »Wir haben mehr, als Sie trinken können. Vermutlich«, ergänzte er und grinste dabei.

Es war wichtig, dass ich aktiv das Gespräch führte. Rückfragen des Verdächtigen, wenn auch nicht vermeidbar, waren immer gefährlich, da meine These bisher hochspekulativ war.

»Erzählen Sie von Anfang an.« Mit diesem Satz gelang es, fast jeden aus der Reserve zu locken.

»Meinen Sie jetzt Pia Skarbu oder Max?«

Prima, mit diesen ersten sechs Wörtern hatte er sich bereits weitgehend geoutet. »Suchen Sie es sich aus. Wir werden sowieso über beide zu sprechen haben.«

Doris Bruch stellte mir eine zweite Cola sowie eine angebrochene Keksschachtel, die sie aus einem anderen Büro geholt hatte, hin.

»Ich kann mir das selbst nicht erklären«, begann Bruch. »Max Rapid ist mein Cousin, wissen Sie das?«

Ich nickte.

»Er rief mich vor ein paar Tagen an. Mit dem Handy aus dem Auto heraus. Natürlich hatte er eine Freisprechanlage.« Er warf mir einen vorsichtigen Blick zu. Ich reagierte nicht.

»Er erzählte mir von seinem Treffen mit Elke Müller, Paula Hambacher und Pia Skarbu. Auch eine Schatzkarte erwähnte er. Angeblich hätte der Vater von Elke einen Goldenen Hut gefunden.«

»Warum rief er ausgerechnet Sie an?«

»Weil ich Elke kannte. Wir waren Nachbarn.«

»Was so ja nicht stimmt.«

»Okay«, gab Bruch zu. »Zwei Häuser weiter. Das tut aber nichts zur Sache.«

»Wussten Sie etwas von dem Hut?«

»Nein, natürlich nicht. Ich hörte von Max das erste Mal davon. So ganz habe ich ihm zunächst nicht geglaubt. Er wollte am nächsten Tag zu mir kommen. Doch kurz darauf kam es zu dem tödlichen Autounfall.«

Ich dachte nach. Vielleicht war es tatsächlich ein Unfall. Ich konnte mir die Situation gut vorstellen: Max Rapid, aufgewühlt durch die Informationen, die er erhalten hatte, telefonierte während der Fahrt, ob

mit oder ohne Freisprecheinrichtung wird sich herausfinden lassen, mit seinem Cousin. Dabei verlor er den
Überblick über seine Geschwindigkeit. Die lang gezo-
gene Kurve vor Schwegenheim sah zwar harmlos aus,
war aber äußerst tückisch.

»Wann haben Sie davon erfahren?«

»Pia hat mich angerufen. Sie war eine Freundin von
Max. Freundin aber nicht im Sinne von Partnerin. Ich
kannte sie bisher nur vom Namen her. Sie sagte, dass
sie mit einer Engländerin in Max' Wohnung untergetaucht sei.«

»Und was wollte sie von Ihnen?«

»Zuerst hat sie mich über den Tod von Max aufgeklärt
und dass sie vermutet, dass er ermordet wurde. Dann bat
sie um ein Treffen im Abholmarkt in Oggersheim. Sie
wollte mir etwas zeigen.«

Zeigen? Davon sprach auch Avril Walters. »Sagte Sie
wirklich ›zeigen‹?«

Jochen Bruchs Stirn runzelte sich. »Beschwören
könnte ich es nicht. Es war kein langes Telefonat. Nach
dem Gespräch habe ich versucht, Elke Müller zu erreichen, doch bisher erfolglos.«

»Haben Sie Pia Skarbu persönlich getroffen?«

Doris Bruch stellte mir eine weitere Cola hin.

»Dazu ist es nicht mehr gekommen. Ich war auf dem
Weg hierher, als mich eine Mitarbeiterin anrief, dass auf
unserem Firmengelände eine Frau ermordet wurde. Dass
es Pia Skarbu war, wusste ich zu diesem Zeitpunkt nicht.
Selbst die Engländerin hatte ich vorher nie gesehen.«

»Kennen Sie Paula Hambacher?«

»Nur vom Namen her. Dass sie Stadträtin in Neustadt
ist, weiß ich natürlich.«

Grundsätzlich klang alles einigermaßen plausibel. Zu Bruchs Ungunsten musste ich aber die lange Zeit anrechnen, die er zur Vorbereitung auf dieses Gespräch hatte. Als Schachspieler war er für mich kein leichter Gegner.

Spontan fragte ich seine Frau. »Welchen Wagen fahren Sie?«

»Einen Mini, warum?«, war die schnelle Antwort. Ihr Mann warf ihr einen fast tödlichen Blick zu.

»Hat mich nur interessiert.« Im gleichen Moment fanden meine Synapsen eine weitere Querverbindung. Herrmann Ziemniak, der Chef von Kartoffel-Käfer, hatte der nicht ebenfalls erwähnt, einen Mini zu besitzen?

Ich lenkte die Gesprächsführung auf Rheingönheim.

»Wen wollten Sie in Rheingönheim besuchen?«

»Können Sie sich das nicht denken, Herr Palzki? Mein Cousin tot, Pia Skarbu tot und Elke Müller scheint untergetaucht zu sein. Ich wollte nachschauen, ob sie sich zu Hause versteckt hält.«

»Doch als Sie mich sahen, haben Sie Ihren Plan sofort geändert.«

Bruch zitterte leicht. »Ich wollte nicht in Ihren Fokus kommen, am Schluss behandeln Sie mich als Verdächtigen. Haben Sie Elke Müller inzwischen gefunden?«

»Sie war nicht zu Hause«, antwortete ich. Gelogen war das schließlich nicht. »Waren Sie mehr als einmal in Rheingönheim?«

»Sie meinen heute? Nein, ich wollte nur bei Müllers nachschauen. Wenn ich sie nicht angetroffen hätte, wäre ich zur alten Meiselhammer gegangen, das ist dort, wo ich so getan hatte, als würde ich klingeln. Die Meiselhammer hat einen tollen Blick auf den Hof von Elke Müller. Der entgeht nichts, so neugierig wie die ist.«

»Und was haben Sie noch zu beichten?«

»Beichten?«, fragte der Geschäftsführer entgeistert. »Ich habe doch nichts zu beichten, schließlich habe ich nichts angestellt. Dass ich in eine Morduntersuchung geraten bin, dazu kann ich nun wirklich nichts. Ich bin in Rheingönheim halt mal verwurzelt. Ich singe im Gesangsverein Germania, mein Elternhaus steht in der Hauptstraße, und dort haben wir sogar einen Getränke-Abholmarkt.«

Nach diesem Befreiungsschlag fiel ihm doch noch etwas ein. »Neben Elke versuche ich seit gestern auch Moritz zu erreichen. Er ist der Zwillingsbruder von Max. Max hatte mir während des Telefonats gesagt, dass er seinen Bruder einweihen würde, da er beruflich unter anderem mit Kartoffeln zu tun hat. Er arbeitet in irgendeinem Supermarkt in Landau, glaube ich. Mit Moritz habe ich keinen großen Kontakt. Was der Goldene Hut mit Kartoffeln zu tun hat, dazu weiß ich nichts. Klar, Elke Müllers Vater war Bauer, aber sonst?«

Insgesamt hatte ich von Jochen Bruch eine Fülle an Informationen erhalten. Vorbehaltlich, dass er in weiten Teilen die Wahrheit sagte, war er tatsächlich nur zufällig in den Ermittlungsfokus geraten. Ich stufte ihn in meiner Täterprioritätenliste vorsichtig um eine oder zwei Stufen ab. Leider waren die obersten drei Stufen der Liste nach wie vor unbesetzt. Ich hoffte, dass sich dies bald ändern würde.

Nachdem ich eine weitere Cola getrunken hatte, verabschiedete ich mich mit dem Hinweis, dass ausschließlich die Polizei für Ermittlungen bei Kapitalverbrechen zuständig war und ich keine weiteren Eigenermächtigungen dulden würde.

»Und wie ist das mit Dietmar Becker?«, fragte Doris Bruch.

»Alles fiktive Märchen«, klärte ich sie auf. »Schriftsteller haben eine schlimme Fantasie. Außerdem sollte man alle Krimiautoren einsperren, um die Bevölkerung zu schützen. Auch viele Lehrer, Politiker und Ärzte sind dieser Meinung.«

KAPITEL 18 –
BESUCH BEI KARTOFFEL-KUHN

Die Heimfahrt verlief ohne relevante Vorkommnisse. Erst im Eingangsbereich der Dienststelle hatte ich ein weiteres, leider für mich relevantes Erlebnis.

Mehrere bullige Beamte, die ich sofort als vollausgestattetes SEK-Personal identifizierte, verlangten in harschem Ton den Dienststellenleiter zu sprechen, was von der diensthabenden Beamtin in der Zentrale abgeblockt wurde. »Tut mir leid, Herr Diefenbach ist in einem wichtigen Termin.«

»Wir müssen ihn aber sprechen«, donnerte einer der Beamten mit einer gewaltigen Stimme. »Wir wollen uns beschweren und warten solange, bis er Zeit für uns hat.«

Die eingeschüchterte Beamtin wusste nicht, wie sie reagieren sollte. Da ich just in diesem Moment versuchte, mich an der Versammlung vorbeizuschleichen, sprach sie mich an.

»Herr Palzki, könnten Sie sich nicht dieser Sache annehmen? Sie sind doch stellvertretender Dienststellenleiter.«

Sie hatte ihren Satz noch nicht zu Ende gesprochen, da war ich von den SEKlern umzingelt.

»Immer mit der Ruhe«, versuchte ich die aufgebrachten Beamten zu beruhigen. »Es gibt für alles eine Erklärung.« Egal, was es war, ich würde natürlich KPD die Alleinschuld in die Schuhe schieben.

»Immer diese Probleme mit dieser Dienststelle«, polterte ein Zweimetermann los. »Können nicht einmal die einfachsten Drogenpflanzen erkennen. Ist das eine Dienststelle für strafversetzte Beamte?«

»Nur für Dienststellenleiter«, unterbrach ich ihn. Tatsächlich wurde KPD von Ludwigshafen aufs Land nach Schifferstadt strafversetzt, was er natürlich abstritt. Aber das interessierte mein Gegenüber bestimmt nicht.

»Was hat Herr Diefenbach denn dieses Mal verbrochen?«

»Wer redet vom Chef? Wir wollen uns bei Diefenbach über seine inkompetenten Mitarbeiter beschweren.«

Dass KPD keine Mitarbeiter, sondern Untergebene hatte, würde ihn ebenfalls nicht interessieren.

»Sind euch die Kollegen von der Schutzpolizei bei einem Einsatz in die Quere gekommen?«

Der Gesichtsröte des Wortführers konnte ich entnehmen, dass ich mit meiner Vermutung danebenlag.

»Wir sollten im Auftrag dieser Dienststelle eine Drogenhochburg ausheben.« Er schaute auf einen Zettel. »Eine Frau Wagner hat uns die Adresse von einer Familie Ackermann durchgegeben, die neben einer Indoor-Hanfplantage in weitere kriminelle Aktivitäten verstrickt sein soll. Mit vier Mannschaftswagen sind wir angerückt!«

Mir wurde schlecht. Was war da passiert? Ich konnte mich unmöglich geirrt haben.

»Und? Habt ihr nichts gefunden?«, fragte ich zaghaft.

»Das Ehepaar ist so harmlos wie eine Leiche. Zugegeben, die haben schon einen Urwald in der Wohnung, das ist aber nicht verboten.«

»Kein Hanf? Keine anderen verbotenen Pflanzen?«

»Nichts, ausschließlich handelsübliche Pflanzen. Und im Garten bereiteten ein paar Jugendliche eine Gartenparty vor.«

»Und die Jugendlichen? Die haben Sie doch hoffentlich überprüft? Manche sehen relativ harmlos aus, haben es aber faustdick hinter den Ohren.«

»Wo leben Sie denn, Mann!«, blökte er mich an. »Ein paar Wasserpfeifen haben sie, na und? Immer noch besser, als einen Joint rauchen. Wir hatten den Eindruck, dass die alle schwer vernünftig sind. Da muss der Vater von dem Geburtstagskind ein ganz anderes Kaliber sein.«

Ich schluckte schwer, während er fortfuhr. »Dem Mädchen wurde von seinem Vater verboten, zu Hause den 13. Geburtstag zu feiern, deshalb feiert es jetzt sein Fest bei den Nachbarn. Ich bewundere den Elan des Geburtstagskindes, vor allem, wenn man so einen Rabenvater hat. Ich habe mir mal die Adresse von ihrem Alten aufgeschrieben, so ganz geheuer scheint mir der Typ nicht zu sein.«

»Sie haben ihn ja nicht einmal gesehen«, protestierte ich.

»Woher wollen Sie das wissen?«, fragte er sofort zurück. Mir lief der Schweiß von der Stirn. Um ein Haar hätte ich mich verraten.

Er baute sich breitbeinig vor mir auf. »So einen Typen brauche ich nicht zu sehen, da weiß ich auch so Bescheid.«

»Am besten geben Sie mir die Adresse von diesem angeblichen Rabenvater. Wir kümmern uns darum mit der ganzen Härte des Gesetzes.«

»Und der Fehlalarm? Wer bezahlt den?«

»Wir natürlich. Für diese Dinge haben wir eine eigene Schwarzkasse. Bitte weisen Sie daher keine Umsatzsteuer auf der Rechnung auf.«

Ich ließ die verblüfften SEKler stehen und ging hoch in Juttas Büro. Um Melanie und ihre Räuberbande würde ich mich nachher kümmern.

»Kekse leer?«

Jutta schüttelte den Kopf. »Wie wäre es mit einem vernünftigen Satz? Oder hast du mal wieder was Schlimmes erlebt? Das kommt davon, wenn du alleine in der Weltgeschichte herumfährst. Du weißt ganz genau, dass dies nicht zulässig ist.«

»Was ist bei uns schon normal. Warum sind die Kekse leer?«

»Die hat unser Besuch gegessen. Es sind schließlich Kekse für die Gästebewirtung und keine Mitarbeiterverpflegung.«

»Eh, egal. KPD hat das sowieso verboten.«

Gerhard setzte sich zu mir. »Da denkt der morgen nicht mehr dran. Der versucht jetzt erst einmal, an Jacques' Wagen zu kommen.«

»Von mir aus, dann ist er wenigstens beschäftigt.«

Jutta setzte sich mit einem schuhkartongroßen Behälter auf meine andere Seite. »Was ist in Oggersheim herausgekommen?«

Ich erzählte meinen Kollegen von dem Gespräch.

»Klingt alles vernünftig und logisch«, meinte Gerhard, als ich fertig war.

»Wenn er nicht lügt«, gab ich zu bedenken. »Als Schachspieler ist er ein Taktiker. Wie oft haben sich am Ende die harmlosesten Personen als Täter herausgestellt? Das könnt ihr in jedem Kriminalroman von diesem Studenten nachlesen. Und bei uns in der Realität passiert das laufend.«

»Was willst du jetzt machen?«

Nach einem Blick auf die Uhr antwortete ich: »Ich fahre jetzt nach Frankenthal zum Kartoffel-Kuhn, anschließend mache ich Feierabend. Ich muss die ganze Sache in Ruhe überschlafen. So langsam wird es richtig kompliziert.«

»Den Besuch bei Christian Dietz kannst du dir abschminken«, meinte Jutta. »Ich habe ihn telefonisch erreicht. Er ist bei einem Kunden in Stuttgart und erst morgen früh im Unternehmen erreichbar. Ich habe dir für acht Uhr einen Termin vereinbart.«

»Acht Uhr? Spinnst du? Da ist es noch dunkel. Wäre das nicht die eine oder andere Stunde später gegangen?«

»Die fangen früh an. Ab neun Uhr ist dort richtig viel Betrieb. Dann hat Herr Dietz keine Zeit mehr.«

»Das entscheiden immer noch wir, wann er Zeit hat«, rief ich erbost. »Sonst bekommt er eine förmliche Ladung zu uns nach Schifferstadt.«

»Jetzt mach mal halblang«, beruhigte Jutta. »Wenn du einen auf offiziellem Dienstweg machst, dauert es Wochen, bis wir einen Schritt weiterkommen.«

Langsam beruhigte ich mich. Meine Kollegin hatte natürlich recht. Wenn wir jeden Zeugen oder Beschuldigten förmlich auf dem Schriftweg einladen würden, wären viele Täter vor ihrer Festnahme bereits aus Altersgründen verstorben.

»Da, ich habe noch etwas für dich.« Jutta öffnete den Karton. In ihm lagen rund ein Dutzend Plastiktüten. »Fundstücke vom Tatort bei Getränke-Bruch. Was davon vom Täter stammt oder von Mitarbeitern ist ungewiss.«

Ich stöberte lustlos in den Asservaten. Ein Zehncent-stück, diverse Zigarettenkippen nebst leerer Packung, eine zerdrückte Coladose und einiges mehr.

»Die Reifenspuren des Minis sind gesichert. Sie besitzen eindeutig identifizierbare Merkmale. Jedenfalls solange der Besitzer nicht die Reifen tauscht. Auf dem Gabelstapler haben die Kollegen außerdem einen Schuhabdruck abnehmen können, der nicht dem Staplerfahrer zuzuordnen ist.«

»Bitte mit Jochen Bruch abgleichen«, sagte ich.

Jutta war überrascht. »Super Idee, Reiner. Da hätten wir von alleine draufkommen können.«

Ich grinste. »Manchmal ist es besser, im Team zu arbeiten.«

»Das sagt der Richtige«, meinte Gerhard, allerdings ohne Groll.

Ich stand auf. »Ich mache jetzt Feierabend. Passt auf, dass der Krempel nicht versehentlich im Abfall landet. Ich fahre morgen früh direkt nach Frankenthal. Nur für den Fall, dass KPD mich suchen sollte.«

»Und was ist mit den Kartoffeln im Hof?«, fragte Jutta.

Schulterzuckend verließ ich das Büro.

Zu Hause kam mir bereits auf dem Parkplatz Paul entgegengerannt.

»Papa, heute war es voll cool. Da waren auf einmal ganz viele Soldaten mit so langen Maschinengewehren bei uns und bei Ackermanns im Garten.« Er spreizte seine Arme, so weit es ging.

»Das waren keine Soldaten«, klärte ich meinen Sohn auf. »Das war eine Spezialeinheit der Polizei.«

»Egal.« Paul fuchtelte wild in der Gegend herum. »Ich saß in meinem Baumhaus und habe überprüft, ob meine neue Schleuder bis zu Melanies Partyzelt reicht, da habe ich sie kommen sehen. Von allen Richtungen gleichzeitig, das sah voll brutal aus. Aber blöd waren die trotzdem.«

»Blöd? Wie kommst du darauf?«

»Die haben mich nicht einmal entdeckt, Paps. Einer stand mit seiner Waffe direkt unter meinem Baumhaus. Wenn ich nicht fünf Minuten vorher auf dem Klo gewesen wäre, hätte ich ihm auf den Kopf gepinkelt.«

»Und was ist danach passiert?«

»Die sind alle zu Ackermanns. Ich bin den Soldaten natürlich nachgerannt. Ein paar standen bei Frau Ackermann und wurden von ihr totgequatscht. Dann sind sie mit ihr ins Haus und eine Weile später wieder rausgekommen. Die anderen waren in der Zeit bei Melanie und ihren Freunden und haben Wasserpfeife geraucht.«

»Was haben die gemacht?« Ich wusste nicht, ob ich meinem Sohn alles glauben sollte.

»Die Soldaten nicht, die haben andere Sachen geraucht«, verbesserte sich Paul.

»Hat Melanie geraucht?«

Normalerweise würde Paul sie sofort verpetzen. »Die hat gar keine Zeit gehabt, sondern den Soldaten vorgeheult, wie schlecht sie es daheim hat und nicht mal zu Hause ihren Geburtstag feiern darf. Die Soldaten haben sich furchtbar aufgeregt. Frau Ackermann hat sogar Kekse für alle gebracht, doch da sind sie gegangen, die Soldaten.«

»Das waren keine Soldaten«, erklärte ich Paul zum zweiten Mal. »Hat Mama das gesehen?«

Paul schüttelte den Kopf. »Die war mit Lars und Lisa einkaufen.«

Ich hielt es für besser, im Moment nicht den Kontakt zu meinen Nachbarn und meiner Tochter zu suchen. Zumindest Melanie würde ahnen, wem sie den SEK-Einsatz zu verdanken hatte.

Wider Erwarten war Melanie zu Hause und saß friedlich mit ihrer Mutter auf der Couch.

»Hallo, Daddy, ich erzähle Mama gerade von dem Polizeieinsatz heute Mittag bei Ackermanns. Hast du das mitgekriegt?«

Ich nickte. »Paul hat es mir erzählt. Was war da los?«

»Die haben Drogen gesucht«, ereiferte sich meine Tochter. »Ausgerechnet bei uns. Philipps Vater war auch dabei.«

»Wer ist Philipp?«

»Kennst du nicht, der ist in der elften. Sein Vater war einer der Polizisten. Die hatten voll krasse Gewehre dabei.«

»Haben die was gefunden?«

»Spinnst du, Daddy? Wir haben doch keine verbotenen Sachen.«

»Ich meine bei Ackermanns?«

»Ach wo, die haben sich alle Pflanzen angeschaut und ganz laut gemotzt, dass irgendein Vollidiot sich gemeldet hat, weil es bei Ackermanns angeblich eine Hanfplantage geben sollte.«

Ein schneller Blick zu Stefanie sagte mir, dass sie die Wahrheit wusste.

»Lassen wir das, es ist ja zum Glück nichts passiert. Wann beginnt denn deine Party?«

Melanie strahlte. »Morgen Abend starten wir mit einem coolen Preview bis Mitternacht.«

»Pri, äh, was?«

»Jetzt lass mal gut sein, Reiner«, mischte sich meine Frau ein. »Ich vertraue meiner Tochter.«

»Ich doch auch«, protestierte ich und sprach Melanie an. »Darf ich mir morgen kurz das Pridingsbums anschauen?«

»Von mir aus, aber bitte vor 20 Uhr. Danach ist der Zugang zum Zelt für Erwachsene verboten.«

Es wurde eine äußerst unruhige Nacht. Die familiären Konflikte vermischten sich mit den beruflichen, was für ein paar äußerst bizarre Albträume sorgte. Doch nach wenig Schlaf und einer Wechseldusche war ich fit für den kommenden Tag. Ich hoffte, diesen verwirrenden Ermittlungsfall in Kürze abschließen zu können. Zwei Namen kristallisierten sich in meinem Fokus heraus: Der Landauer Helmut Braun und Christian Dietz. Das verbindende Element waren Kartoffeln. Überall tauchten diese Grumbeeren auf. Ich hatte es im Gefühl: Bei Kartoffel-Kuhn würde ich heute früh einen wichtigen Schritt weiterkommen.

Die Fahrt zum Oggersheimer Gewerbegebiet Westlich B 9 verlief recht flott. Vor 20 Jahren waren weite Teile des Areals Felder und Äcker, wobei ich nicht einmal wusste, worin der Unterschied zwischen den beiden Begriffen lag oder ob sie dasselbe meinten. Die Fahrt ging weiter in Richtung Maxdorf. Schon aus ziemlicher Entfernung sah ich die riesige Halle des Unternehmens, das erst vor wenigen Monaten von Mannheim hierhergezogen war.

Ich parkte neben einem offenen LKW und staunte über die immense Menge an schwarzen Planen, mit der der Lastwagen beladen war.

»Hallo, Herr Palzki.«

Ich drehte mich um und wusste, was die Planen zu bedeuten hatten.

»Hallo, Herr Fratelli. Mit Ihnen habe ich jetzt ehrlicherweise überhaupt nicht gerechnet.«

»Ich mit Ihnen auch nicht«, antwortete er lächelnd.

In Marco Fratellis Herz schlugen zwei Seelen. Er war Geschäftsführer der Peregrinus GmbH, die gemeinsam mit dem Bistum Speyer die Kirchenzeitung »Der Pilger« herausgab. Neben seinem Brotberuf war er Künstler, wobei sein Hobby alles andere als Kleinkunst war. Er eiferte dem Verpackungskünstler Christo nach und hatte diesen, meiner Meinung nach, längst übertrumpft. Was war ein verpackter Reichstag gegen den verhängten Speyerer Dom oder das Mannheimer Barockschloss?

Ich kombinierte. »Sagen Sie bloß, Sie wollen Kartoffel-Kuhn verhüllen?«

Er nickte. »Das ist für mich zwar nur ein Kleinauftrag, aber durchaus interessant. Man kann das Kunstwerk von der Autobahn aus gut sehen. Ich sehe das als Werbung in eigener Sache.«

Ich hatte den Eindruck, als ginge es Fratelli ganz gut. Vor nicht allzu langer Zeit hatte ich ihn zufällig in einer Haßlocher Kneipe getroffen, damals war er sehr deprimiert und fast schon depressiv. Es freute mich, dass er neuen Elan gefunden hatte. Kennengelernt hatte ich Fratelli bei meinen damaligen Ermittlungen im Zusammenhang mit dem Speyerer Dom und dem Bischöflichen Ordinariat.

»Was sagen die Eigentümer dazu?«

»Die? Die sind begeistert! Die Halle bietet sich für eine Verpackungsaktion geradezu an. Heute Mittag kommen meine Mitarbeiter und die anderen LKWs – und dann geht es auch schon los.« Er zeigte auf ein ganzes Sammelsurium an Leitern und drei Hebebühnen, die neben dem Eingang bereitstanden.

»Wenn ich Sie gerade sehe, Herr Palzki. Ich habe da was für Sie.«

Er verschwand kurz im Führerhaus.

»Schauen Sie mal hier, Herr Palzki.«

Fratelli hielt mir eine rote, hübsch gestaltete Broschüre hin. Neben einer Vielzahl von Kindern waren darauf auch viele Marienkäfer zu sehen.

»Aha«, kommentierte ich und fragte mich, ob Fratelli in seinem Verlag nun auch Kinder im Angebot hatte.

»Na, das wäre doch etwas für Sie, Herr Palzki!«

»Kinder? Nein, danke, Herr Fratelli, davon habe ich schon einen ganzen Stall voll!«

»Nein, das weiß ich doch. Es geht um Kinderbetreuung! Ich dachte mir, dass Sie für Ihren Nachwuchs noch eine verlässliche und liebevolle Ganztagsbetreuung gebrauchen könnten. Die Einrichtung in Neustadt an der Weinstraße nennt sich Käferkiste und betreut das ganze Jahr durchgehend von morgens bis abends Kinder von drei Monaten bis sechs Jahren.«

Fratelli strahlte über das ganze Gesicht und fügte hinzu: »Keine Ferienzeiten, und wenn Sie keinen regelmäßigen Bedarf haben, so gibt es sogar eine Notfallbetreuung, die jeder in Anspruch nehmen kann.«

»Oh, das mit der Notfallbetreuung klingt gut!«, erwiderte ich und nahm den Flyer entgegen. Ich nahm mir vor, mit Stefanie darüber zu reden. Ein paar wöchentliche Verschnaufpausen bezüglich unserer anstrengenden Zwillinge Lisa und Lars waren für meine Frau bestimmt nicht verkehrt. Vielleicht gab es so eine Einrichtung auch für Paul und Melanie? Auf der Rückseite der Broschüre fiel mir die Internetadresse www.kinderkrippe-nw.de ins Auge. Da würde ich Stefanie mal nachschauen lassen, ohne dass meine beiden Großen das mitbekamen.

Ich bedankte mich bei Marco Fratelli. »Jetzt muss ich aber leider weiter, man wartet auf mich.«

Fratelli sah mich fragend an. »Ist irgendetwas passiert? Ich bin zwar erst seit zwei Tagen vor Ort, aber laufend schleichen irgendwelche Gestalten in das Unternehmen, die offensichtlich nicht zum Personal gehören.«

»Schleichen? Können Sie das präzisieren?«

»Das ist nur so ein Gefühl, Herr Palzki. Statt auf dem Firmenparkplatz zu parken, stellen manche ihr Fahrzeug Hunderte Meter entfernt ab und nehmen einen Feldweg, um zu einem Nebeneingang der Halle zu kommen. Verdächtiger geht es wirklich nicht.«

Was war da jetzt wieder los? War Kartoffel-Kuhn ein groß angelegtes Drogenzentrum? Ich würde mich nicht wundern, wenn sich hier auch Jochen Bruch, die Inhaber von Kartoffel-Käfer, und die Landauer-Supermarkt-Leute herumtreiben würden. Ja, das musste es sein: ein großangelegtes Verteilzentrum für illegale Waren. Täglich wurden Massen an Kartoffeln angeliefert und gleichzeitig an Kunden wie Supermärkte ausgeliefert. Niemandem würde es auffallen, wenn zwischen Tonnen von Grumbeeren täglich ein paar Kilogramm Drogen quasi mitlaufen würden. Ausgerechnet dem Pilger-Geschäftsführer Fratelli ist dies aufgefallen. Zwar nur durch Zufall, denn normalerweise treibt sich niemand stunden- oder tagelang vor der Halle herum und beobachtet die Gegend.

»Konnten Sie Personen erkennen? Waren es Männer oder Frauen?«

»Ist das wichtig für Sie, Herr Palzki? Leider kamen diese Menschen nie näher, ich hatte den Eindruck, sie wollten auf keinen Fall erkannt werden. Einmal war ganz sicher eine Frau dabei, die anderen waren, so weit ich es beurteilen kann, männlich.«

Fratelli überlegte. »Wissen Sie was, Herr Palzki? Ich werde Ihnen helfen. Sobald meine Mitarbeiter kommen, werde ich auf der Halle Stellung beziehen und diese Personen fotografieren. Ich rufe gleich im Verlag an, damit man den Fotoapparat mit dem großen Teleobjektiv mitbringt.«

Bisher war ich das nur von dem Studenten Becker gewohnt. Doch dieses Mal könnte der Vorschlag von Fratelli tatsächlich die entscheidenden Hinweise bringen.

»Okay, machen Sie das. Passen Sie aber bitte auf sich auf. Die Leute könnten gefährlich sein.«

Nachdem ich mich endgültig verabschiedet hatte, ging ich zum Haupteingang. Christian Dietz unterhielt sich vor der Halle mit einem Traktorfahrer, dessen Anhänger an der Rampe stand und entladen wurde. Die erdigen Kartoffeln purzelten sanft auf ein Fließband und verschwanden im Innern des Gebäudes.

»Herr Palzki, da sind Sie ja. Haben Sie den Weg gut gefunden?« Dietz kam freundlich lächelnd auf mich zu, so als hätte er nichts zu verbergen. Ob ich ihn fragen sollte, ob er Schach spielt?

»Die Halle ist nicht zu übersehen. Und wenn Sie demnächst sogar verhüllt ist …«

»Ah, Sie haben bereits Herrn Fratelli kennengelernt. Wir freuen uns auf die Zusammenarbeit mit ihm. Wollen wir in mein Büro gehen?«

Die Halle sah von innen gewaltiger aus als von außen. Auch wenn sie sehr aufgeräumt wirkte und es genügend

Freiraum gab, überwältigte mich der Anblick der vielen Laufbänder, Maschinen und riesigen Blechkästen, deren Funktionen mir unbekannt war. Der Lärmpegel hielt sich einigermaßen in Grenzen.

Dietz riss mich aus den Gedanken. »Um diese Uhrzeit ist nur eine Linie in Betrieb. Wenn in einer Stunde die Hauptanlieferungszeit beginnt, laufen alle zehn Linien. Dann brauchen Sie einen Gehörschutz. Wollen wir in mein Büro, oder soll ich Sie erst einmal durch das Unternehmen führen?«

Neugierig war ich schon, warum man für die Verpackung von Kartoffeln solch einen großen Aufwand betreibt. Da es nachher lauter werden sollte, entschied ich mich für eine sofortige Begehung der Halle. Vielleicht konnte ich dabei erste Hinweise ausmachen, die auf illegale Geschäfte hindeuteten.

Dietz ging mit mir zum Anfang der Halle. Dort kamen vier Laufbänder von draußen herein. In einem seltsamen Gewirr verliefen diese nach oben und mündeten in riesigen Kästen.

»Zuerst wird die Ware enterdet. Der ganze Dreck fällt durch Siebe«, erklärte Dietz. »Anschließend werden die Kartoffeln gereinigt.« Wir gingen eine Metalltreppe nach oben und konnten in diverse Wannen schauen. Im Hintergrund lief ein Trockengebläse, wie ich es von Autowaschanlagen her kannte. Gemeinsam gingen wir die Treppe hinab und ein paar Meter weiter eine andere hinauf. Dass die Führung so anstrengend sein konnte, war mir vorher nicht bewusst. An der Stelle, wo wir uns nun aufhielten, herrschte das reinste Laufbandchaos. Kreuz und quer und scheinbar ohne System wanderten Kartoffeln in verschiedene Richtungen. Sie waren nicht mehr erdig wie vorne bei der Anlieferung, sondern so sauber, wie man sie im Supermarkt heutzutage kaufen konnte.

»An dieser Stelle werden die Kartoffeln nach Größe sortiert«, erklärte mir Dietz. »Das funktioniert ähnlich wie mit Eiern. Zuerst fallen die kleineren durch ein Sieb und danach die größeren. Die Größensortierung erfolgt stufenlos und so schonend für die Ware, dass man auch rohe Eier damit sortieren könnte.«

Wir folgten dem Gitterrostweg einige Meter über dem Hallenboden und kamen nun in einen Bereich, der aus lauter Blechwannen bestand, in die jeweils ein LKW mit Hänger reinpasste. Manche der Wannen waren leer, in anderen lagerten mehr oder weniger Kartoffeln. Insgesamt gesehen war die Gesamtmenge an Grumbeeren imposant. Wer sollte dies alles essen?

»Bei uns werden die Knollen nach sechs verschiedenen Größen- und Qualitätsstufen vorsortiert und im automatisierten und gekühlten Hochregallager zwischengelagert und bei Bedarf kundenspezifisch zur Produktion abgerufen. Dadurch, dass die Ware in den Kisten zur Verpackungsmaschine transportiert wird, werden Fallstufen und somit die Knollenbelastung reduziert, was zu einer deutlichen Qualitätsverbesserung der Produkte führt«, referierte Dietz weiter. Er zeigte auf einen Weg nach unten. Nachdem wir auf dem Hallenboden standen, meinte er: »Und jetzt zeige ich Ihnen unser neues Fotostudio.«

Die Laufbänder wurden schmaler, sodass die Kartoffeln nur nacheinander die Engstelle passieren konnten. Es folgte ein seltsames Gestell, das über die Bänder reichte. Christian Dietz blieb stehen. Im Innern des Gestells blitzte es wie bei einem Stroboskopblitz. Unmittelbar im Anschluss war eine Mechanik installiert, die für mich ohne System ab und zu eine Kartoffel vom Band kickte, die in einen Behälter fiel.

»Ein Fotostudio habe ich anders in Erinnerung.«

»Das glaube ich Ihnen gerne, Herr Palzki. In diesem Apparat wird jede einzelne Knolle innerhalb einer Sekunde zigmal aus allen Richtungen fotografiert. Mittels einer Computeranalyse können dadurch fehlerhafte Knollen erkannt und aussortiert werden.« Er zeigte auf die Mechanik, die gerade eine Kartoffel mit grünen Stellen vom Band drückte.

»Früher war diese Stelle viel personalintensiver und dazu unter Umständen auch fehlerbehaftet. Durch die optoelektronische Vorsortierung ist es fast nur noch ein Kontrollieren und Nachsortieren der Ware, da die eigentliche Qualitätssortierung von nahezu 99 Prozent durch das optoelektronische Sortieren übernommen wird. Langes Stehen am Verleseband wie früher gehört damit bald komplett zur Vergangenheit. Im Gegenzug werden nun gut ausgebildete Maschinen- und Anlagenführer benötigt, die das notwendige Gespür für unser Produkt Pfälzer Grumbeere mitbringen.«

Wenn ich später im Büro erzählen würde, dass jede Kartoffel, die gegessen wird, vorher fotografiert wird, würden mich Gerhard und Jutta endgültig für verrückt halten. Grundsätzlich war bisher alles plausibel, was Dietz mir erzählte. Selbst der große Aufwand leuchtete mir inzwischen ein, wenn man die gewaltigen Mengen an Grumbeeren sah, die auf einer Linie abgefertigt wurde. Während er immer noch stolz sein neues Fotostudio betrachtete, sah ich mich um. Ziemlich zentral entdeckte ich einen geschlossenen Raum, der keine Verbindung zu den Laufbändern hatte und durch sein ›Zutritt strengstens verboten‹-Schild natürlich sehr verdächtig aussah.

»Was ist in diesem Raum?«, fragte ich aufs Geratewohl.

Verwirrt blickte Dietz in die Richtung. »Das? Das sind nur die Technikräume und unsere Computerserver. Da habe ich leider im Moment keinen Schlüssel. Lassen Sie uns jetzt zur Sortieranlage gehen, Herr Palzki.«

Sein Ablenkungsmanöver war längst durchschaut.

In großen Gitterboxen lagen unendlich viele Säcke und Plastiktüten, wie ich sie als Verpackungen für Kartoffeln aus dem Supermarkt kannte.

»Wir bieten weit über 150 verschiedene Verpackungseinheiten, beziehungsweise Verpackungen an«, erklärte Dietz stolz. »Durch unsere neuen Verpackungsmaschinen ist die Umrüstzeit drastisch gesunken. Sehen Sie? Das ist eine der Waagen. Sobald das frei programmierbare Nenngewicht erreicht ist, purzeln die Knollen sanft in die Verpackung, werden verschlossen und über die automatische Kontrollwaage transportiert. Nur die Kommissionierung ist noch Handarbeit. Daran wird aber gearbeitet, sodass auch dieser Arbeitsbereich in naher Zukunft größtenteils automatisiert abgewickelt wird.«

Hinter der Maschine stand eine Frau, die die verschlossenen Kartoffeltüten in große Plastikwannen stapelte. Christian Dietz nahm eine der Tüten in die Hand. Erstaunt las ich die Aufschrift: ›Mords-Grumbeere‹.

Dietz lachte. »Da hat sich die Erzeugergemeinschaft Pfälzer Grumbeere für diese Saison wieder mal was Tolles einfallen lassen. In Kooperation mit den Landauer

SBK-Märkten werden dieses Jahr die ganz besonders großen Knollen unter dem Namen ›Mords-Grumbeere‹ vermarktet. Auf diese tolle Idee muss man erst mal kommen«, ergänzte er. »Nehmen Sie eine Kostprobe mit, Herr Palzki. Sie essen doch Kartoffeln, oder?«

Im hinteren Bereich der Halle befand sich das Lager. Es sah aus wie bei Getränke-Bruch, nur waren es hier statt Flüssigkeiten Grumbeeren in den unterschiedlichsten Verpackungen. Am Ende der Halle befanden sich wie auf der anderen Seite große LKW-Tore.

Langsam wurde es Zeit, diesen Fall aufzuklären. Überall wurde ich mit Grumbeeren beschenkt. Warum hatte ich nicht einmal einen aufregenden und längeren Fall im Imbissbudenmilieu?

»Wollen Sie noch etwas Bestimmtes sehen, Herr Palzki? Wenn nicht, können wir in mein Büro gehen.« Er schaute auf seine Uhr. »In einer halben Stunde beginnt das volle Tagesprogramm.«

»Den Technikraum würde ich gerne sehen«, provozierte ich.

»Da stehen doch bloß Computer und eine Klimaanlage und so Zeug. Ich weiß auf die Schnelle gar nicht, wer den Schlüssel hat. Das müssen wir leider auf ein anderes Mal verschieben.«

Garantiert wird es ein nächstes Mal geben, dachte ich zornig. Und zwar bald.

Sein großes Büro war funktional eingerichtet nebst Kaffeemaschine.

»Wasser oder Cola?«, fragte er. »Wir haben alles da, einmal in der Woche werden wir direkt von Getränke-Bruch beliefert. Kaffee kann ich Ihnen leider keinen anbieten, da mir die Pads ausgegangen sind.«

»Kennen Sie die Geschäftsführer?« War dies der Schlüssel zu dem Ganzen?

»Nein, eigentlich nicht. Einer der Brüder, Jochen, ist mit mir im Schachklub. Ansonsten gibt es nur die reine Geschäftsbeziehung mit der Belieferung von Getränken. Bisher hatten wir einen Lieferanten aus Mannheim, doch dem ist seit unserem Umzug die Anfahrt zu weit.«

Mir fiel auf, dass er mir eine Cola hinstellte, obwohl ich mich diesbezüglich nicht geoutet hatte. Zufall oder Wissen?

»Haben Sie sich noch mal die Sache mit der Karte durch den Kopf gehen lassen?«, fragte ich ihn.

Christian Dietz nickte. »Tut mir leid, mehr als ich Ihnen dazu bereits gesagt hatte, fällt mir nicht ein. Ich weiß, das hört sich alles sehr unerklärlich an, aber so war es halt. Ich habe keinerlei Anhaltspunkte, wer mir die Karte geschrieben hat.«

»War es eher eine männliche oder weibliche Schrift?«

»Eher eine Computerschrift«, antwortete Dietz. »Mit dem Drucker.«

Ich kam nicht weiter. Eine Durchsuchung des Betriebes könnte weiterhelfen. Doch zunächst würde ich auf Fratellis Bericht und seine Fotos warten. Auf einen Tag kam es jetzt auch nicht mehr an.

Nachdenkend lehnte ich mich zurück. Dabei fiel mein Blick auf einen Lageplan, der sicherlich über einen Quadratmeter groß war und an der Wand hing. Neugierig stand ich auf. Aus der Vogelperspektive konnte ich die Halle und die Zufahrtsstraße erkennen. Viele dünne, meist parallel gestrichelte Linien durchzogen die Zeichnung. Seltsame kleine Zahlen standen daran.

»Was sind das für Linien?« Anhand des Maßstabs schätzte ich ab, dass manche Linien höchstens zehn Meter auseinanderlagen.

»Das sind die ehemaligen Flurstücke vor der Flurbereinigung. In diesem ganzen Gebiet, es betrifft die halbe Vorderpfalz, gab es durch Erbteilung bis vor wenigen Jahrzehnten viele handtuchbreite Grundstücke, die für eine bäuerliche Bewirtschaftung oft nicht mehr geeignet oder rentabel waren.«

Natürlich wusste ich, was eine Flurbereinigung war. Hier wurden kleine, verstreut liegende Grundstücke eines Eigentümers an einer Stelle zusammengefasst. Jeder hatte nach der Bereinigung wieder die gleiche Grundstücksgröße, nur diesmal kompakt auf einer oder nur wenigen Flächen. Dass die Grundstücke früher mal so schmal gewesen waren, verblüffte mich.

»Die Flurbereinigung war aber noch nicht alles, Herr Palzki.« Dietz zeigte auf Linien, die in einem anderen Winkel verliefen. »Als Ende der 6oer Jahre die A 61 und etwas später die neue B 9 geplant wurden, mussten viele Grundstücke erneut aufgeteilt oder gar an den Staat verkauft werden. An dieser Stelle ist nichts mehr so, wie es vor 100 Jahren ausgesehen hat.« Er zeigte auf die Nummern. »Das sind die heutigen Flurstücknummern, wie sie im Liegenschaftskataster ausgewiesen sind. Die hellgrauen Namen sind die Flurnamen, die größtenteils überliefert sind. Hier sind wir zum Beispiel ›Am Römig‹. Auf manchen Karten steht auch ›Im Römig‹.«

Ich ging mit meinen Augen näher, um die Flurstücknummern entziffern zu können. Plötzlich stutzte ich. Ich sah die Lösung der verschlüsselten Schatzkarte auf einmal vor mir. Unglaublich, dass bisher kein anderer auf diese einfache Lösung gekommen war. Ich riss mich zusammen, damit Christian Dietz nichts bemerkte.

»Ich muss jetzt wieder zurück. Für Sie wird es ja langsam Zeit. Die Traktoren werden gleich anrollen.«

Dietz nickte. »Melden Sie sich gerne, wenn Sie noch etwas wissen möchten.«

Als ich mein Auto erreichte, rief mir Marco Fratelli vom Hallendach zu. »Ich habe alles im Griff«, schrie er mir hinunter.

KAPITEL 19 –
ES KLÄRT SICH AUF

Ohne Schwierigkeiten an unserem Empfang kam ich in Juttas Büro.

»Ich habe die Lösung«, rief ich den beiden zur Begrüßung zu.

»Wir haben den Mörder«, sagte Gerhard lapidar.

Ich blieb mitten in der Bewegung stehen.

»Der Mörder hat ein Geständnis abgelegt. Er ist bereits in Untersuchungshaft.«

»Jochen Bruch? Helmut Braun?«, riet ich fassungslos.

»Wie kommst du auf die beiden? Nein, es ist eine sie.«

Wollten mich meine Kollegen veräppeln? Das konnte doch nicht sein.

»Paula Hambacher? Die Stadträtin?«

Jutta schüttelte den Kopf. »Im Raten warst du nie gut. Nein, es war Roswitha Ziemniak von Kartoffel-Käfer.«

Nach dieser Aussage musste ich mich erst einmal setzen. Ausgerechnet die Inhaberin des Bio-Bauernhofes. Die Unverdächtigste von allen. Dies gab es regelmäßig in Kriminalromanen, aber niemals im richtigen Leben.

»Und die hat alle Morde gestanden?«

Gerhard lachte. »Ach so, jetzt weiß ich, warum du so verwirrt bist. Nein, es geht nur um den Mord an Elke Müller, die in der Couch von der Vorarbeiterin Pia Skarbu lag.«

»Was?«

Jutta sagte nachdenklich: »Als Frau kann ich ihr Motiv durchaus nachvollziehen.«

Nachdem ich darauf nichts sagte, erklärte sie es mir. »Sie wusste seit Längerem, dass ihr Mann einige Liebschaften hatte. Unter anderem mit dieser Elke Müller, aber auch mit Paula Hambacher und sogar ihrer Vorarbeiterin Pia Skarbu.«

Teilweise waren uns diese Informationen bekannt. Jutta sprach weiter.

»An dem Abend, nachdem die Vorarbeiterin Skarbu von der Engländerin Avril Walters abgeholt worden war, hatte Roswitha ihren Mann in flagranti mit Elke Müller erwischt. In einer Kurzschlussreaktion, sie hatte zufällig ein Beil in der Hand, hat sie Elke erschlagen. Gemeinsam mit ihrem Mann versteckte sie die Leiche in der Couch. Da Roswitha ihren Mann dennoch abgöttisch liebt, haben die beiden das Verschwinden ihrer Vorarbeiterin genutzt, um die Leiche offiziell durch die Polizei, also durch dich, Reiner, finden zu lassen.«

Zwei, drei Minuten saß ich still da und ließ mir das eben Gesagte durch den Kopf gehen. »Kann sie für den Mord an ihrer Vorarbeiterin verantwortlich sein? Ich weiß, dass die einen Mini haben.«

»Stimmt«, sagte Jutta. »Aber einen roten. Frau Ziemniak hat für die Tatzeit ein absolut sicheres Alibi. Das haben wir natürlich längst überprüft.«

»Und die Sache in Landau?«

»Da sieht es nicht so gut aus. Das war schließlich mitten in der Nacht. Laut Aussage ihres Mannes hatte sie geschlafen. Diese Aussage ist natürlich wenig werthaltig. Vielleicht bringt uns ein DNA-Abgleich weiter. Aber ich glaube nicht, dass sie damit etwas zu tun hat. Nein, ich bin davon überzeugt, dass der Tod von Elke Müller nichts mit den anderen Kapitalverbrechen zu tun hat.«

»Zu dem Unfall bei Schwegenheim gibt es nichts Neues«, sagte Gerhard. »Es gibt keinerlei Anzeichen einer Fremdeinwirkung.«

»Vielleicht hat Elkes Tod dennoch die anderen Morde initiiert?«, dachte ich laut nach. »Auch wenn es dafür ein anderes Motiv gab.«

Es klopfte, und unsere freien Mitarbeiter Becker, Boiselle und Walters traten ein. Dem nicht genug folgte ihnen KPD. Die personelle Überfüllung des Büros schien er nicht zu bemerken.

»Herr Bosco will sich absolut nicht von seinem Wagen trennen, meine Herren«, polterte er los, ohne Jutta und Avril Walters als anwesende Damen zu erwähnen. »Das ist ein absoluter Notstand.« Nervös lief er zwischen Schreibtisch und Fenster hin und her. Dabei entdeckte er den Berg Kartoffeln im Hof. »Die müssen weg, Palzki. Heute noch. Mir wurde mitgeteilt, dass Sie für dieses Zeug verantwortlich sind. Machen Sie sich gleich mal an die Arbeit. Danach fahren Sie unverzüglich zu Herrn Bosco und versuchen, die Lage zu klären. Bei Erfolg werde ich mich als guter Chef selbstverständlich erkenntlich zeigen.«

Wahrscheinlich würde das ›erkenntlich zeigen‹ darin bestehen, dass ich zweimal wöchentlich seinen Oldtimer waschen dürfte. Akut hatte ich allerdings zwei andere Probleme: KPD loswerden, um den anderen meine neu gewonnene Erkenntnis zu der Schatzkarte zu erzählen, sowie den Kartoffelberg im Hof. Auf eine schweißtreibende Arbeit hatte ich absolut keine Lust, schließlich war ich Beamter. »Herr Diefenbach«, begann ich mit einer erfundenen haarsträubenden Geschichte, »die Kartoffeln sind für Sie.«

»Für mich?« KPDs Stirn kräuselte sich.

»Ich kam gerade noch rechtzeitig, Ihre Kolleg..., äh, Konkurrentin aus Landau wäre um ein Haar schneller gewesen.«

Noch war der Erkenntnisgewinn für meinen Chef gering. Alle anderen hörten ebenfalls interessiert zu.

»Bei den Kartoffeln handelt es sich um eine neue wertvolle Züchtung, die demnächst vermarktet werden soll. Frau Dr. Dammheim sah schon ›Dr. Dammheims Spezial-Grumbeere‹ auf dem Etikett stehen. Nur durch meine selbstlose Intervention ist es gelungen, Ihnen, mein lieber guter Chef, das Vorrecht auf die Namensfindung einzuräumen.« Mit dem Ärmel wischte ich mir den Schweiß von der Stirn. So blödsinnig übertrieben hatte ich schon lange nicht mehr gelogen. »Damit Sie sich ein Bild von der neuen Sorte machen können, habe ich für Sie eine kleine Probelieferung veranlasst.«

Im Hintergrund sah ich, wie Jutta sich setzen musste, und selbst Gerhard schien Schwierigkeiten zu haben, seine Körperflüssigkeiten zu halten.

KPD stand zunächst regungslos mit offenem Mund da.

»Das, äh, das werde ich Ihnen nie vergessen, Herr Palzki.« Er kam näher und umarmte mich. Sein penetrantes Rasierwasser Marke Russisch Leder nahm mir den Atem. Hoffentlich verzichtete er darauf, mich zu küssen. Nachdem er sich erholt hatte, glänzte sein Gesicht. »Dann werde ich mal gleich in den Hof gehen und mir ein paar der Prachtexemplare holen, damit ich einen geeigneten Namen entwickeln kann. Irgendetwas mit Diefenbach wird es ja wohl werden müssen.«

Er strebte zur Tür, drehte sich aber noch mal um. »Vergessen Sie Herrn Bosco nicht, es ist wichtig!«

Nicht nur Avril Walters stand fassungslos im Raum herum. »So verrückte Menschen gibt es bei uns in England nicht«, stellte sie fest.

Ich musste darüber grinsen. Immerhin hatte ich das Kartoffelproblem auf elegante Art und Weise gelöst. Zumindest kurzfristig.

Als Nächstes versuchte ich, die drei Hobbydetektive loszuwerden. »Haben Sie das Geheimnis gelöst?«, fragte ich provozierend und erntete ein kollektives Kopfschütteln.

»Na, dann«, fuhr ich fort. »Wir werden nun alle wieder an unsere Arbeit gehen. Wo müssen Sie jetzt hin?« Mein Wink mit dem Zaunpfahl sollte eindeutig sein.

»Nirgendwo, Herr Palzki«, gab Becker zu. »Wir sind mit unserem Latein am Ende. Nicht einmal Herr Diefenbach kann uns im Moment wertvolle Impulse oder Informationen geben, da er mit anderen Dingen beschäftigt ist.« Der Student seufzte, und ich grinste. KPD hatte aufgrund seiner eigenen Geschäfte wie Kaffeepads, Oldtimer und neu hinzugekommen Kartoffeln nicht den Hauch einer Ahnung, was es mit den Mordfällen auf sich hatte. Und das war gut so.

»Dieses Mal wird's wohl nichts mit einem Krimi, Herr Becker.« Jetzt grinste ich ihn offen an. »Diefenbachs Absurditäten können Sie in keinen Krimi schreiben, das glaubt Ihnen keine Sau. Und die Ermittlungen selbst werden wir wohl in Kürze vorläufig einstellen.« Ich zuckte bedauernd mit den Achseln.

Die enttäuschten Gesichter der drei waren mir Befriedigung genug. Leider wurde die Szene durch einen neuen Besucher konterkariert.

»Hallo!« Ein freudestrahlender Jürgen trat ein.

»Wo kommst du denn her?«, fragte Jutta unseren Jungkollegen.

»Aus Ludwigshafen. Die wollen mich nicht mehr haben.« Jürgen lachte schallend heraus. Dann nahm er den Besuch wahr. Jutta stellte ihm Avril Walters vor, Becker und Boiselle kannte er.

»Jetzt erzähl mal«, forderte ich Jürgen auf, nachdem ich ihm die Hand geschüttelt hatte. Er kam wie gerufen.

»Die haben mich mit Arbeit regelrecht zugeschissen«, begann Jürgen. »Alles, wozu die im Präsidium keine Lust hatten, musste ich machen. Jürgen, recherchiere mal hier, schau mal da nach und so weiter. Bis zum Feierabend konnte ich nicht einmal die gängigsten Tageszeitungen lesen.« Er schaute aufständisch in die Runde. »Dann hat's mir gereicht. Ich habe über jeden meiner Ludwigshafener Kollegen ein Exposé erstellt mit allen verfügbaren Daten. Mann oh Mann, was ich da alles rausgefunden habe. Jedenfalls waren die Kollegen von den Exposés allesamt wenig begeistert.«

»Du hast sie erpresst?«, unterbrach Jutta.

»Um Himmels willen, nein«, wehrte er sich. »Ich habe die Exposés natürlich nicht weitergegeben. Nur den betroffenen Kollegen selbst. Auf einmal hatte ich Ruhe. Kein Mensch kam mehr in mein Büro. Nachdem ich die Rheinpfalz, die F.A.Z. und die Süddeutsche gelesen hatte, wurde es mir langweilig. Meinen Versetzungsantrag nach Schifferstadt habe ich vor einer Stunde eingereicht. Und da bin ich schon.«

»Klasse«, belobigte ich unseren Jungkollegen. »Ich hätte gleich etwas für dich zu tun.«

»Ist das dein Ernst, Reiner? Übrigens, in Ludwigshafen haben Sie mir zum Abschied gesagt, dass ihr heute früh einen Mordfall aufgeklärt habt.«

Verdammt, dachte ich. Die drei Hobbydetektive horchten auf. So blieb Jutta nichts übrig, als über die aktuelle Lage zu berichten.

»Der Todesfall Elke Müller ist somit aufgeklärt«, schloss ich Juttas Ausführungen. »Das ändert nichts an der Tatsache, die ich vorhin erörtert habe.« Ich zeigte zur Tür, doch die drei wollten meiner Geste nicht folgen.

Jürgen schoss erneut quer. »Was für einen Auftrag hast du für mich, Reiner? Hoffentlich mal etwas Anspruchsvolles.«

Nachdem das darauf folgende Schweigen über eine Minute dauerte, gab ich mir einen Ruck. Die schnelle Aufklärung des Falles war wichtiger, als unseren lästigen Besuch in die Wüste zu schicken.

»Jutta, gibst du ihm bitte eine Kopie der Schatzkarte?«

Jürgen riss die Augen auf. »Eine Schatzkarte? Womöglich ein Piratenschatz? Auf welcher Insel soll der versteckt sein?«

»Schalte mal deine Fantasie eine Stufe runter, Jürgen.«

Er betrachtete die Kopie, während wir schwiegen. »Das ist aber eine seltsame Verschlüsselung«, meinte er schließlich. »Ich bin in Kryptologie einigermaßen versiert, die Zahlen und Buchstaben scheinen mir aber wenig authentisch zu sein. Das könnten irgendwelche Abkürzungen sein.«

Ich sagte nur ein Wort: »Flurstücknummern.«

Jürgen vertiefte sich erneut in die Skizze. »Das könnte sein, zum Teil zumindest. Von welcher Gegend reden wir?«

Jutta hatte aus einem anderen Büro weitere Stühle angeschleppt, sodass wir nun in großer Runde, aber leicht beengt an dem Besprechungstisch saßen. Kekse gab es leider keine.

»Südlicher Bereich von Frankenthal sowie der angrenzende ehemalige Landkreis Ludwigshafen. Aber ganz so einfach ist es nicht.«

Jürgen sah auf, seine Augen glänzten erwartungsvoll. »Nicht?«

»Die Karte stammt von 1961. Damals sah es in dem Gebiet anders aus. Es gab noch keine Flurbereinigung, keine A 61 und keine B 9 in der aktuellen Streckenführung.«

»Wenn's weiter nichts ist«, meinte Jürgen flink. »Ich dachte schon, es wäre ausnahmsweise mal etwas Schwieriges. Darf ich mal kurz an deinen PC, Jutta?«

Während unser neuer alter Kollege auf der Tastatur rumhämmerte, reichte mir Jutta eine Liste. »Das kam aus Landau. Eine Auflistung aller potenziellen Spuren in Sachen Moritz Rapid. Übrigens, Helmut Braun kam nicht in Untersuchungshaft. Die Begründung ist mir unbekannt.«

Ich konnte nur mit dem Kopf schütteln. Wer weiß, womit der Vorstand die Kripochefin geschmiert hatte. Vielleicht mit einer eigenen Kartoffelmarke? Während ich vor mich hin sinnierte, überflog ich die Liste und blieb bei einem Punkt hängen, der mir bekannt vorkam.

Aufgeregt wandte ich mich an meine Kollegin. »Jutta, wo sind die Sachen aus Oggersheim? Sind die bei uns?«

Die drei Hobbydetektive bemerkten meine Reaktion, während Jutta sich auf die Suche machte. Keine Minute später reichte sie mir die Tüte mit den Asservaten aus Oggersheim. Ich fixierte die Fundstücke. Volltreffer. Das konnte kein Zufall sein. Der Täter hatte sich verraten, so einfach konnte es manchmal gehen. Ich beschloss, mein Geheimnis zunächst für mich zu behalten, zumal es sich nur um ein erstes Indiz handelte.

»Na, Jürgen. Kommst du voran?«, rief ich nach hinten in Richtung Schreibtisch, um abzulenken.

»Ich hab's gleich, Reiner. So langsam ergeben die Buchstaben einen Sinn.«

Das Telefon läutete.

»Für dich«, sagte Jutta genervt, nachdem sie abgenommen hatte. »Marco Fratelli. Was will der von dir?«, flüsterte sie.

Jetzt kam aber alles zusammen, dachte ich mir. »Ja«, meldete ich mich und drehte mich mit dem Rücken zu Becker und Boiselle. »So viele?«, rief ich verwundert. »Und die sind alle dort? Können Sie mir die Fotos mailen?« Ich gab Herrn Fratelli die E-Mail-Adresse von Jutta durch, bedankte mich und legte auf.

»Was ist los?«, wollten drei oder vier Anwesende gleichzeitig wissen.

»Jutta, da landen gleich ein paar Fotos auf deinem Computer. Könntest du die bitte ausdrucken?«

»Mach ich schon«, mischte sich Jürgen ein. »Das E-Mail ist eben eingegangen.«

Nervös setzte ich mich an den Besprechungstisch. Nervös wirkten wir alle.

»Bei Kartoffel-Kuhn habe ich Herrn Fratelli getroffen«, erklärte ich in der Zwischenzeit. »Der will in diesen Tagen die große Halle verhüllen. Dabei ist ihm aufgefallen, dass verdächtig viele Leute um das Unternehmen herumschleichen. Er hat mir angeboten, diese Personen zu fotografieren.«

Der Drucker jaulte auf, und kurz darauf zog Jürgen ein paar Blätter aus dem Schacht. »Kenne ich nicht«, meinte er und reichte mir die Ausdrucke.

»Ich schon«, sagte ich und reichte die gestochen scharfen Fotos weiter. »Ich bin mehr als gespannt, was Helmut Braun und sein Geschäftsführer Uwe Gebhardt in Frankenthal zu suchen haben. Gleiches gilt für Jochen Bruch.« Was hatten diese Leute zu verheimlichen, da sie offensichtlich bemüht waren, nicht den normalen Zugang des Unternehmens zu benutzen?

»Wer ist dieser Mann?«, fragte Gerhard. »Ziemniak«, antwortete ich. »Warum sitzt der nicht in Untersuchungshaft? Der hat doch seine Frau gedeckt.«

»Keine Fluchtgefahr«, beschied mir Jutta. »Vielleicht sind die beiden doch tiefer in die Sache verstrickt als gedacht.«

»Grumbeere«, sagte ich laut. »Ich wusste es die ganze Zeit, dass es um Grumbeeren geht. Lasst uns nach Frankenthal fahren. Wir nehmen den Laden auseinander.«

Jutta hob den Telefonhörer ab. »Ich werde gleich mal das SEK informieren.«

Ich winkte ab. »Ne, lass mal, kein Spezialeinsatzkommando. Damit haben wir nur schlechte Erfahrungen gemacht.«

»Du vielleicht«, unterbrach mich meine Kollegin. »Du kannst das nicht auf eigene Faust erledigen. Das ist viel zu gefährlich.«

»Was soll uns groß passieren? Wir nutzen den Überraschungseffekt. Es wird bestimmt niemand in der Halle rumballern.«

Jutta war nach wie vor skeptisch. »Hast du bereits Jacques auf die Spur gesetzt?«, fragte sie misstrauisch.

»Nein, natürlich nicht. Jacques brauchen wir nicht. Wir fahren jetzt zu dritt nach Frankenthal und knöpfen uns die ganze Blase vor. Von mir aus kannst du ein paar Schutzpolizisten in der Nähe postieren, aber bitte kein SEK. Die reagieren immer so ungehobelt.«

»Wir kommen mit!« Dietmar Becker stand voller Tatendrang auf.

»Klar«, sagte Avril Walters und stand ebenfalls auf.

»Ich bin fertig«, sagte im gleichen Moment Jürgen. Er reichte mir eine Skizze, die er gerade ausgedruckt hatte.

»Eine Landkarte?«, fragte ich unsicher. »Wo soll das sein?«

Nebenan begann der Drucker erneut zu rauschen. Grinsend gab mir Jürgen einen weiteren Ausdruck. »Dies ist die Übersetzung ins Jahr 2016. Die Kartenausschnitte sind fast identisch. Besser geht's auf die Schnelle nicht.«

Gerhard beugte sich zu mir herüber. »Da ist der Neubau von Kartoffel-Kuhn drauf«, stellte er fest und zeigte auf den Plan. »Mensch, Reiner, ich glaub's nicht. Diese Spur führt ebenfalls zu diesem Abpackunternehmen.«

Mir ging die ganze Sache zu schnell. Ich versuchte, die alte Karte zu verstehen, was mir nicht gelang. Die Bezeichnungen und Straßen hatten keine Ähnlichkeiten mit der zweiten, der neueren Karte. Hätte Jürgen gesagt, sie wäre aus Australien, ich hätte es ihm geglaubt.

Während der Drucker erneut arbeitete, beugte sich Jürgen von hinten über mich drüber, was mir äußerst unangenehm war. Selbst seitlich saß ich inzwischen sehr beengt, da alle gleichzeitig auf die Karten starrten.

»Die Karte stammt aus dem Geoportal Rheinland-Pfalz«, begann Jürgen mit seinen Erläuterungen. »Zunächst habe ich mir den Frankenthaler Flächennutzungsplan von 1962 angesehen.« In einer Hand hielt er die Kopie der Schatzkarte. »Hier, schau. Diese zwei Zahlen stehen als Flurstücksnummern in dem Plan. Das ist eindeutig. So wie es aussieht, führt die Karte auf das Gebiet von Eppstein, das aber erst Ende der 60er Jahre in Frankenthal eingemeindet wurde. Daher habe ich den Flächennutzungsplan von 1977 ausgedruckt, den du in der Hand hältst. Dort finden sich weitere Flurstücksnummern, die auf der Schatzkarte stehen.«

Ich unterbrach ihn. »Was sind das für Striche?«

»Das ist eine Hochspannungsleitung, die ist aber einen halben Kilometer weiter östlich, eher in Richtung Oggersheim.« Jürgen zeigte auf die andere Seite der ausgedruckten Karte. »Das ist die A 61, die 1971 für den Verkehr freigegeben wurde. Im alten Plan von 1962 ist an der gleichen Stelle der Neugraben eingezeichnet, der anscheinend mit dem Autobahnbau verschwunden ist.«

»Ist das wichtig?«, hakte ich nach, weil mir der Kopf schwirrte.

»Und ob.« Jürgen steigerte sich weiter in die Erklärungen hinein. »NG, genau die Buchstaben befinden sich auch auf der Schatzkarte. Die Flurstücksnummern in der Nähe geben Gewissheit, dass die Abkürzung für Neugraben steht. Leider sind auf der Karte von 1977 die Grundstücke schon längst umgelegt.«

»Heißt das, dass wir so nicht weiterkommen?«

Jürgen grinste und zog zwei weitere Blätter aus dem Drucker. »Ich bin doch kein Anfänger, Reiner. Im Landkartenarchiv bin ich fündig geworden. Dies ist eine Karte der gleichen Umgebung, die die Besatzungsmächte nach dem Zweiten Weltkrieg verwendet haben. Die Karte selbst ist von 1939. Und dort ist der Neugraben eingezeichnet. Und jetzt schau mal 300 Meter weiter rechts.«

Ich las ›Am Römig‹. Anerkennend drehte ich mich nach hinten und schaute zu ihm hoch. »Du bist echt gut, Jürgen.«

Er freute sich über das Lob. »Schau dir erst mal das an.« Er reichte mir den letzten Ausdruck. »Das ist der Bebauungsplan Eppstein, Industriegebiet Am Römig, 1. Abschnitt, Aufstellungsbeschluss und Offenlage vom 15.05.2008.«

Die Karten waren der glatte Wahnsinn. Dietmar Becker hatte sich inzwischen so weit vorgedrängt, dass er fast auf meinem Schoß saß. »Hier sind weitere übereinstimmende Nummern«, stellte er fest.

Jürgen lachte. »Macht euch nicht die Mühe, ich weiß längst, wo der Schatz liegt.«

Klar, dass wir ihn alle fixierten. Jürgen ging lässig zum Computer und druckte eine weitere Seite aus. Dieses Mal war es keine Karte, sondern reiner Text.

»Zum Bebauungsplan gibt es die Anlage 3.4, eine archäologisch-geophysikalische Prospektion. Die dazugehörende Karte kann ich euch nachher ausdrucken. Auf dieser Karte sieht man viele Punkte, bei denen es sich um Blindgänger aus dem letzten Krieg handelt. Außerdem wird im Bericht eine Anomalie von 7x18 Metern in der südwestlichen Ecke des Magnetogrammes erwähnt. Dabei handelt es sich wahrscheinlich um die Überreste einer alten Bunkeranlage. Und auf diese Anlage wird in der Schatzkarte Bezug genommen. 50 Meter östlich davon muss der Schatz liegen. Ist das wirklich ein Goldener Hut?«

Ich ließ die Frage unbeantwortet, da ich den Bebauungsplan, in dem Jürgen die Bunkeranlage mit Kugelschreiber grob eingezeichnet hatte, mit dem aktuellen Plan verglich. Die Erkenntnis war wenig überraschend. »Auf dem Betriebsgelände von Kartoffel-Kuhn«, sagte Becker stellvertretend für alle anderen, die ebenfalls auf die Karten schauten.

»Na, dann«, stellte ich fest. »Ein weiterer Grund, nach Frankenthal zu fahren.« Ich überlegte, wie ich es den drei Hobbydetektiven verbieten könnte, ebenfalls dorthin zu kommen. Mangels Idee plus des Übereifers der drei, sie standen nämlich längst an der Tür, war der Plan zum Scheitern verurteilt.

»Sie bleiben aber im Hintergrund!«, drohte ich. »Meine Kollegen und ich führen das Kommando, verstanden?«

Wider Erwarten nickten sie bereitwillig.

»Ich fahre«, sagte Jutta zu Gerhard und mir, als Becker, Boiselle und Walters verschwunden waren. Zwei Worte, die für einen Außenstehenden harmlos klangen. Für einen Betroffenen waren sie schlimmer als tödlich. Das lag nicht an der Fahrweise meiner Kollegin, daran gab es meist nichts zu bemängeln, sondern an den Innentemperaturen ihres Fahrzeugs. Jutta fror. Auch im Sommer bei 35 Grad Celsius im Schatten. Daher war in ihrem Dienstwagen die Heizung standardmäßig auf höchste Stufe eingeschaltet. Und zwar immer. Ein Herunterdrehen der Heizung ließ Jutta genauso wenig zu wie ein auch nur millimeterweises Öffnen der Fenster. In einem Satz gesagt: Eine Fahrt in Juttas Wagen entsprach einer Reise quer durch die Sonne.

»Lass mal, Jutta«, verteidigte ich mein Leben. »Ich war schon mal dort und kenne den Weg.«

Nachdem Gerhard aus den gleichen Motiven heraus mir zustimmte, gab sie sich geschlagen.

Ich tat Jutta den Gefallen nicht: Ohne mich zu verfahren, kamen wir 20 Minuten später bei Kartoffel-Kuhn an. Unser erster Blick fiel auf einen Oldtimer, der auf dem Besucherparkplatz stand.

KAPITEL 20 –
GRUPPENFÜHRUNG

»Oh, nein, schon wieder einer«, stöhnte ich auf. »Hoffentlich ist KPD nicht da.«

»Weißt du, wem der gehört?«, fragte Jutta.

»Ich habe den Karren noch nie gesehen. Ich bin sehr gespannt.«

Das Geheimnis lüftete sich schnell. Kaum waren wir ausgestiegen, kam uns Dieter Marschall aus der Halle entgegen. Für einen winzigen Moment schaute er verdutzt.

»Herr Palzki, was machen Sie in dieser Gegend?«

Ich beantwortete seine Frage mit einer Gegenfrage. »Sind Sie wieder auf der Suche nach Avril Walters?«

»Wieso? Ist sie hier?« Er schaute sich um.

Mir war aufgefallen, dass die drei Hobbydetektive nicht da waren.

Ich ging auf Konfrontationskurs. »Ist das Ihr Wagen, Herr Marschall?«

Der pensionierte Lehrer zeigte auf den Oldtimer. »Ich habe eine Probefahrt gemacht, weil ich diesen Wagen kaufen möchte. Just da vorne«, er zeigte unbestimmt in Richtung Gewerbegebiet, »fing der Motor an zu stottern. Dummerweise habe ich mein Handy zu Hause vergessen, daher wollte ich in diesem Unternehmen fragen, ob ich mal telefonieren darf.«

»Und, konnten Sie?«

Marschall schüttelte den Kopf. »Ich habe niemanden gefunden, der mir weiterhelfen kann. Zwei oder drei Arbeiter meinten, ich solle zu einem Herrn Dietz gehen, doch den habe ich nicht gefunden. Da wollte ich …«

Er brach ab, da in diesem Moment Becker, Boiselle und Walters um die Ecke kamen.

»Avril, was machst du hier?«, fragte er erstaunt.

Unbekümmert antwortete sie, als würde sie gerade im Supermarkt einkaufen: »Wir wollen einen Mörder fangen, Dieter. Willst du mithelfen?«

Zu einer Antwort kam es nicht, da nun auch Marco Fratelli hinzukam, mir die Hand schüttelte und sich mit dem ihm bekannten Dietmar Becker unterhielt. Dann unterbrach er seine Rede und schaute zu mir: »Alles klar, Herr Palzki? Konnten Sie mit den Fotos etwas anfangen? Die Personen sind immer noch in der Halle, ich habe bisher niemanden herauskommen sehen.«

Wie auf Kommando trat Jochen Bruch aus der Halle und erschrak fürchterlich.

So langsam nahm die Gruppengröße überhand. Es war schwer, den Überblick über die Gruppe zu behalten, da alle durcheinanderquatschten. Ich rief mir selbst in Erinnerung, dass ich noch keinerlei strategische Idee hatte, wie der Täter überrumpelt werden könnte. Bisher gab es schließlich nur ein paar vage Indizien. Ohne sein Geständnis war alles für die Katz.

»Das ist ja mal eine Überraschung«, rief ich dem Getränkehändler entgegen, obwohl es gar keine Überraschung war.

Zögernd kam er näher. »Ich mache nichts Illegales«, begann er sofort abzuwiegeln, als sei er ein professioneller Politiker.

»Das hat niemand behauptet«, beruhigte ich ihn. »Trotzdem würde mich brennend interessieren, warum Sie in der Halle von Kartoffel-Kuhn herumlaufen.«

Viel zu schnell hatte er sich wieder gefasst. »Ich habe von dem Unternehmen den Auftrag erhalten, die Getränke zu liefern. Zu dem Auftrag gibt es noch ein paar Rückfragen. Leider kann ich Herrn Dietz nirgendwo finden.«

Ich blickte kurz zu meinen Kollegen. Dass so viele Leute auf einem Fleck standen, war unangenehm und suboptimal. Wie sollte man unter solchen Bedingungen einen Mörder dazu bringen, sich zu outen? Und ihn dann anschließend ohne Gefahr für die anderen festnehmen? So etwas gelang vielleicht meinem Freund Jacques Bosco. Warum hatte ich ihn nicht eingeweiht? Er hätte garantiert eine Lösung für dieses Problem parat.

Ich entschied mich für die Flucht nach vorne.

»Dann gehen wir jetzt mal rein. Wenn jemand draußen warten will, kein Problem.«

Wie erwartet, waren alle viel zu neugierig.

Wir mussten durch die komplette Halle gehen, bis wir Christian Dietz an der Verpackungsstation entdecken konnten. Er diskutierte mit Helmut Braun und Uwe Gebhardt aus Landau. Ich addierte drei weitere Köpfe zu unserer Großgruppe. Dass die beiden Landauer hier waren, wusste ich von Fratellis Fotos.

»Hallo, Herr Palzki«, begrüßten mich die drei unisono. »Sie haben ja eine ganze Delegation mitgebracht«, erweiterte Dietz seinen Redebeitrag.

Bevor alle durcheinandersprachen und jeder sein Anliegen oder vermeintliches Anliegen vorbringen konnte, übernahm ich die Gesprächsführung.

»Sind Sie zufrieden mit den Grumbeeren?«, fragte ich die drei.

»Oh, ja«, antwortete Helmut Braun sichtlich erfreut. »Dank Ihrer innovativen Idee verkaufen sich die Mords-Grumbeeren wie geschnitten Brot. Ich habe gerade mit Herrn Gebhardt darüber gesprochen, ob wir Sie nicht der Erzeugergemeinschaft der Pfälzer Grumbeeren als Markenbotschafter vorschlagen sollen.«

»Dann bekommen Sie ein Jahr lang so viele Kartoffeln wie Sie wollen«, legte Uwe Gebhardt noch eins drauf.

Ich hatte keine Lust, dieses unsägliche Thema zu vertiefen. »Was ist bei Ihnen in der Halle los, Herr Dietz? Als wir eben durchgelaufen sind, habe ich gesehen, dass ein Teil abgesperrt ist und ein Presslufthammer an der Wand steht.«

Nach einem kurzen Zucken antwortete er kurz angebunden: »Wir haben einen kleinen Fehler in der Bodenplatte entdeckt. Das Armiereisen schaut durch die Bodenplatte und könnte rosten. Daher muss ein Stück des Bodens neu betoniert werden.

Dietz schaute sich um. »Wir sind recht viele, aber mein Büro ist groß. Darf ich Sie einladen? Dann können wir uns setzen und Herrn Palzkis Ausführungen lauschen. Ich bin sehr gespannt, was er mir beziehungsweise Ihnen zu sagen hat.«

Mir war klar, dass er von seiner Baustelle ablenken wollte. Lag der Goldene Hut genau unter dieser Bodenplatte?

Zwei weitere Personen stießen zu uns: Paula Hambacher und Herrmann Ziemniak.

»Was ist denn hier los?«, fragte die Neustadter Stadträtin. »Avril, kannst du uns verraten, was das soll?«

Die Engländerin antwortete verlegen: »Ich wusste auch nicht, dass so viele Menschen hier sind, als ich dich vorhin mit dem Handy anrief. Die meisten der Anwesenden kenne ich nicht.«

Ich unterbrach die Unterhaltung. »Warum haben Sie Frau Hambacher angerufen, Frau Walters?«

»A…, aber Sie will doch, äh, auch wissen, wer die vielen Menschen umgebracht hat«, stotterte sie hilflos.

»Es geht immerhin um enge Bekannte«, half Hambacher ihrer englischen Verwandten rhetorisch geschickt aus der Bredouille.

»Und deshalb haben Sie auch Herrn Ziemniak mitgebracht«, fiel ich ihr ins Wort.

»Na, hören Sie mal«, unterbrach mich nun Ziemniak, »immerhin wurde unsere Pia ermordet.«

Unter anderen Umständen hätte ich jetzt das Thema auf seine Frau und Elke Müller gelenkt. Doch dafür waren zu viele Unbeteiligte anwesend.

»Okay, dann folgen wir dem Chef.«

Dietz' Büro war zwar in der Tat geräumig, trotzdem wurde es ziemlich eng. Aus einem Nachbarraum holte er weitere Stühle.

Zunächst folgte eine informelle Begrüßungswelle, da sich nicht alle kannten. Nach und nach saß die ganze Gesellschaft auf den Stühlen rund um einen länglichen Besprechungstisch.

»Darf ich Ihnen etwas zu trinken anbieten?«, fragte Dietz in die Runde.

»Erst die Arbeit, dann das Vergnügen«, warf ich ein. »Ich gehe davon aus, dass einige von Ihnen gespannt sind, was los ist. Und vor allem, warum die Polizei anwesend ist.«

Ohne Ausnahme nickten alle anwesenden Nichtpolizisten. Wie viele das mit schlechtem Gewissen taten, konnte ich nur schätzen.

Um einen ersten Überraschungseffekt auf meiner Seite zu haben, zog ich die Kopie der Schatzkarte aus der Tasche. Wenige der hier Sitzenden wussten von deren Existenz, zumindest offiziell. Es konnte aber durchaus sein, dass alle davon wussten. Vielleicht mit Ausnahme von Marco Fratelli, wobei ich mir nicht einmal in diesem Fall sicher war.

»Was haben Sie da in der Hand?«, fragte Dieter Marschall, der bisher nicht auf meiner Verdächtigenliste gestanden hatte.

»Das ist eine Schatzkarte«, antwortete ich kurz und knapp.

Ein Raunen ging durch den Raum.

»Wo haben Sie die gefunden?«, fragte die Neustadter Stadträtin. Eigentlich hatte ich erwartet, dass mich jemand fragte, auf welcher Insel dieser Piratenschatz liegen sollte.

»Großes Geheimnis«, antwortete ich.

Alle Augen waren auf mich gerichtet, als ich begann, die Hintergrundgeschichte in Kurzform zu erklären. »Anfang der 6oer Jahre hatte ein Landwirt auf seinem Acker einen Goldenen Hut gefunden, größer als der, den man in Schifferstadt im 19. Jahrhundert fand. Da der Bauer kurz vor seiner Scheidung stand, vergrub er ihn wieder und zeichnete diese Karte.«

Im Augenwinkel sah ich, wie Avril Walters zu Paula Hambacher schaute.

»Die Karte geriet in Vergessenheit, bis sie seine Tochter vor ein paar Wochen entdeckte. Diese Tochter ist inzwischen tot, ermordet, um genauer zu sein. Genauso wie drei weitere Personen aus ihrem direkten Umfeld.«

»Nur wegen diesem Goldenen Hut?«, fragte Jochen Bruch.

Ich nickte.

»Die Geschichte ist ziemlich verwirrend, ich bin selbst noch nicht so ganz durchgestiegen, obwohl ich denke, den Täter zu kennen. Für diejenigen unter Ihnen, für die diese Informationen neu sind: Der Goldene Hut soll sich irgendwo auf dem Gelände von Kartoffel-Kuhn befinden.«

Ich scannte kurz durch die Reihen, konnte aber niemanden zusammenzucken sehen. Nun war ich an einem Punkt angekommen, an dem es kein Zurück mehr gab. Ich setzte alles auf eine Karte.

»Frau Hambacher, wollen Sie nicht ein paar Hintergrundinformationen dazu erzählen? Sie können uns bei der Aufklärung des Falles sehr helfen.«

Die Stadträtin schaute mich mit großen Augen an. »Ich?«, fragte sie zurück. »Wenn Sie meinen.« Sie stand auf und zog ein Päckchen Zigaretten aus ihrer Tasche. »Darf ich?«

Christian Dietz gab ihr die Erlaubnis.

Nach zwei oder drei tiefen Zügen zeigte sie auf die Kaffeemaschine. »Darf ich mir eine Tasse Kaffee machen, bevor ich beginne?«

»Tut mir leid«, antwortete Dietz. »Ich habe im Moment leider keine Pads. Darf es auch etwas anderes zu trinken sein?«

Glück, ich hatte einfach nur unbeschreibliches Glück. Ich griff in meine Jackentasche und zog die drei Kaffeepads von Jacques heraus, die ich seit gestern mit mir herumtrug. Ich tat so, als wollte ich Hambacher die Pads geben. »Ich habe zufällig ein paar aus unserem Büro dabei«, sagte ich zu ihr. Gerade als sie zugreifen wollte, zog ich meine Hand zurück.

»Das ist aber komisch«, sagte ich mit Blick auf ihre Zigarette. »Sie rauchen die gleiche seltene Marke wie nachweislich der Mörder. Sowohl in Oggersheim als auch in Landau haben wir Kippen dieser Marke gefunden. Meines Wissens werden die in Deutschland gar nicht verkauft.«

Paula Hambacher war für einen Sekundenbruchteil fassungslos. Dann verstand sie und lachte laut. Zeitgleich zog sie eine Waffe aus ihrer Handtasche.

»Gut gemacht, Herr Palzki«, schrie sie schrill. »Sie haben mir eine Falle gestellt und mich in die Enge getrieben. Das finde ich nicht lustig.«

»Das Ermorden von Menschen ist auch nicht gerade lustig«, entgegnete ich ihr.

»Der Hut gehört mir!«, schrie sie halb wahnsinnig. »Ich wollte ihn von Anfang an haben. Warum hat Pia nur so viele Leute einweihen müssen?« Sie fuchtelte mit der Waffe herum. Wenn sie durchdrehte, würde der Tag in einem Fiasko enden.

Avril Walters und Helmut Braun, die neben ihr gesessen hatten, rückten ängstlich ein wenig von ihr ab.

Dummerweise war mir immer noch nicht klar, ob sie, und wenn ja, wie viele, Komplizen hatte.

Hambacher überlegte einen Moment. »Jetzt nur keinen Schnellschuss«, sagte sie und lachte über ihr mörderisches Wortspiel. »Ich denke, dass ich Herrn Palzki und ein oder zwei weitere Personen in diesem Raum als Warnung umlege, bevor ich flüchte. Für den Notfall habe ich alles vorbereitet.« Mit zittriger Hand zog sie die Waffe durch den Raum.

»Warum?«, fragte ich. Nur dieses eine Wort.

»Warum?« Sie lachte. »Das geht Sie überhaupt nichts an, Herr Palzki. Ich habe noch nie etwas für Polizisten, Detektive oder neugierige Reporter übrig gehabt, die mir nachspionierten.« Für einen kurzen Moment richtete sie die Waffe auf Dietmar Becker.

»Warum?«, wiederholte ich hartnäckig.

»Also gut, ich werde es Ihnen erklären. Aber zuerst werde ich mir einen Kaffee machen. Es wird der letzte vor meiner Flucht sein.«

Bereitwillig gab ich ihr die Pads.

»Warum haben die keine Bezeichnung?«, wollte sie neugierig wissen.

»Das ist die Eigenmarke unserer Dienststelle. Wir dürfen keine Werbung machen.«

Sie gab sich mit meiner hanebüchenen Erklärung zufrieden.

Ich musste unbedingt ein Geständnis von ihr erhalten, bevor sie den Pad benutzte.

»Woher wussten Sie, dass Pia in Oggersheim beim Getränke-Bruch war? Ich weiß, dass Sie den Gabelstapler gefahren und anschließend mit dem Mini getürmt sind.«

Mit einem verächtlichen Blick zu Avril Walters ging sie auf meinen Bluff ein. »Fast wäre ich zu spät gekommen. Ich habe mir den Mini meiner Nachbarin ausgeliehen, die zurzeit in Urlaub ist. Wollen Sie auch wissen, woher ich Staplerfahren kann?«

»Ja.« Solange ihr Sprechfluss nicht versiegte, war alles gut.

Sie lachte auf, zielte aber nach wie vor mit der Waffe auf mich. »Ich durfte im letzten Jahr mit einer Rede einen Baustoffmarkt eröffnen. Der Betriebsleiter hat mir gezeigt, wie man einen Stapler startet. Es gab für mich keine andere Wahl, ich musste Pia töten.«

Ich war froh, dass in dieser großen Runde keine Panik ausbrach. Alle saßen sie, zwar schwitzend und zitternd, auf ihren Plätzen.

»Und dann haben Sie die Rapid-Brüder ermordet, stimmt's?«

»Nur den Moritz«, antwortete sie wie aus der Pistole geschossen. »Der Max geht nicht auf mein Konto. Das muss wirklich ein Unfall gewesen sein.«

»Wir haben Videoaufnahmen Ihrer Komplizen in Landau«, provozierte ich weiter.

Sie zuckte mit den Achseln. »Mir doch egal. Jeder ist sich selbst am Nächsten.«

Ohne die Waffe wegzustecken, setzte sie ein Kaffeepad in die Maschine. Sie drückte auf den Startknopf, im gleichen Moment ging die Tür des Büros auf.

Wir starrten in KPDs Antlitz, der nur einen Satz sagte: »Wem gehört der Oldtimer, der im Hof …«

Der Rest des Satzes ging in einen Knall über, als sich der Inhalt des Pads einen Weg aus der Enge der Kaffeemaschine suchte. Mit verbrühtem Gesicht fiel Hambacher rücklings auf den Tisch, während Gerhard sich ihrer Waffe annahm.

ENDE

EPILOG

Die Lösung dieses Falles war dieses Mal alles andere als zufriedenstellend. Paula Hambacher war die Haupttäterin, so viel war klar. Klar war ebenfalls, dass sie Komplizen haben musste. Doch trotz umfänglicher Nachermittlungen konnten wir niemand eine Täterschaft nachweisen. Da Hambacher die Folterung und Tötung von Moritz Rapid während der Untersuchungshaft zugab, hatten wir wenigstens die Gewissheit, keinen Mörder auf freiem Fuß zu lassen. Was nicht nur schlecht für KPDs Statistik gewesen wäre.

Unser lieber Chef musste einen weiteren Dämpfer ertragen. Der Einbau einer Kaffeepad-Produktionsanlage in unserem Sozialraum war aus statischen Gründen nicht möglich, da die Deckenlast zu schwach ausgelegt war. Inzwischen versuchte er, auf politischem Weg einen Neubau für eine größere Kriminalinspektion in Schifferstadt durchzusetzen. Was in Ludwigshafen mit dem Bau eines neuen Präsidiums funktionierte, musste schließlich auch in Schifferstadt möglich sein.

Sein Oldtimer-Hobby ist längst wieder Schnee von gestern, was typisch für unseren Dienststellenleiter war. Ohne einen monatlichen Hobbywechsel war er einfach nicht glücklich.

Jacques Bosco hat die Pläne mit seinen Kaffeepads aufgegeben. Er experimentiert längst wieder an einer neuen

Sache, die meiner Meinung nach nicht minder gefährlich ist. Näheres erfahren Sie beim nächsten Mal.

Melanies Geburtstag lief einigermaßen in vernünftigen Bahnen. Jedenfalls sind mir keine Klagen aus der Nachbarschaft gekommen. Stefanie tat an den beiden Abenden das einzig vernünftige: Sie fuhr mit mir, den Zwillingen und Paul zu einem Kurzurlaub in den Schwarzwald.

Jochen Bruch tauchte ein paar Tage später auf der Dienststelle auf und überreichte mir freudestrahlend ein paar Flaschen Wein. Er bedankte sich bei mir für den Kontakt zu Dietmar Becker und Steffen Boiselle. Boiselle war ihm so sympathisch, dass er gleich ein gezeichnetes Weinflaschenetikett in Auftrag gab. Stolz zeigte er mir das Etikett, das mich in einem Wortwechsel mit KPD zeigte. Ich selbst war mäßig bis überhaupt nicht begeistert, doch Bruch meinte, der Wein mit diesem Etikett würde sich sehr erfolgreich verkaufen.

Das war leider noch nicht alles. Eines Tages tauchte Helmut Braun bei mir zu Hause auf und überreichte meiner Frau ein paar Tüten mit den Mords-Grumbeeren. Da ich diese Sache meiner Frau gegenüber bisher verschwiegen hatte, war ihre Überraschung umso größer.

Avril Walters war wieder in England. Dass sich ausgerechnet ihre deutsche Verwandte als Mörderin herausstellte, ging ihr sehr nah. Dieter Marschall hatte ihr ihren Ausflug mit dem Triumph Stag verziehen. Immerhin erhielt der Wagen eine Luxusrestauration. Und wie mir zugetragen wurde, durfte sogar seine Frau Gabi inzwischen damit fahren.

Der Goldene Hut kann in den nächsten Jahrzehnten nicht geborgen werden. Die Reparatur der Bodenplatte bei Kartoffel-Kuhn stellte sich als echt heraus. Mithilfe

Jürgens Unterlagen konnte der Fundort des Hutes tatsächlich auf den Quadratmeter genau geortet werden, und zwar nur wenige Meter von der Baustelle entfernt. Leider befindet sich an dieser Stelle die riesige Kartoffelwaschanlage, die aus statischen Gründen auf einer zwei Meter dicken Bodenplatte befestigt steht.

DANKSAGUNG

Auch der 13. Kommissar-Palzki-Fall konnte nur deshalb das Licht der Buchhandlungen, Bibliotheken und eBook-Reader erblicken, weil mir zahlreiche Zeitgenossen mit Rat, Informationen, lustigen und spannenden Begegnungen sowie diversen hochinteressanten Blicken hinter die Kulissen zur Seite gestanden haben. Eigentlich hätte jeder der Genannten es verdient, als Mitautor dieses Werkes genannt zu werden. Leider wäre dann für das Coverbild und den Titel kein Platz mehr auf dem Buch geblieben, und niemand hätte ein so augenscheinlich langweiliges Buch gekauft, auf dessen Vorderseite nur jede Menge Namen stehen.

Aus diesem Grund hole ich dies hier nach. Die Reihenfolge ist wie immer rein zufällig.

Herr Jochen Bruch, der in diesem Roman unter richtigem Namen mitspielt, ist tatsächlich einer der beiden Geschäftsführer des Unternehmens Getränke-Bruch. Seinem Bruder Helmut und ihm habe ich es zu verdanken, dass ich selbst die kleinsten Verstecke auf dem Betriebsgelände gezeigt bekam, dort wo die beiden als Kinder ideale Bedingungen für ein Versteckspielen vorfanden. Nicht vergessen darf ich Jochen Bruchs Frau Doris, die mich während meiner Recherchetour regelrecht gemästet hat. Solch Bedingungen kannte ich bisher nur von meiner geliebten Currysau.

Da war es auch schon, das Stichwort. Vielen Dank wie immer an Robert Schmidt (den Herrn der Würste) und seinen Bruder Jürgen (den Praktikanten). Der Palzki-Burger ist übrigens nach wie vor im Angebot. Und ganz im Vertrauen: So richtig viel ›Vegetarisches‹ gibt es bei der Currysau nicht. An dieser Stelle habe ich im Roman ausnahmsweise eine Nuance geflunkert.

Der Schöpfer des 100% PÄLZER!, Steffen Boiselle, mischt bereits zum zweiten Mal in einem Palzki-Krimi als Buddy von Dietmar Becker mit. In seinem Agiro-Verlag findet jeder Kurpfälzer lustige und kreative heimatnahe Ideen.

Echte Lehrer in einem Palzki-Roman mitspielen zu lassen, ist, wenn man Palzkis Einstellung zu dieser Branche kennt, nicht ganz trivial. Stammleser wissen, dass Lehrer, Ärzte und Politiker regelmäßig ihr Fett abbekommen. Aus zahlreichen Rückmeldungen weiß ich, dass sich unter der Leserschaft nicht wenige Lehrer und Ärzte (ja, sogar Politiker) befinden, die sich fast immer köstlich über ihre eigenen fiktiven Kollegen freuen (Tenor: Das ist nicht erfunden, so sind meine Kollegen wirklich!).

Doch lassen wir das. Jedenfalls freue ich mich, dass in diesem Roman der pensionierte Englischlehrer Dieter Marschall unter seinem Echtnamen mitspielt. Ich kann das garantieren, meine Tochter Larissa musste als Schülerin bei ihm leiden. Der Oldtimer Triumph Stag gehört auch in der Realität Herrn Marschall. Wahrheitsgemäß berichtet wurde ebenso, dass einer der Vorbesitzer der Leibwächter von Princess Diana war. Neben Dieter Marschall spielt seine Frau Gabi mit, die nach wie vor im Sekretariat des Gymnasiums Schifferstadt arbeitet.

Nun kommen wir zu einem schwierigen Punkt. Sie wissen ja, die Aussage zu Beginn des Romans ›Ähnlichkeiten mit lebenden oder toten Personen sind rein zufällig‹ stimmt in den Palzki-Romanen nicht. Bisher habe ich immer die Erlaubnis der Personen eingeholt, die in den Krimis mit Echtnamen oder unter Pseudonym mitspielten. Zum ersten Mal habe ich darauf verzichtet.

Avril Walters gibt es wirklich. Alle Informationen über ihr bisheriges Leben sind korrekt. Avril ist seit Jahren ein begeisterter Palzki-Fan und hat sich jedes Mal, wenn sie sich aufgrund des Schüleraustauschs in Schifferstadt aufhielt, mit den neusten Bänden versorgt. Ihr deutsches Äquivalent, der oben genannte Dieter Marschall, hatte sie vor ein paar Jahren gemeinsam mit seiner Frau mit einem Überraschungsbesuch bei mir überrascht. Sie saß bei uns auf der Couch und wusste zunächst nicht, wer ich bin. Ich hoffe, Frau Walters, Sie verzeihen mir diese kleine Ungeheuerlichkeit.

Wir sind noch lange nicht am Ende.

Johannes Zehfuß, während der Zeit der Manuskripterstellung Mitglied des Rheinland-Pfälzischen Landtages, steht als Landwirt fest im Leben. Seine Grumbeeren habe ich bereits vor zwei Jahren im ersten Band der Palzki-Kids gebührend literarisch verwertet. In diesem Band finden Sie sein fiktives Pendant und das seiner Frau unter dem Pseudonym ›Rehfuß‹.

Mitgewirkt haben auch die »Pfälzer Grumbeere«(http://www.pfaelzer-grumbeere.de/), die korrekt »Pfälzische Früh-, Speise- und Veredlungskartoffel-Erzeugergemeinschaft w. V.« heißen. Vielen Dank an den Geschäftsführer Peter Schmitt für die hilfreichen Kontakte und Informationen.

Bedanken will ich mich auch bei dem Kommunikationsprofi Björn Wojtaszewski, der die Palzki-Reihe seit dem dritten Band »Erfindergeist« mitbegleitet und neben der Pressearbeit die Koordination der vielen beteiligten Partner jederzeit im Griff hat.

Die Recherchen in Landau in den SBK-Supermärkten und den CC-Cash&Carry-Großmärkten waren sehr interessant und vor allem lustig. Dies lag in erster Linie an dem lebenslustigen Vorstand der Kissel-Stiftung, Helmut Braun. Er sprühte vor Ideen, was er alles umsetzen möchte oder könnte, und unterstrich alles mit einem absolut genialen Humor. In der Mächtigkeit seiner Fantasie konnte ich mich ein gutes Stück wiedererkennen. Vielleicht leidet Herr Braun wie ich ebenfalls an einem Burn-In, einer glücklicherweise nicht heilbaren grenzenlosen Fantasie. Selbstredend, dass Herr Braun, natürlich unter echtem Namen, eine gewichtige Rolle in dem vorliegenden Roman übernehmen musste. Mein Dank gilt in dem Zusammenhang auch den bei der Recherchetour anwesenden Geschäftsführer Uwe Gebhardt sowie dem Marktleiter des SBK-Marktes in Landau, Andreas Ehrismann, die beide ebenfalls mitspielen.

Doch das war es immer noch nicht. Ich habe nachgezählt. Dieses Mal ist das fiktive Personal klar in der Minderheit. Damit ist der vorliegende Roman fast schon eine Reportage.

Christian Dietz von dem Unternehmen Kartoffel-Kuhn gibt es im wirklichen Leben ebenfalls. Wie ich seiner Aussage bei meiner Recherchetour am ehemaligen Unternehmenssitz im Mannheimer Großmarkt entnommen habe, ist seine Frau nicht nur Palzki-Leserin, sondern gleichzeitig auch Polizeibeamtin, was ihn natürlich per se doppelt verdächtig macht. Leider konnte ich die neue Abfüllproduktion von Kartoffel-Kuhn in Frankenthal nur anhand der Pläne in die Geschichte einbauen, da zum Zeitpunkt der Manuskriptarbeit lediglich der Rohbau stand. Hilfsweise zeigte mir Christian Dietz die alte Abfüllanlage in Mannheim – und die war wahrlich beeindruckend.

Marco Fraleoni, der Geschäftsführer der Peregrinus GmbH, ist dieses Mal erneut mit seinem Alter Ego Marco Fratelli in einer kleinen Nebenrolle mit von der Partie. In unserer schönen Kurpfalz gibt es halt immer noch etwas zu verhüllen ...

Fast zum Schluss wie immer ein Dank an Kriminalhauptkommissar Kai Giertzsch, der als stellvertretender Dienststellenleiter der Polizeiinspektion Schifferstadt das lebende Äquivalent zu Palzki ist. Kai hat mir auch dieses Mal wieder wertvolle inhaltliche Tipps gegeben, das sogenannte Salz in der Suppe.

Kurz vor dem Showdown des Krimis recherchiert Jungkollege Jürgen die Flurstücksnummern und die örtlichen Begebenheiten rund um das Gelände bei Kartoffel-Kuhn zu Beginn der 60er Jahre. Diese Recherche hat die Koryphäe Diplom-Recherchator Gunter Engler-Watson übernommen, der den Fähigkeiten des fiktiven Jürgens in Sachen Recherche in nichts nachsteht. Gunter Engler kennen Sie bereits aus dem Vorgängerband »Sagenreich«. Mit seiner Hilfe fand Palzki damals den Schatz der Nibelungen (der inzwischen sichergestellt wurde, glaube ich zumindest). Einen Live-Auftritt hat Gunter in »Mords-Grumbeere« nicht, doch das kann sich in einem der nächsten Bände (projektiert ist die Palzki-Reihe im Moment bis Band 412) ändern.

Für diejenigen unter Ihnen, die immer alles kontrollieren müssen (stimmt das auch, was der Kerl uns da erzählt?), hier die Quellenangaben von Diplom-Recherchator Gunter Engler-Watson zum Nachschauen:

http://goo.gl/mQ9K8i

In dem LANIS (Landschaftsinformationssystem der Naturschutzverwaltung) müssen Sie zoomen und schieben, bis Sie die Gegend südlich von Frankenthal gefunden haben. Im Maßstab 1:18359 können Sie den Flurnamen »Am Römig« erkennen. Verweilen Sie eine Weile im LANIS und staunen Sie, was man alles kostenlos entdecken kann.

http://goo.gl/27JDoj

Unter diesem Link finden Sie eine Karte von 1939, die die Besatzungsmächte nach dem zweiten Weltkrieg mehr oder weniger unverändert verwendet haben. Wenn Sie auf Maximum vergrößern und dann in der rechten oberen Ecke der Karte schauen, sehen Sie den Neugraben im heutigen Verlauf am »Am Römig«.

http://188.111.102.46/bi/v00050.asp?__kvonr=1671

Bebauungsplan »Eppstein, Industriegebiet Am Römig, 1. Abschnitt«, Aufstellungsbeschluss und Offenlage vom 15.05.2008.

Die Anlage 3.4 (Archäologisch-geophysikalische Prospektion) ist, speziell die Abbildungen am Ende, sehr interessant. Das Punktmuster im nordwestlichen Bereich könnten Blindgänger sein. Interessanter ist das rechteckige Muster in der südwestlichen Ecke, über das es auf Seite 10 des Gutachtens heißt: »Eine weitere auffällige

Struktur ist eine rechteckige ca. 7x18 m messende Anomalie in der südwestlichen Ecke des Magnetogrammes (Abb. 3A, Zentrum bei r: 3450820.146, h: 5483466.652). Obwohl Funktion und Datierung der Struktur fraglich sind, spricht einiges dafür sie im Kontext von Kampfhandlungen des zweiten Weltkrieges zu sehen. Eine endgültige Interpretation der magnetischen Messwerte ist jedoch dem Kampfmittelräumdienst vorbehalten.«

Leider konnten wir das Rätsel nicht auflösen. Im vorliegenden Roman wird das Rechteck als Bunker gedeutet. Falls Sie es besser wissen, lassen Sie es Gunter und mich wissen. Wir kümmern uns darum.

Sie sehen, wie immer sind alle Fakten knallhart recherchiert. Daher sehen Sie es mir bitte nach, falls ich bei der Handlung an der einen oder anderen Stelle eine Winzigkeit übertrieben habe. Zum Beispiel habe ich den Neugraben aus dramaturgischen Gründen in der Jetztzeit verschwinden lassen.

Falls Sie in Zukunft keine Neuigkeiten aus dem Palzkiversum verpassen möchten, können Sie sich gerne auf meiner Internetseite www.palzki.de zu einem Newsletter anmelden.

Noch etwas zum Schluss: Wenn Sie in diesem Roman an manchen Stellen den Plusquamperfekt vermisst haben, wie es ein Rezensent in einer Tageszeitung geschrieben hat(te), lassen Sie es sich gesagt sein: Im Pfälzischen wie auch in anderen süddeutschen Dialekten wie Bayrisch gibt es de facto keinen Plusquamperfekt. Und selbst außerhalb der Dialektsprechweise ist dieses Konstrukt zumindest in Süddeutschland nicht weit verbreitet. Klar, man lernt es in der Schule (sogar ich), awer so babbelt bei uns kän Mensch. Darum möge man mir verzeihen, wenn in diesem Roman der Plusquamperfekt nicht durchgängig korrekt gewählt wurde. Man muss jo die Gschicht a noch verstehe könne, gell?

PERSONENGLOSSAR

Ewald Butzenhauer und Frau Dorothea

Der Tagelöhner Ewald heiratet kurz vor dem Zweiten Weltkrieg Dorothea, deren Eltern einen Bauernhof besitzen. Ewald findet Anfang der 60er Jahre auf einem Feld einen wertvollen Gegenstand und vergräbt ihn wegen der anstehenden Scheidung gleich wieder. Kurz darauf wird er bedauerlicherweise von seiner Frau ermordet.

Elke Müller, geb. Butzenhauer

Elke wird kurz nach dem Tod ihres Vaters geboren. Jahrzehnte später findet sie auf dem Dachboden eine Karte ihres Vaters, die den Weg zu einem Schatz weist.

Kartoffel-Käfer – Roswitha und Herrmann Ziemniak

Der Bio-Bauernhof in Iggelheim erfreut sich vieler Kunden. Roswitha entdeckt ein großes Geheimnis ihres Mannes.

Pia Skarbu

Vorarbeiterin bei Kartoffel-Käfer. Seit Tagen ist sie verschwunden. Reiner Palzki muss sich um diese Vermisstensache kümmern.

Max Rapid

Bekannter von Pia Skarbu. Bei seiner ersten Erwähnung ist er bereits tot. Ob der Grund wirklich ein selbstverschuldeter Autounfall bei Schwegenheim war, bleibt lange ungeklärt.

Moritz Rapid

Bruder von Max. Auch er ist bei seiner ersten Erwähnung tot. Im Unterschied zu seinem Bruder ist in diesem Fall der Mord sofort erkennbar.

Jochen und Doris Bruch

Gemeinsam mit seinem Bruder Helmut ist Jochen Geschäftsführer des Unternehmens Getränke-Bruch. In der Oggersheimer Zentrale passieren ungeheuerliche Dinge.

Paula Hambacher

Neustadter Stadträtin, die zufällig im gleichen Haus wie Steffen Boiselle wohnt. Sie ist eine Bekannte von Pia Skarbu.

Avril Walters

Pensionierte Lehrerin aus England. Nachdem sie herausgefunden hat, dass sie mit Paula Hambacher verwandt ist, nutzt sie den Schüleraustausch ihrer ehemaligen Schule, um noch einmal in die Pfalz zu kommen. Dort angekommen, mischt sie sich in die Ermittlungen Palzkis ein.

Dieter und Gabi Marschall – Pensionierter Lehrer und Sekretärin, Schulzentrum Schifferstadt

Dieters Leidenschaft sind Oldtimer. Nicht einmal seine Frau Gabi darf an das Lenkrad seiner Heiligtümer.

Andreas Ehrismann – Marktleiter SBK in Landau

Ausgerechnet in seinem SBK-Markt wird morgens ein Toter gefunden. Selbstverständlich hat er mit dem Todesfall absolut nichts zu tun.

Uwe Gebhardt – Geschäftsführer Frey + Kissel

Auch er taucht im Zusammenhang mit dem Todesfall in Landau auf. Natürlich ist er ebenfalls unschuldig.

Helmut Braun – Vorstand Kissel Stiftung

Chef der SBK-Märkte, Frey+Kissel und diverser anderer Groß- und Einzelhandelsunternehmen in der Südpfalz. Im Gegensatz zu seinen oben genannten Kollegen erscheint er beileibe nicht unschuldig zu sein.

Dr. Frauke Dammheim – Kripochefin Landau

KPDs Konkurrentin kennt Palzki bereits aus seinen Ermittlungen im Fall »Tote Beete«.

Christian Dietz – Kartoffel-Kuhn (Neubau Frankenthal)

Er führt Palzki durch die neue Verpackungshalle in Frankenthal, was mehr Fragen aufwirft als beantwortet.

Steffen Boiselle

Inhaber des Agiro-Verlages und Buddy von Dietmar Becker. Seinen ersten Auftritt hatte Steffen im Ermittlungsfall »Weinrausch«.

Marco Fratelli

Geschäftsführer des Peregrinus-Verlags mit Ambitionen, den Verpackungskünstler Christo zu beerben.

Marco taucht bereits in mehreren Ermittlungsfällen auf.

Johannes Rehfuß, MdL
Der lebende Beweis, dass auch Politiker als Landwirt mitten im Leben stehen und die tägliche Kartoffel im Angesicht des Schweißes verdienen können.

Robert und Jürgen Schmidt
Der Inhaber und sein Bruder von Palzkis geliebter Currysau in Speyer.

Stammpersonal des Palzkiversums:
Reiner Palzki – Kriminalhauptkommissar aus Schifferstadt
Gerhard Steinbeißer, Jutta Wagner, Jürgen – Kollegen Palzkis
Klaus P. Diefenbach (KPD) Dienststellenleiter Schifferstadt
Stefanie Palzki – Reiner Palzkis Ehefrau
Melanie, Paul, Lars, Lisa – Reiner und Stefanie Palzkis Kinder
Herr und Frau Ackermann – Palzkis Nachbarn
Dietmar Becker – krimischreibender Student
Dr. Mathias Metzger – Notnotarzt
Jacques Bosco – Erfinder und Reiner Palzkis Freund

BONUS 1: KPD IM CAPITOL

In ähnlicher Fassung 2012 in der Anthologie »Mannheim auf die kriminelle Tour« erschienen

Es hätte so ein schöner Tag werden können.

Kennen Sie KPD? Nein? Dann können Sie sich glücklich schätzen. KPD steht allerdings nicht für eine politische Partei, sondern für die Initialen meines Vorgesetzten Klaus Pierre Diefenbach. Vor einem knappen Jahr wurde er wegen mehrerer Verfehlungen vom Ludwigshafener Polizeipräsidium nach Schifferstadt aufs Land versetzt. Und genau dort, in der Schifferstadter Kriminalinspektion, spielte er sich seitdem als angeblich guter Chef auf und erfand die Kriminalistik neu. Seine mörderischen Statistiken, die er individuell gestaltete und nach eigenem Ermessen regelmäßig anpasste, waren der Horror für jeden Mathematiker. Wenn er in seinen wöchentlichen Lagebesprechungen seine neuesten statistischen Diagramme über die Kapitalverbrechen präsentierte, kam er für die Vorderpfalz regelmäßig auf Aufklärungsquoten von weit über 100 Prozent. Diese hohen Werte interpretierte er als seinen persönlichen Erfolg und als Alleinstellungsmerkmal gegenüber anderen Kriminalinspektionen.

Vor ein paar Wochen kritisierte er während der montäglichen Lagebesprechung meine Kollegen und mich: »Meine Damen und Herren, die Mannheimer Kollegen haben im letzten Jahr fünf Morde mehr aufgeklärt als wir in der Vorderpfalz. Tun Sie etwas dagegen!«

Den Einwand, dass sowohl wir als auch die badischen Beamten sämtliche Mordfälle aufgeklärt hatten, ließ er nicht zu. Die einzige Lösung, die mir einfiel, wäre, selbst als Mörder in unserer Region tätig zu werden. Aufgrund der hohen Aufklärungsquote verwarf ich diese Idee allerdings wieder.

Kurz vor Silvester wollte KPD sogar einen Mord vertuschen. »Wie stehen wir sonst da?«, fragte er und erläuterte mit ernster Miene sein Vorhaben: »Wenn der Fall bis zum Jahresende nicht aufgeklärt wird, haben wir einen ungeklärten Mord in der diesjährigen Statistik stehen. Das sieht doch unsauber aus! Außerdem werden wir wegen des Übertrags im nächsten Jahr mehr Morde aufklären, als es tatsächlich geben wird. Das glaubt uns doch kein Mensch!«

Sie sehen, unser Vorgesetzter KPD war eine Sache für sich. Glücklicherweise hatte er es sich in seinem Büro gemütlich gemacht, das man ohne Übertreibung als Thronsaal beschreiben könnte. Zwei mächtige Schreibtische aus Mahagoni- beziehungsweise Teakholz mit wertvollen Einlegearbeiten, eine Krokodilsledercouch sowie die kleine, aber wohlsortierte Klassikbibliothek zeugten von dem individuellen Geschmack unseres Vorgesetzten. Seit er sich kürzlich eine Klimaanlage einbauen ließ, war KPD nur noch für gelegentliche Toilettenbesuche außerhalb seines Büros anzutreffen. Meine Kollegen und ich arbeiteten seit KPDs Amtseinführung fast ständig im Außendienst. Mit unserer Vermeidungsstrategie minimierten wir das Risiko, unserem Chef über den Weg zu laufen und von ihm mit einer Spezialaufgabe bestraft zu werden. Statt zu telefonieren, fuhren wir lieber zu unseren Gesprächspartnern. Eine kurze Nachfrage beim LKA in Mainz, die wir früher telefonisch in zehn Minuten erledigten, mutierte zu einer Tagesdienstreise.

Am letzten Freitag traf es mich wie einen Paukenschlag: Unglück im Glück, wie schon das bekannte Sprichwort sagte. Kein aktuelles Kapitalverbrechen, das übers Wochenende aufzuklären wäre, nichts würde das vor mir liegende geruhsame Wochenende zerrütten. Die Kinder bei der Schwiegermutter in Frankfurt, die Hängematte auf der Terrasse wartete auf mich, und das Räuberbier im Kühlschrank stand ebenfalls bereit. Es geschah, als ich meine Bürotür von außen leise schloss, um zum Parkplatz zu schleichen.

»Ah, Herr Palzki«, blökte von hinten KPD durch den Flur. »Ich suche Sie schon die ganze Woche, wo stecken Sie denn nur?«

Ich hob die Hand zum Gruß und tat eilig. »Schönes Wochenende, KP-, äh, Herr Diefenbach.«

»Nun warten Sie doch!«, rief er, und seine Stimme duldete kein Entkommen.

»Kommen Sie bitte mal mit in mein Büro, Herr Palzki. Ich habe da etwas für Sie.« Er lächelte schelmisch. »Keine Angst, wir haben keine neue Ermittlungssache, es geht um was Privates.«

Ach, du grüne Neune, dachte ich. Mir fiel der Kinnladen ins Bodenlose. Mein Chef hatte bestimmt Stress mit seiner Alten, und ich sollte jetzt Psychologe spielen. Doch weit gefehlt, es war etwas Schlimmeres.

»Setzen Sie sich doch, Herr Palzki. Bedienen Sie sich gerne an den Lachsbrötchen. Sie sind ganz frisch, es ist die dritte Lieferung von heute.«

Ich wagte einen Rettungsversuch. »Herr Diefenbach, ich hab's ziemlich eilig. Meine Frau wartet, ich muss mit ihr einkaufen. Sie wissen, einkaufen mit dem eigenen Partner ist kein Zuckerschlecken. Da darf ich nicht auch noch zu spät kommen.«

»Keine Panik«, konterte KPD und schob sich ein halbes Brötchen in den Mund. Nachdem es seinen Weg in Richtung Magen gegangen war, ergänzte er: »Ich kann gerne bei Ihrer Frau anrufen und Sie entschuldigen. Aber es dauert sowieso nicht lange, und irgendwie betrifft es ja auch Ihre Gattin, Herr Palzki.«

Ich schluckte, mehr fiel mir nicht ein.

Diefenbach ging zu seinem Mahagonischreibtisch und entnahm diesem zwei längliche Papierstreifen.

»Es ist bereits eine Weile her«, begann er mit der Hiobsbotschaft. »Ich habe nicht vergessen, dass ich Ihre Frau und Sie eingeladen habe.« Er schaute mich freudestrahlend an.

Meine Reaktion stand in Ambivalenz zu der seinigen. »Einladung? Wie? Was? Warum?« Ich war keines vernünftigen Satzes fähig.

»Ich bitte Sie, Herr Palzki. Wie oft habe ich in den Lagebesprechungen von der Sängerin Mora Kostewskiya geschwärmt? Zehn Mal? 20 Mal?«

Selbst wenn er diesen Namen 100 Mal erwähnt hätte, würde ich mich nicht daran erinnern können. In KPDs Lagebesprechungen war Zuhören allgemein verpönt.

»Und was hat diese Dame mit mir zu tun?«

KPD lachte. »Jetzt stehen Sie aber gehörig auf der Leitung, mein Lieber. Bei der letzten Weihnachtsfeier habe ich Ihrer Frau und Ihnen versprochen, Sie beide zu einem Konzert der Kostewskiya einzuladen, wenn sie bei uns in der Nähe auftreten sollte.«

Weihnachtsfeier? KPD hatte an der Weihnachtsfeier mit mir gesprochen? Davon wusste ich ja überhaupt nichts. Das musste wohl eher am Ende der Feier gewesen sein. »Aber Herr Diefenbach, da braucht man doch nicht extra zu einem Konzert zu fahren. Sie haben bestimmt eine CD von der Dame. Geben Sie sie mir übers Wochenende mit, dann kann ich Ihnen am Montag sagen, wie es mir gefallen hat.«

KPD streckte mir die beiden Papierstreifen entgegen. »Sie werden Mora Kostewskiya sogar live hören. Und zwar morgen Abend in Mannheim im Capitol. Seien Sie pünktlich, Ihre Gattin und Sie sitzen direkt neben mir und meiner Frau.«

Sie denken, schlimmer kann es nicht kommen? Doch, es kam schlimmer.

»Mensch, Reiner, stell dich nicht so an.« Stefanie klang ziemlich sauer.

Ich röchelte ihr ein »Muss das wirklich sein, geliebte Frau?« entgegen. Die Mitleidsmasche war vielleicht meine letzte Rettung.

»Ja, es muss sein. Ist das so schlimm, eine Krawatte anzuziehen? Zwei- oder dreimal im Jahr ist doch nicht zu viel verlangt, oder?«

»Nicht?«, winselte ich und schaute sie wie ein treudoofer Dackel an.

»So ein Konzert ist ein festlicher Anlass, mein lieber Mann. Außerdem sind wir von deinem Chef eingeladen worden, da kannst du nicht in deinen Freizeitklamotten antanzen.«

»Was? Müssen wir da tanzen?« Ups, da war mein Mundwerk mal wieder schneller als das Gehirn. »Ist schon gut, ich hab's kapiert. Obwohl es dieser komischen

Sängerin egal sein würde, ob ich meinen Jogginganzug anhabe oder nicht. Das Publikum sitzt ja im Dunkeln.«

»Aber mir ist es nicht egal!«

Die verschärfte Tonlage Stefanies veranlasste mich, die Krawatte ohne weiteres Murren zu binden. Keine Ahnung, wie ich meine Sauerstoffversorgung in den nächsten Stunden aufrechterhalten sollte.

Die Fahrt nach Mannheim ging schnell und ohne die werktags üblichen Staus auf den beiden Rheinbrücken. Irgendeine Baustelle war immer, nicht selten waren mehrere Baustellen strategisch so gut verteilt, dass der Verkehr im Großraum Mannheim-Ludwigshafen wochenlang zumindest tagsüber zum Erliegen kam. Diese Widrigkeit blieb uns heute erspart. Der Weg zum Capitol, das früher ein Kino und nun seit einigen Jahren ein überregional bekanntes Veranstaltungshaus war, war uns bekannt. Zwei- oder dreimal im Jahr war ich dort mit Stefanie zu Besuch. Bisher allerdings immer ohne Krawatte.

Da sich der Beginn der Anreise durch unsere zwischenmenschliche Diskussion pro und kontra Krawatte etwas verzögert hatte, kamen wir pünktlich zur Veranstaltung, was Stefanie und mir eine der üblichen Selbstbeweihräucherungsreden von KPD ersparte.

»Wo bleiben Sie denn, Herr Palzki?« KPD wirkte nervös. »Ich dachte schon, Sie kommen überhaupt nicht.« Er wandte den Blick zu meiner Frau, zog spontan ein Lächeln auf und begrüßte Stefanie mit Handkuss. Auf solche Sachen flogen anscheinend die Frauen, Stefanie wurde jedenfalls rot.

Nachdem wir KPDs Gattin begrüßt hatten, die schätzungsweise 15 Kilogramm Schmuck an allen möglichen

Stellen ertragen musste, gongte es bereits zum Start der ersten Gesangsrunde.

Die Sessel im Capitol waren sehr bequem. Ich lümmelte mich in meinen Platz. Wenn meine Tochter Melanie daheim gewesen wäre, hätte ich mir von ihr heimlich den MP3-Player ausgeliehen. Mit viel Glück hätte Stefanie nichts davon bemerkt, wenn ich während der Vorstellung auf einem Ohr Puhdys gehört hätte.

Mora Kostewskiya sang ausländisch. Nicht englisch oder andere einigermaßen bekannte Sprachen, sondern russisch oder irgendetwas, das schwer nach Osteuropa klang. Hinzu kam, dass die Bandbreite ihrer Stimme enorm war. Von Ivan Rebroff bis zur Sektkelch zerspringenden Arie war alles vertreten. Stefanies Miene war nicht zu entnehmen, wie sie zu der Gesangsdarbietung der Dame stand. Ein kurzer Blick weiter zu KPD zeigte mir, dass dieser sich in Ekstase befand. Jeden Moment würde er aufstehen und nach vorne zur Bühne springen.

Eine knappe Stunde später, die mir wie vier Wochen vorkam, gab es eine Pause. Mein Rettungsversuch in Richtung Stefanie »Man soll aufhören und heimgehen, wenn es am schönsten ist« wurde mit einem bösen Blick abgestraft. KPD nutzte die Pause, um über die wichtigsten Lebensdaten der Künstlerin zu referieren.

»Ich hoffe, dass Ihnen das Konzert gefällt, Frau Palzki?«, fragte er zum Schluss seines Monologes.

Nachdem Stefanie die Frage artig bejaht hatte, fuhr er fort: »Vielleicht kann ich die Kostewskiya für unsere nächste Weihnachtsfeier buchen. In der Schwarzgeldkasse vom letzten Polizeifest haben wir noch einige Mittel geparkt.«

Auch die zweite Hälfte des Konzerts überlebte ich. Nach zwei Zugaben verschwand die Sängerin von der Bühne. Ich lockerte die Krawatte und atmete auf. Im Foyer streckte ich KPD die Hand hin. »Vielen Dank für den tollen Abend, Herr Diefenbach. Wir sehen uns am Montag wieder in aller Frische.«

KPD war damit nicht einverstanden. »So geht das nicht, Herr Palzki. Erst trinken wir vier noch einen kleinen Absacker-Champagner an der Sarotti-Bar.«

Er ging voraus zu einem kleinen Barbereich, über dessen Theke ein altes Sarotti-Werbeschild hing. Er winkte uns zu einem Stehtisch und bestellte an der Bar die angedrohten Getränke. Ich prüfte, ob ich genügend Sodbrennentabletten dabeihatte.

Small Talk war mir ein Graus. Dieses oberflächliche Gequatsche ohne Tiefgang versuchte ich zu vermeiden. Hinzu kam, dass ich akustische Probleme hatte, der Unterhaltung, oder war es eher ein KPD'scher Monolog?, zu folgen. Direkt hinter mir standen an einem weiteren Stehtisch ebenfalls zwei Pärchen, die alkoholbedingt die Lautheit ihrer Stimmen nicht mehr richtig einschätzen konnten. Unfreiwillig wurde ich Zeuge ihrer Spitznamen. Neben einem »Brummbärchen« gab es ein »Maiglöckchen«, ein »zartes Mäuschen« sowie ein »Männel«.

Es war zum Verrücktwerden. Von hinten drangen Satzfetzen an mein Ohr, von vorne laberte KPD über irgendetwas, das ich nicht verstand. Zum Glück gab er sich mit einem gelegentlichen Nicken zufrieden. Ich schaute ständig deutlich zur Uhr, ich gähnte, nichts von alledem half. Niemand bemerkte meine ausgesandten Notsignale.

Ein lauter Knall, gefolgt von splitternden Gläsern und einem weiteren Schlag brachte Abwechslung in den Abend. Am Tisch hinter mir war offensichtlich das Männel ohnmächtig geworden und hatte dabei Tisch und daraufstehende Gläser mit zu Boden gerissen.

Während wir erschrocken zur Seite hasteten, versuchten die Bekannten des Ohnmächtigen diesen wieder zum Leben zu erwecken. Keine Minute später, der Gefallene gab weiterhin keine Lebenszeichen von sich, drängte sich ein junger Mann vor. »Ich bin ausgebildeter Sanitäter. Lassen Sie mich mal ran.«

Der Sanitäter gab alles: Herzdruckmassage, Mund-zu-Mund-Beatmung, das volle Programm. Schließlich gab er auf und schüttelte den Kopf. »Da ist nichts mehr zu machen. Würde bitte jemand die Polizei rufen?«

»Wieso Polizei?«, fragte ich, der nach wie vor in der Nähe stand, mehr aus Neugier.

»Weil ein Tötungsdelikt vorliegt«, antwortete der Sanitäter.

Eine Viertelstunde später kam die Vorhut der Mannheimer Kriminalpolizei. Selbst ein Arzt war inzwischen dazugestoßen.

Die Ankunft des leitenden Kriminalbeamten würde ich so schnell nicht vergessen.

»Servus, Klaus«, begrüßte der Beamte KPD, als er ihn erblickte. »Bist du zufällig ein brauchbarer Zeuge für uns?«

KPD, der von den beiden Pärchen, die hinter mir standen, bestimmt noch weniger wusste als ich, plusterte sich auf. »Klar doch, Heinz-Peter. Ich habe alles genau beobachtet. Nimm erst mal die Daten der drei Begleiter des Toten auf, danach setzen wir uns zusammen und lösen den Fall.«

In der nächsten halben Stunde verfolgten wir das Geschehen aus der Zuschauerperspektive. Dank KPDs Bekanntheitsgrad beim Mannheimer Kripochef durften wir, genauso wie die drei Bekannten des Opfers, in der Sarotti-Bar verbleiben. Der ermordete Männel, mit richtigem Namen Albert von Weysenthal, war ein graumelierter Senior mit verspiegelter Mafiosibrille. Seine Gattin, wie wir mit der Zeit erfuhren, war das Maiglöckchen und sah etwas verlebt aus. Bei Brummbärchen handelte es sich um einen Geschäftspartner von von Weysenthals, das zarte Mäuschen war seine Lebensgefährtin.

Heinz-Peter, der hiesige leitende Beamte, dessen Nachname ich nicht kannte, befragte das weinende Maiglöckchen.

»Ich habe meinem Mann schon vor Tagen gesagt, dass er sich vor Freddie in Acht nehmen soll.« Sie zeigte auf Brummbärchen. »Nur er hat ein Motiv, das Gift in das Glas meines Mannes zu schütten.«

In der Tat war längst festgestellt, dass sich in von Weysenthals Sektkelch eine noch unbekannte Substanz befand, die für dessen Tod aller Wahrscheinlichkeit nach verantwortlich war. Bereits der Sanitäter hatte einen leichten Bittermandelgeruch bei seinen Wiederbelebungsversuchen registriert.

»Ich soll Albert vergiftet haben?«, schrie Freddie das Brummbärchen an. »Darf ich daran erinnern, dass Albert selbst das Tablett mit dem Sekt an der Bar besorgt hat? Ich hatte überhaupt keine Gelegenheit, etwas in Alberts Glas zu schütten. Herr Kommissar, durchleuchten Sie viel lieber ihre Vergangenheit. Sie hat ihren Mann finanziell ausgequetscht wie eine Zitrone. Außerdem gab es in der Vergangenheit mehrere mysteriöse Unfälle, die

Albert nur knapp überlebte. Und jedes Mal war seine Gattin an vorderster Front dabei.« Er lachte gehässig auf.

Maiglöckchens Tränen waren versiegt. Der Hass stand ihr im Gesicht. »Ich habe meinen Mann immer geliebt. Das waren alles dumme und zufällige Unfälle, wie sie jeden Tag passieren. Das hat die Polizei bestätigt.« Alberts Witwe ging aufs Ganze. »Ihr zartes Mäuschen ist auch nicht ohne«, giftete sie zurück. »Muss ich daran erinnern, dass sie vor zehn Jahren als Buchhalterin bei meinem Mann angestellt war und er sie entlassen musste, weil sie mehrmals in die Firmenkasse gegriffen hatte?«

So ging das eine Zeit lang hin und her. Die Mannheimer Kripo reagierte richtig und ließ der hitzigen Diskussion der drei ihren freien Lauf. So viel, wie sie im Moment freiwillig erzählten, würden sie nie wieder tun. Alle Beteiligten hatten mehr oder weniger ein Motiv, wenn die Geschichten nur halbwegs stimmten. Wahrscheinlich würden die badischen Kollegen in den nächsten Tagen in dieser Schlangengrube weitere Motive finden.

Als KPD mit Heinz-Peter und dem Notarzt an der Bar disputierte, hatte ich Gelegenheit, den Toten, der nach wie vor auf dem Boden lag, näher zu betrachten. Just in dem Moment, als ich mich über ihn beugte, vibrierte in seiner Jacke das lautlos gestellte Mobiltelefon. Ohne zu überlegen, zog ich es aus der Tasche des Toten und meldete mich mit einem geflüsterten »Ja«.

»Hi, mein Männel, hier ist deine Bussibussi. Hat es geklappt mit dem Gift? Hast du deine Alte endlich in die Hölle befördert? Wann fliegen wir in die Karibik?«

BONUS 2: RATEKRIMI – PALZKI UND DER MEISTERDETEKTIV

Es hätte so ein schöner Tag werden können.

Vorgesetzte können manchmal auf verrückte Ideen kommen. Gut, mein Chef ist eine Ausnahme: Er hat ausschließlich verrückte Ideen. Doch dieses Mal übertraf sich KPD, wie wir den Dienststellenleiter Klaus P. Diefenbach nannten, selbst.

»Meine Untergebenen«, verlautete er bei der letzten Lagebesprechung am Montag im Sozialraum. »Auch wir, äh, ich meine Sie müssen ab und zu über den Tellerrand schauen, um nicht betriebsblind zu werden. Sobald Ihre eingeübten Mechanismen des Polizeialltags zur Routine werden, passieren Ihnen Fehler.« Klar, KPD kritisierte immer nur uns, niemals sich selbst. »Daher habe ich beschlossen, einen internationalen Experten der Verbrechensbekämpfung zu verpflichten, um bei uns einen seiner Fachvorträge zu halten. Diesen Fachmann habe ich höchstpersönlich ausgewählt. Selbstverständlich ist die Teilnahme für alle verpflichtend.«

Natürlich fand der Vortrag Freitagabends nach Feierabend statt, was wir mit einem Grollen zur Kenntnis nahmen. Der Experte hieß Ferdinand Spotter und arbeitete vor seiner Karriere zum selbst ernannten Experten als gewöhnlicher Detektiv in Ludwigshafen-Rheingönheim.

Was blieb uns anderes übrig, als uns an dem terminierten Freitag im Sozialraum einzufinden? KPD hatte für einen entsprechenden Rahmen gesorgt und auf der kleinen Bühne zwei Sessel bereitstellen lassen: einen kleineren für den Gast und einen für sich. Die Begrüßung durch KPD dauerte gefühlt die halbe Nacht, keiner seiner Untergebenen hörte zu. Schließlich durfte Spotter das Wort ergreifen und begann zunächst mit der Lobpreisung seines bisherigen Lebenslaufes und seinen Erfolgen. Er musste offensichtlich mit KPD seelenverwandt sein. Schließlich begann er mit seinem Vortrag.

»Ich möchte heute Ihren Blick auf Großbritannien lenken«, begann er zu schwafeln. »Dieses Land hat gegenüber unseren Ermittlungsstandards nicht nur geniale Einrichtungen wie Scotland Yard, sondern auch eine ruhmreiche Vergangenheit. Als Beispiel für eine besondere Beobachtungsgabe möchte ich Sherlock Holmes nennen, der zusammen mit seinem Assistenten Dr. Watson in der Baker Street 221b wohnte. Viele seiner Erlebnisse wurden verfilmt, die meisten gingen sogar in die Weltliteratur ein.«

KPD saß daneben und nickte mit seinem Kopf zustimmend wie ein Wackeldackel. Spotter sprach weiter. »Über Sherlock Holmes gibt es eine Sensation zu berichten. Vor vier Wochen habe ich bei einer Literaturrecherche in einer alten Londoner Bibliothek ein bisher unveröffentlichtes Tagebuch von Dr. Watson gefunden, in dem er über bisher unbekannte Fälle des Meisterdetektivs berichtet.«

KPD begann zu klatschen. »Wird dieses Tagebuch veröffentlicht?«, fragte er. Spotter nickte. »Ich bin dabei, es ins Deutsche zu übersetzen. Der Fund ist übrigens inzwischen durch anerkannte Sherlock-Holmes-Experten bestätigt.« Stolz richtete er sich in seinem Sessel auf. »Meine Damen und Herren, zu den bisher veröffentlichten 56 Kurzgeschichten und vier Romanen gesellt sich bald ein weiterer Band mit neuen Abenteuern von Holmes und Watson dazu. Das Tagebuch ist aber auch in anderer Hinsicht interessant. Es gibt einen intensiven Einblick in den Haushalt von Sherlock Holmes. Endlich wissen wir, welche Lieblingsspeisen Holmes gerne gegessen hat und welche Tageszeitungen er persönlich bevorzugte.«

KPD hielt es nicht mehr auf seinem Sessel. Er stand auf und ging zu Spotter, um ihm die Hand zu schütteln. »Sobald die Übersetzung vorliegt, lade ich Sie wieder ein, Herr Spotter. Dann dürfen Sie aus dem Tagebuch vorlesen, und anschließend werden wir es gemeinsam für meine Untergebenen signieren.«

Ich hatte zwar keine Ahnung, warum KPD dieses Buch ebenfalls signieren wollte, dafür hatte ich von etwas anderem eine Ahnung. Laut schrie ich mein Wissen in die Runde: »Dieser Ferdinand Spotter ist ein Betrüger. Wer hat den bei uns eingeschleust?« Die Kollegen grölten vor Lachen, und KPD wurde so richtig wütend. Nachdem ich ihn aufgeklärt hatte, war er das erste Mal in seinem Leben so richtig kleinlaut und beschämt, nachdem er den betrügerischen Experten aus unserer Dienststelle geworfen hatte.

Lösung siehe www.palzki.de

Weitere Krimis finden Sie auf den folgenden Seiten und im Internet:

WWW.GMEINER-SPANNUNG.DE

HARALD SCHNEIDER
Sagenreich
. . . .
978-3-8392-1743-6 (Paperback)
978-3-8392-4749-5 (pdf)
978-3-8392-4748-8 (epub)

»Hauptkommissar Reiner Palzki schlittert in seinem 12. Fall in eine rasante und mörderische Jagd auf der Suche nach dem Schatz der Nibelungen.«

Gibt es den Schatz der Nibelungen tatsächlich?

Während der Festspiele in Worms wird eine Komparsin erstochen. Hat der Mord etwas mit dem wiederentdeckten Originaltext des Nibelungenliedes zu tun? Könnte dieser zum Schatz führen? Zum sagenumwobenen Gold der Nibelungen? Weitere Bluttaten folgen und für Hauptkommissar Reiner Palzki beginnt eine gefährliche Jagd zwischen Sage und Realität.

SPANNUNG

GMEINER

WWW.GMEINER-VERLAG.DE
Wir machen's spannend

HARALD SCHNEIDER
Weinrausch
. . . .
978-3-8392-1686-6 (Paperback)
978-3-8392-4649-8 (pdf)
978-3-8392-4648-1 (epub)

>»Dramatisch klärt der raffinierte
Palzki die Todesfälle entlang der Weinstraße auf und offenbart dabei Geheimnisse der internationalen Weinszene.«

Palzkis Chef Klaus Pierre Diefenbach lädt einen Teil
seiner Mitarbeiter auf den Bad Dürkheimer Wurst-
markt ein. Ein Todesfall mit vergiftetem Wein am benachbarten Schubkarchstand katapultiert Palzki mitten
hinein in die für ihn fremde Welt des Weingenusses.
Weitere spektakuläre Todesfälle im Geilweilerhof, dem
Institut für Rebenzüchtung, und in einer Nudelfabrik
sorgen für Ungemach. Und als Palzki schwer verletzt
und von seinen Aufgaben entbunden wird, recherchiert
er undercover weiter …

HARALD SCHNEIDER
Wer mordet schon in der
Kurpfalz?
. . . .
978-3-8392-1582-1 (Paperback)
978-3-8392-4453-1 (pdf)
978-3-8392-4452-4 (epub)

»Eine kriminelle Entdeckungstour quer durch die kurpfälzische Rheinebene.«

Sie denken, die Kurpfalz wäre eine beschauliche Urlaubsregion, in der es neben gutem Essen, Wein und Bier jede Menge touristische Sehenswürdigkeiten gibt? Bis auf das »Beschaulich« mag das alles stimmen. Doch hinter den Kulissen gärt die Kriminalität, vielleicht noch intensiver als in anderen Regionen. Begeben Sie sich mit unserem Kommissar Reiner Palzki auf eine kriminelle Entdeckungstour quer durch die kurpfälzische Rheinebene. So haben Sie diese Region garantiert noch nicht kennengelernt …

GMEINER SPANNUNG

WWW.GMEINER-VERLAG.DE
Wir machen's spannend

HARALD SCHNEIDER

Tote Beete
Ein Feinkost-Krimi

HARALD SCHNEIDER

Tote Beete

. . . .

978-3-8392-1538-8 (Paperback)
978-3-8392-4371-8 (pdf)
978-3-8392-4370-1 (epub)

»Da haben wir den Salat!«

Hauptkommissar Reiner Palzki besucht mit seiner
Familie nicht ganz freiwillig die Landesgartenschau
in Landau, als plötzlich eine gewaltige Explosion das
Gelände erschüttert. Ein Besucher ist tot, ein Gärtner-
meister verletzt. Bei seinen Ermittlungen stößt Palzki
auf dubiose Vorgänge, in die der Gärtner verwickelt
war. Aber auch der bekannte Salathersteller, bei dem
der Tote als Prokurist arbeitete, hat mehr als ein finste-
res Geheimnis …

HARALD SCHNEIDER
Ahnenfluch

. . . .

978-3-8392-1437-4 (Paperback)
978-3-8392-4187-5 (pdf)
978-3-8392-4186-8 (epub)

»Begeben Sie sich mit Kommissar Reiner Palzki auf die Spuren der Wittelsbacher! Ein interaktiver Krimi, der mit QR-Codes viele Hintergrundinformationen bietet und an die verborgenen Schauplätze der Handlung führt.«

Ein Attentat auf den Schifferstadter Kommissar Reiner Palzki mit einer historischen Armbrust führt ihn ins Barockschloss Mannheim. Hier erfährt er von einem geheimnisvollen Schriftstück, das in der Gruft der Mannheimer Schlosskirche gefunden wurde. Die Informantin, eine Studentin, wird vor Palzkis Augen ermordet. Als er in der Gruft zusammen mit einem Kunsthistoriker einen bisher unbekannten Gang entdeckt, wird auch dieser umgebracht. Palzki hingegen wird von seiner eigenen Vergangenheit eingeholt …

GMEINER SPANNUNG

WWW.GMEINER-VERLAG.DE
Wir machen's spannend

Das Neueste aus der Gmeiner-Bibliothek

Unser Lesermagazin

Bestellen Sie das
kostenlose Krimi-
Journal in Ihrer
Buchhandlung
oder unter
www.gmeiner-verlag.de

Informieren Sie sich ...

www   ... auf unserer Homepage:
       www.gmeiner-verlag.de

@   ... über unseren Newsletter:
       Melden Sie sich für unseren Newsletter an
       unter www.gmeiner-verlag.de/newsletter

f   ... werden Sie Fan auf Facebook:
       www.facebook.com/gmeiner.verlag

Mitmachen und gewinnen!

Schicken Sie uns Ihre Meinung zu unseren Büchern
per Mail an gewinnspiel@gmeiner-verlag.de
und nehmen Sie automatisch an unserem
Jahresgewinnspiel mit »mörderisch guten« Preisen teil!